btb

Aus Freude am Lesen

Die junge Schwedin Maja ist nicht nur wegen ihres Kunststudiums an der renommierten Oxford Universität nach England gekommen. Die Polizei in Brighton erhofft sich ihre Mithilfe bei der Aufklärung des Mordes an ihrer Mutter. Inspektor King bemerkt schon bald, dass Maja anders ist. Denn sie sieht mehr als die meisten Menschen. Und während sich die Herbstschatten über Oxford legen, beginnt Maja dem Geheimnis um ihre Mutter ein Stück näherzukommen …

AMANDA HELLBERG ist Schwedin, lebt aber seit einiger Zeit in Oxford. Für ihren Roman *Abschiedskuss* wird sie in Schweden als nächste große skandinavische Krimiautorin gefeiert und in einem Atemzug genannt mit namhaften Autoren wie Åsa Larsson und Leif GW Persson.

Amanda Hellberg

Abschiedskuss

Roman

Aus dem Schwedischen
von Holger Wolandt und Lotta Rüegger

btb

Die schwedische Originalausgabe erschien 2011 unter dem Titel
»Döden på en blek häst« bei Forum, Stockholm.

MIX
Papier aus verantwortungsvollen Quellen
FSC® C083411
FSC
www.fsc.org

Verlagsgruppe Random House FSC-DEU-0100
Das für dieses Buch verwendete
FSC®-zertifizierte Papier *Lux Cream*
liefert Stora Enso, Finnland.

1. Auflage
Deutsche Erstveröffentlichung Februar 2013

Umschlaggestaltung: semper smile, München
Umschlagmotive: © Photograph by Magda Indigo / Getty Images (Blume)
© Mark Nelsen / Monsoon / Photo Library / Corbis
Satz: Uhl + Massopust, Aalen
Druck und Einband: CPI – Clausen & Bosse, Leck
SL · Herstellung: BB
Printed in Germany
ISBN 978-3-442-74446-6

www.btb-verlag.de

Der letzte Tag in Birgittas Leben war nicht weiter bemerkenswert. Abgesehen von seinem Ende.

Dank der Gewissheit, dass es bald vollbracht sein würde, hatte sie in der Nacht recht ordentlich geschlafen. Ihre Aufgabe war beendet, ihre Figur würde bald vom Spielbrett verschwinden. Wie? Unter welchen Umständen? Das war nicht ganz klar.

Sie erwachte einigermaßen ausgeschlafen. Obwohl der Rahmen klemmte und ächzte, schob sie das Fenster hoch, um die schwache Herbstsonne ins Zimmer zu lassen. Die Straße dort draußen lag immer noch im Schatten, aber als sie sich hinausbeugte, um die salzige Meeresluft einzuatmen, ließ sich eine dunkle Gestalt erahnen, deren Umrisse vor der Hauswand kaum wahrnehmbar waren. Jemand, der unnatürlich ruhig dastand. Jemand, der es nicht eilig hatte.

Um nicht nachdenken zu müssen, putzte Birgitta die Spüle, den Kühlschrank und die jetzt fast leeren Küchenschränke. Sie zog die Laken vom Bett und knüllte sie in eine Mülltüte, ließ aber den Überwurf auf der nackten Bettdecke liegen. Sie wischte Staub und saugte mit dem unförmigen Gerät, das man sich aus dem Besenschrank im zweiten Stock ausleihen konnte. Niemand war im Treppenhaus. Jedenfalls sah sie niemanden.

Eine Weile blieb sie mit einer Tasse Kaffee stehen und sah lächelnd den schmutzigen Stadttauben zu, die unten in den Dorset Gardens gurrten und turtelten, ehe sie ihr Fenster zum letzten Mal schloss. Am Nachmittag verließ sie kurz das Haus, um einen mit Sorgfalt geschriebenen Brief einzuwerfen. Viele Jahre hatte sie darauf gewartet, ihn abschicken zu dürfen. Dann wusch sie ihr Haar im Waschbecken und lackierte sich die Nägel. In der Parfümflasche befand sich noch ein einziger Tropfen. Sie hatte ihn für diesen Abend aufgehoben. Maiglöckchenduft. Immer Maiglöckchenduft. Ihr Erkennungszeichen. Der Tropfen brannte angenehm auf dem Hals. Wie ein Kuss. Ein Abschiedskuss.

Als der Vermieter klopfte, um die Wochenmiete zu kassieren, hatte Birgitta bereits das Teewasser aufgestellt und den Umschlag mit dem Geld auf den zerkratzten kleinen Tisch gelegt. Dennis blieb eine Weile bei ihr sitzen. Ein freundlicher, schon älterer Mann, der für seine kleinen Hunde und für dünnen Tee mit Milch lebte, und zwar in genau dieser Reihenfolge. Er interessierte sich nicht für Frauen und war der beste Vermieter, den sie je gehabt hatte. Birgitta saß mit klopfendem Herzen, die Wärme ihres Beisammenseins auskostend da und wollte schon fragen, ob er ebenfalls einen diffusen Schatten, einen Fremden vor der Haustüre oder vielleicht sogar im Haus bemerkt habe. Aber dann ließ sie es bleiben. Unnötig, ihn in diese Sache hineinzuziehen. Er war, wie gesagt, ein guter Kerl. Es kam sogar vor, dass sie zusammen in die Hercules Bar gingen. Aber nicht an diesem letzten Abend.

»Komm schon, Birgitta, sing einen Song für uns. Was von Abba.«

Aber Birgitta winkte nur abwehrend mit der Hand, lächelte und starrte in ihr Weinglas. Die Freunde am Tisch zuckten mit den Achseln und studierten weiter die Liste mit den Karaoke-Songs. Es gab genug Stammgäste, die ihr musikalisches Talent gern auf der Bühne zur Schau stellen wollten. Oder ihre Talentlosigkeit. Eigentlich spielte das keine Rolle. In der Hercules Bar ganz am Ende des beleuchteten Piers durften sich alle, die darauf Lust hatten, für einen Abend wie ein Star fühlen.

Als sie die Freunde verließ, war es ihr wichtig, jeden einzelnen zu umarmen.

Der Nachtwind blies so heftig, dass Birgitta fast umgeweht wurde, als sie den Heimweg über die rauen Planken des Piers einschlug. Unter ihr in den Spalten zwischen den Brettern schimmerte schwarz das Wasser. Sie spürte einen krampfartigen Schmerz im Magen. Waren es die Nerven? Eine Vorahnung? Sie versuchte, nicht daran zu denken, und überließ es ihren Füßen, den Weg zu bestimmen. Sie verlangsamte ihre Schritte und wich von dem beleuchteten Hauptweg ab. Sie zog ihren Mantel enger um sich. Jetzt war sie an der Kante. Jetzt war es bald vorbei.

Birgitta blieb stehen, lehnte sich an das verschnörkelte schmiedeeiserne Geländer und schaute über die Wellen auf den Strand. Sie konnte kaum etwas erkennen. Feuchtkalte Nebelschwaden stiegen vom Meer auf. Jetzt war es so weit. Eine einzelne, warme Träne sickerte aus ihrem Augenwinkel. Sie machte sich nicht die Mühe, sie durch ein Blinzeln zu verscheuchen. Komm schon. Komm. Sie ließ ihren Mantel los, der nun offen herabhing. Der Wind fuhr unter den Gürtel und schlug ihn ihr wie einen Peitschenhieb auf den Rücken.

Die Person, die den Mord begehen würde, glitt von einem weißen Holzpferd. Das geschnitzte Tiergesicht des Karussells hatte hervorragend Deckung geboten. Die Frau war allein. Die Person, die den Mord begehen würde, schlich um die unbeleuchteten Autoscooter herum und verließ das Dunkel. Geschmeidige, rasche Füße. Eine Sekunde unter den bunten Glühbirnen, dann wieder zurück in die Unsichtbarkeit. Wie sie dort an der Kante stand, sah sie zerbrechlich aus. Älter, aber gleichzeitig auch jünger als ihre achtundvierzig Jahre. Jetzt, ganz nahe. Unglaublich, dass sie die Atemzüge in ihrem Nacken nicht hörte. Eine Duftwolke um ihren Kopf – Blumenduft.

Und dann der Stich, schräg von hinten. Das Messer, das sich tief in den Körper bohrt, bis zum Griff, bis hinunter zu Birgittas Schambein. Die Klinge, die mit wahnsinniger Kraft nach oben gerissen wird, durch die Bluse, die Eingeweide, bis sie am Brustkorb hängen bleibt.

Birgitta schluchzte auf, aber sie schrie nicht. Sie stand noch aufrecht, mit einer Hand krampfhaft das Geländer umklammernd, als die Klinge sich aus ihrem Körper löste und sie, fast zärtlich, eine Hand auf der Stirn spürte. Dann wurde ihr Kopf zurückgedrückt, und die Klinge schlitzte ihren Hals auf.

You hurt the ones that I love best
and cover up the truth with lies.
One day you'll be in the ditch,
flies buzzin' around your eyes,
Blood on your saddle.

You'll never know the hurt I suffered
nor the pain I rise above,
And I'll never know the same about you,
your holiness or your kind of love,
And it makes me feel so sorry.

Bob Dylan, *Idiot Wind*

1. Kapitel

Mein Leben in zwei Reisetaschen. Das könnte ein wehmütiger Gedanke sein, aber wenn ich das Gepäck neben mir betrachte, fühle ich mich nur leicht und frei, gewissermaßen gereinigt. Als hätte ich mir gerade selbst die Genehmigung erteilt, endlich das Leben zu leben, das mir eigentlich zusteht.

Ich habe ihn sofort gesehen, als ich in die Empfangshalle stolperte. Ich wusste gleich, dass er es ist. Dunkle Haut, marineblauer Anzug, kurzgeschnittenes Haar und ein handgeschriebenes Schild mit meinem Namen in seinen nussbraunen Händen.

Miss Maja Grå.

Der Kringel über dem å ist etwas schief und ungelenk. Er könnte Chauffeur, Assistent oder sonst wer von der Polizei in Brighton sein, aber ich werde mir seinen Ausweis nicht zeigen lassen. Ich weiß, wer er ist. Was er ist. Gelassenheit umgibt den hochgewachsenen Körper wie ein Nimbus. Er ist jemand, mit dem man sprechen kann.

Der britische Flugplatz wird von Menschen in Bewegung überschwemmt. Alle mit ihren eigenen Plänen auf ihren eigenen unsichtbaren Ameisenpfaden. Unterwegs mit Hilfe eines kollektiven, unausgesprochenen Regelsystems, ohne größere Kollisionen und offenbar ohne Frustration. Ich richte mich trotz des Gewichtes meiner Taschen auf und laufe auf den Mann mit dem Schild zu. Ich widerstehe dem Impuls, einen zweiten Blick auf eine Dame mit Seidenhalstuch und dazu passendem Gepäck zu werfen.

Sie erinnert mich an meine Mutter. Oder an meine Erinnerung an meine Mutter. Sie ist es natürlich nicht. Es ist nie Mama, am allerwenigsten jetzt.

In den letzten zehn Jahren habe ich immer nach meiner Mutter gesucht. Ein Viertel meiner Kindheit habe ich damit verbracht und meine gesamte Teenagerzeit. Anfangs noch gezielt. Ich war ja noch so klein. Eifrig. Optimistisch? Es war wie ein schreckliches Spiel, das ich mit mir selbst spielte. Ein bitteres Spiel, das nie damit enden konnte, dass wir glücklich bis ans Ende unserer Tage leben. Wie würde sie jetzt aussehen? Ob sie wohl eine neue Frisur hatte? Ob sie mich erkennen würde? Ob sie froh sein würde, wenn ich sie fand?

Einmal ging ich stundenlang hinter einer viel älteren Frau her, die unmöglich meine verschwundene Mutter sein konnte (oder vielleicht doch?), durch ein Einkaufszentrum, zu einem Bus, in ein Dorf und den ganzen Weg zu ihrer Reihenhaussiedlung, und das nur, weil ich den Duft von Mamas Maiglöckchenparfüm durch die Trennwand einer Umkleidekabine wahrgenommen hatte. Anschließend übergab ich mich in eine Schneewehe und musste sieben Kilometer zu Fuß gehen, um nach Hause zu kommen. Niemand wollte wissen, wo ich gewesen war, und später unterließ ich solche Aktionen. Zumindest fasste ich diesen Entschluss.

Papa erstarrte, war wie erfroren, innerlich und äußerlich. Er gab sich Mühe, er tat einige Jahre lang so, als lebe er immer noch, aber er war nicht mehr da. Damals setzte er mir jeden Abend kalte Makkaroni vor und stellte mechanisch dieselben Fragen über meinen Schultag. Stumm saßen wir auf unseren Stühlen und taten nie, was wir hätten tun sollen. Unsere frierenden Hände über diese verdammten Makkaroni hinweg einander entgegenstrecken. Er kam mit der Ungewissheit nicht zurecht. Er konnte mir nicht einmal in die Augen schauen. Er konnte einfach nicht weitermachen, und ich wusste es, lange bevor er es selbst wusste.

Ich unterdrückte meine Gefühle, und meine Suche geschah unbewusst, wurde ein Teil meiner Persönlichkeit. Ich suchte sie auch, wenn ich mit mir allein war. Suchte nach einer Spur von ihr in der Rundung meines Nackens. In meinen Händen. In der Form meiner Fingernägel. In meinem eigenen Blick. Im beschlagenen Spiegel über dem Waschbecken. Alte Gewohnheiten lassen sich offenbar nicht so leicht abschütteln, denn ich habe noch nicht aufgehört, sie zu suchen. Nicht einmal jetzt.

»Miss Grå? Ich bin Kriminalinspektor King. Willkommen im Vereinigten Königreich. Auch wenn der Grund Ihres Besuches natürlich bedauernswert ist.«

Sein britischer Akzent ist so perfekt wie der Glanz seiner frisch polierten Schuhe, sein Gesichtsausdruck wirkt mitfühlend. Ich murmele ein paar schüchterne Höflichkeitsfloskeln in meinem Schulenglisch. Inspektor King nimmt meine beiden Taschen, als seien sie leer, und ich versuche mit ihm Schritt zu halten, eile mit ihm an Konditoreien vorbei, aus denen es nach Vanille duftet, an Wechselstuben und Polizisten in Uniform, die die Maschinenpistole im Anschlag haben und ihn grüßen, ihm fast unmerklich zunicken.

Auf der Hutablage in dem blitzblanken Auto des Inspektors liegen weder Verbandskasten noch Landkarten noch Kissen, dafür mehrere dicke Bücher. Ein *Larousse Gastronomique*, *The AA Guide to Food and Wine* und der *Guide Michelin*. An seiner linken Hand funkelt ein Ehering aus Platin. Er spricht leise und schnell, und ich muss mich sehr konzentrieren, damit mir nichts entgeht.

»Das hier ist ja keine richtige Vernehmung«, sagt Inspektor King und gestikuliert suchend mit der Eheringhand.

»Es ist mehr ein informelles Gespräch. Es gibt mir die Möglichkeit, ein paar Lücken zu schließen. Und Sie erhalten Gelegenheit, Fragen zu stellen. Ich finde, wir brauchen eigentlich gar nicht zur Wache zu fahren. Sie verpassen dort nichts, glauben Sie mir.«

Zum ersten Mal nehme ich den Ansatz eines Lächelns in seinem Mundwinkel wahr. Aber der Kriminalinspektor sammelt sich rasch, und sein Gesicht wird wieder ernst.

»Ich finde, wir sollten zusammen zu Mittag essen, Miss Grå.«

»Bitte, sagen Sie doch Maja. Ich weiß nicht… ich meine, okay. Danke.«

The Black Grouse. Das Birkhuhn. Ein etwas heruntergekommener Pub mit braunem Teppichboden und, laut Inspektor King, dem besten thailändischen Essen außerhalb von Bangkok. Der Duft aus unseren dampfenden Tonschalen ist tatsächlich sehr vielversprechend, und ich merke, wie ausgehungert ich bin.

»Sie müssen meinen Sticky Rice probieren. Dieses Lokal ist wirklich der beste Geheimtipp Brightons. Noch ein Glas Wasser?«

Mittlerweile hat er gemerkt, dass ich weder verheult noch schockiert bin, und ist weniger förmlich. Ich halte ihm mein Glas zum Nachschenken hin.

»Das hier würde dem Junior gefallen«, sagt mein Gastgeber und nimmt von dem grünen Curry. Seine Aussprache hat sich verändert, ist nicht mehr ganz so geschliffen.

»Meinem Sohn«, fügt er erklärend hinzu. »Er ist erst zwei, aber kann schon ordentlich was verputzen. Ganz der Vater.«

Zum zweiten Mal sehe ich das Fast-Lächeln Inspektor Kings, und ich lächele nun ebenfalls. Er drückt seine Papierserviette an den Mund, als müsse er seine spontane, fast unpassende Freude unterdrücken. Er will korrekt auftreten, professionell. Aber seine Mitmenschlichkeit bricht immer wieder durch. Ich ertappe mich dabei, dass ich wahnsinnig eifersüchtig auf diesen Junior bin, der einen solchen Papa hat.

»Also, Miss … sorry, Maja. Sie wollten also nach England ziehen, um in Oxford zu studieren, als Sie die Nachricht erhielten? Habe ich das richtig verstanden?«

Ich schlucke das Essen herunter, obwohl ich noch nicht mit dem Kauen fertig bin.

»Das stimmt. Ich habe kürzlich die Zusage für einen Studienplatz in Kunst erhalten und war gerade mit den Umzugsvorbereitungen beschäftigt, als Sie anriefen«, sage ich. Dann lege ich das Besteck beiseite und fahre fort:

»Ich nehme den Zug nach Oxford und beginne mein Studium, sobald wir hier fertig sind.«

Er zieht die Brauen hoch.

»Welch ein Zufall. Und Oxford hat wirklich einen sehr guten Ruf. Sie müssen sehr begabt sein.«

Ich rutsche verlegen hin und her und murmle so etwas wie: »Aber nein.« King trinkt einen Schluck aus seinem Wasserglas und sieht mich erneut an.

»Wir hatten natürlich unerhörtes Glück mit dem Vermieter. Ihre Mutter hatte sich ihm anvertraut und ihm von ihrem alten Leben erzählt. So konnten wir Sie ausfindig machen.«

Er seufzt und fährt dann fort:

»Die Ermittlungen kommen nicht weiter. Ich will Ihnen gegenüber ehrlich sein. Wir haben fast keine Spuren. Es gab einen kräftigen Schauer, bevor wir dort eintrafen, und keiner ihrer Bekannten hatte viel zu sagen. Aber es ist aufschlussreich, mit Ihnen sprechen zu können, und zwar von Angesicht zu Angesicht.«

»Ja. Es ist besser, das persönlich zu besprechen.«

»Sie wirkten gefasst, als wir telefoniert haben. Ich hoffe, alles ging … so gut wie möglich?«

»Ja, sehr gut«, antworte ich kurz. Es hat keinen Sinn, auf persönliche Befindlichkeiten einzugehen. Darauf, wie es war, seinen Großvater und seine Mutter innerhalb von zwei Wochen zu begraben. Die seit langem verschwundene, aber gerade erst ermordete Mutter.

»Sie haben … die Tote nicht gesehen?«

»Nein. Ich wollte nicht«, erwidere ich.

»Ich glaube, das war die richtige Entscheidung.«

Inspektor King schiebt seinen Teller beiseite und zupft an einem seiner schlichten Manschettenknöpfe.

»Ihre Englischkenntnisse sind imponierend. Alle Schweden, denen ich begegne, sprechen gut Englisch. Hier in der Stadt wohnen dreitausend Schweden, müssen Sie wissen. Brighton hat immer die verschiedensten Menschen angezogen. Die Stadt ist, verglichen mit anderen Städten in England, eigentlich recht speziell. Das Nachtleben … das Meer … Meine Eltern sind aus Jamaika hierhergekommen. Hier haben Sie meine Karte. Zögern Sie nicht, sich zu melden, falls etwas sein sollte.«

Wir schweigen, während der Mann von der Bar den Kaffee und das Dessert bringt.

»Wann haben Sie Ihre Mutter das letzte Mal gesehen?«, erkundigt sich der Inspektor vorsichtig, nachdem der Barkeeper verschwunden ist.

»Ich bin mir mit dem Datum nicht ganz sicher«, lüge ich. »Es ist mindestens zehn Jahre her.«

In Wirklichkeit hat sich das Datum von Mamas letztem Tag in mein Gehirn eingebrannt. Ich erinnere mich an jedes Rezept, das sie mir in dieser verhängnisvollen letzten Woche beibrachte. An die ungleichmäßigen schwarzbraunen Linien, die sich mir eingeprägt haben wie kleine schwelende Wunden, an jeden von ungelenker Kinderhand gemalten Buchstaben und jede Ziffer.

»Und Sie hatten keine Ahnung, wo sie in all diesen Jahren war? Sie hatten keinerlei Kontakt?«

»Nein. Irgendwann wurde sie dann ja für tot erklärt.«

Er betrachtet seine Kaffeetasse mit akribischer Genauigkeit.

»Und Ihr Vater starb also, als Sie zwölf waren? Vor fast acht Jahren?«

Ich rühre in meinem erkaltenden Kaffee, bevor ich antworte.

»Ja. Er … kam damit irgendwie nicht klar.«

King schweigt eine halbe Minute und nickt dann bedächtig. Mein Mangosorbet schmeckt nach Pappe, aber ich esse es trotzdem, fast mechanisch. Dann räuspert er sich.

»Ich frage mich … Hat es Sie erstaunt, was ich kurz am Telefon erwähnt habe? Dass Birgitta hier als Prostituierte gearbeitet hat?«

Ich stelle die leere Dessertschale ab und bemühe mich, mit fester Stimme zu sprechen.

»Es gibt nicht viel, was mich an meiner Mutter noch erstaunen würde.«

2. Kapitel

Brightons Pier ist ein riesiger Steg auf großen Stelzen, der geradewegs ins Meer hinausführt. Der Strand besteht aus Bergen kleiner runder Steine, die mit Grillbriketts und Sektkorken vermischt sind. Die Ebbe hat die riesigen Wassermassen zurückweichen lassen und einen weichen Sandstreifen freigelegt, in dessen Pfützen sich der violett-rosa Horizont spiegelt.

Zu den Zeiten, als die Fabrikarbeiter Londons einen einzigen Tag Sommerferien hatten, gab es einen offenen Schienenbus vom Bahnhof in Brighton zum Ende des Piers. Ich schließe die Augen und sehe gestreifte Liegestühle, Strohhüte und magere Kinder, die Eis von funkelnden Löffeln schlecken, vor mir.

Am Ende des Piers stehen heute wie damals die Karussells. Ein gleichermaßen erbärmliches wie entzückendes Bollwerk zu Ehren des Übermuts. Tausende bunter Glühbirnen blinken, allerdings nicht im Takt der Diskomusik.

Something in the way you love me
won't let me be

Eine zerzauste Möwe, die kleiner ist als die anderen und ein verletztes Bein zu haben scheint, wirbelt von unterhalb des Piers in einer Bö nach oben, mir entgegen, und verfängt sich fast in meinem Haar. Sie prallt mit einem leichten Stoß gegen meinen Kopf, und ich denke noch, wie erstaunlich leicht sie ist, bevor ich Angst bekomme. Die kleine Möwe hat noch mehr Angst als ich. Vor Schreck gerate ich ins Schwanken und fuchtele instinktiv in Kopfhöhe mit den Händen, um meine Augen zu schützen. Der Vogel flattert mit einem kläglichen Kreischen auf und über die

Geisterbahn hinweg. Ich habe eben erst das Gleichgewicht wiedergefunden, da spüre ich, dass jemand hinter mir steht.

Einige Strähnen haben sich aus meinem Pferdeschwanz gelöst, peitschen mir in die Augen und rauben mir die Sicht. Ich versuche verzweifelt, mir das Haar aus dem Gesicht zu schieben. Gleichzeitig meine ich, am Rand meines Gesichtsfelds eine große Gestalt zu sehen, mit einer Art Schleier oder langem herabhängenden Haar. Ein Schatten, eher eine intensive Kraft als feste Materie, lautlos und fast unnatürlich reglos. Aber als ich mich hastig umdrehe, sehe ich, dass hinter mir nichts ist, absolut nichts.

Der Wind, das Salzwasser und das Putzpersonal haben die Blutflecken schon lange beseitigt. Trotzdem bilde ich mir ein, um meine Schuhe herum Konturen wahrzunehmen, die tief in die grauen Holzplanken eingedrungen sind. Wenn ich recht habe, muss es sich um eine fürchterliche Menge Blut gehandelt haben. Jenseits des Geländers wälzen sich graue, schlammige Wogen ans Land. Ich vergrabe das Kinn im Kragen. War das deine letzte Aussicht, Birgitta?

Man kann das Salz in der Luft schmecken. Ich versuche, meine Atmung zu steuern und mein Herz, das wahnsinnig schnell schlägt. Ich zwinge mich dazu, ein paar Sekunden mit einer Hand auf dem Geländer stehen zu bleiben, obwohl ich das nicht will. Links oben am Himmel leuchten immer noch ein paar rosa Streifen, die Reste eines spektakulären Sonnenuntergangs. Die lavendelblaue Dämmerung hat gerade den Kampf gegen das Dunkelblau des Abends verloren. Ich schließe eine Weile die Augen, schlucke ein paarmal, und es gelingt mir, das Entsetzen zu verdrängen, indem ich denke, dass dieser Augenblick hier der schönste des Tages ist.

Die meisten Besucher meiden die feuchte Kälte und lärmen in der Spielhalle oder in einer der Gaststätten. Fish and Chips, Hamburger, Bier. Drüben beim Helter Skelter kann ich mit Mühe ein eng umschlungenes Paar ausmachen, im Übrigen bin ich mit den Seevögeln allein.

Ein Plastikschild der Polizei von Brighton, auf dem die Öffentlichkeit aufgefordert wird, mit sachdienlichen Hinweisen zur Aufklärung des hier begangenen Verbrechens beizutragen, ist notdürftig mit Stahldraht am Geländer befestigt. Wie unscheinbar es aussieht. Wie armselig.

Es dauert weniger als eine Minute, um vom Tatort dorthin zu gelangen, wo Mama zuletzt gesehen wurde. Die Hercules Bar liegt am äußersten Ende des Piers. Der letzte Vorposten. Alles sieht ungefähr so aus, wie Inspektor King es beschrieben hat. Ich fasse nach seiner Visitenkarte in der Tasche. Dort liegt auch der Reklamestadtplan aus dem Hotel. Für alle Fälle.

»Es ist leicht, sich hier in der Stadt zurechtzufinden«, hat King gesagt, und das stimmt.

»Der Strand im Süden, der Bahnhof im Norden. Feine Leute im Westen, die Dummen im Osten.«

»Und wo wohnen Sie, Inspektor King?«, habe ich mich erdreistet zu fragen, als wir uns nach dem Lunch vor meinem Hotel verabschiedeten.

»Sagen Sie doch Steve, Stephen King. Meine Güte! Können Sie sich vorstellen, wie sehr man mich in der Schule gehänselt hat? Wir wohnen im Osten. Da ist mehr los. Und näher an Frankreich ist es auch.«

Im ersten Moment ist es schön, in die Wärme der Hercules Bar zu kommen, aber schon bald bereue ich es. Die Stimmung ist zwar nicht direkt bedrohlich, aber man spürt deutlich, dass Zugereiste nicht gerade willkommen sind. Ein paar stämmige Frauen am Tisch neben der Tür mustern mich feindselig von oben bis unten. Von der kleinen Bühne brüllt ein Mann in Nylonhemd seine eigene, einzigartige Interpretation eines Robbie-Williams-Songs.

»Ein kleines Bier bitte.«

Das Personal scheint in meinem Alter oder jünger zu sein. Studenten? Trotz des schmerzhaften Lärmpegels bewegen sie sich wie Schlafwandler, so gelangweilt, dass es fast schon lethargisch wirkt. Ehe ich noch mein Bier bekomme, hat sich bereits jemand lautlos neben mich an die Bar gestellt. Dieses Mal handelt es sich um eine wirkliche Person, die mir etwas zu nahe kommt. Ich drehe den Kopf zur Seite.

»Er ist … super … oder?«

Der Typ ist wahnsinnig mager und riecht ungewaschen.

»Entschuldigung, was haben Sie gesagt?«

Ich versuche reserviert zu klingen, ohne direkt unhöflich zu wirken.

»Er ist super, oder?!«

Der Typ nickt in Richtung Bühne.

»Stimmt«, lächele ich verbissen.

»Du bist nicht von hier, was?«

»Nein. Ich bin aus Schweden.«

»Da sieh mal einer an, eine Schwedin! Willkommen in der Hercules Bar!«

Er breitet die Arme aus und ist so stolz, als seien wir im Tadsch Mahal und als habe er den ganzen Kasten mit eigenen Händen gebaut.

»Danke. Ich bin hier, um …«

»Was? Was hast du gesagt?!«

Widerwillig nähere ich mich seiner pockennarbigen Wange, atme durch den Mund und hole Anlauf.

»Meine Mutter. Sie soll Stammgast hier gewesen sein. Sie ist unlängst gestorben.«

Mehr kann ich nicht sagen, da wirft er sich mir schon um den Hals und stößt einen Schrei aus, der sogar die übersteuerte Musik übertönt.

»Birgittas Tochter! Birgittas Tochter!«

Als er mich loslässt, um mein Gesicht näher in Augenschein zu nehmen, sehe ich, dass ihm Tränen über die Wangen laufen.

Der Tisch neben der Tür der Hercules Bar ist mit Biergläsern, leeren Erdnusstüten und, trotz des Rauchverbots, mit überquellenden Aschenbechern übersät. Tracey und ich erheben uns, um abzuräumen, damit Sonia die nächste Runde servieren kann. Ich habe mehrere Male versucht zu bezahlen, aber das kommt offenbar nicht in Frage. Der Kreis aus Hockern reicht mittlerweile fast bis zum Tresen. Wir sind mindestens fünfzehn Personen, und es fällt mir schwer, mich an die Namen aller zu erinnern, die mich umarmt, mir die Hand gedrückt und mich auf ein Bier eingeladen haben. Die drei stämmigen Frauen bilden den Kern. Sie brüllen die andern an, die Schnauze zu halten, wenn zu viele gleichzeitig reden. Obwohl ich mehrere Liter Bier getrunken habe, bin ich seltsam klar, und mein Englisch wird immer flüssiger.

»Sie war ein Star, deine Mom. Nur dass du das weißt. Ein echter Star.«

Sonia hebt ihr Glas und fordert dazu auf, ein weiteres Mal anzustoßen.

»Cheers! Auf Birgitta.«

Ich erhebe mich, um auf die drei Frauen zuzugehen, aber sie drückt mich auf meinen Hocker.

»Pst! Sitzenbleiben. Pauline singt jetzt. Sie singt für dich und deine kleine Mom.«

Pauline ist die kräftigste, schüchternste und vielleicht auch hübscheste von den dreien, obwohl ihre Oberarme dicker als

Baumstämme sind und Streifen haben, wo das Bindegewebe schwach ist. Zwei Männer wuchten sie auf die Bühne. Jemand dreht den einzigen Scheinwerfer in die richtige Richtung. Im ganzen Lokal wird es still. Als Pauline den Mund öffnet und beginnt, stellen sich auf meiner Haut alle Härchen auf. Sie singt »Somewhere over the rainbow« ohne Begleitung, mit unglaublich tiefer und gleichzeitig elfenzarter Stimme. Zum ersten Mal, seit ich die Todesnachricht erhalten habe, laufen mir die Tränen über die Wangen. Ich unternehme nichts dagegen.

»Maja, sei so lieb, pass auf die Tür auf. Das Schloss funktioniert nicht.«

Ich halte die Tür von Traceys Toilette mit dem Fuß zu. Dahinter rauscht es wie der Niagarafall.

»Du, Tracey, darf ich dir eine persönliche Frage stellen?«, will ich durch die geschlossene Tür wissen.

»Klar. Schieß los.«

»Hast du denselben Job wie Birg… wie Mom?«

Ihr entringt sich ein leises, trauriges Lachen.

»Nun ja, das kommt schon mal vor. Wenn mein Ex seinen Unterhalt nicht rechtzeitig zahlt und die Kinder was brauchen, du weißt schon. Fahrrad, neue Turnschuhe. Mit anderen Worten, ein paarmal im Monat.«

Sie stößt ein freudloses »Ha« aus, und ich bohre weiter.

»Hattet ihr dieselbe… Kundschaft?«

»Garantiert nicht!«

Die Wasserspülung ist zu hören, und Tracey öffnet die Tür.

»Ich nehme meist Typen aus dem Ort, solche, die ich schon lange kenne. Deine Mom war anders… Hübsch und außerdem… Sie sah einfach gut aus. Wie du.«

Es ist nicht das erste Mal, dass jemand auf diese angebliche Ähnlichkeit zu sprechen kommt.

»Verdammt, nichts Böses über die Toten, aber Birgitta war … ehrgeiziger als wir. Oder wie man es auch nennen mag.«

Sie wäscht sich die Hände und reibt sie am Hosenboden trocken.

»Wie meinst du das, Tracey?«

»Glaubst du, es ist leicht, darüber zu sprechen? Noch dazu mit ihrer eigenen Tochter? Mein Gott! Irgendwie war sie so frei, sie konnte in andere Städte reisen. Und sie machte auch … Specials. Mehr Geld, größeres Risiko. So komische Sexspielchen. Du verstehst schon. Echt harte Nummern. Komm schon, ich brauche einen Schnaps. Oder zwei.«

Ich nehme Traceys fleischige, weiche Hand, ziehe sie etwas näher zu mir heran und senke die Stimme.

»Wer, glaubst du, war es, Tracey?«

»Das weiß der Teufel. Meinst du etwa, wir fragen uns das nicht? Irgendein Verrückter, davon geht doch wohl auch die Polizei aus. Es gibt so viele Menschen, die nicht richtig im Kopf sind. Er kann nicht ganz bei Trost sein. Stell dir vor, welches Risiko. Pauline und ich sind doch eine Minute später denselben Weg entlanggegangen.«

Tracey verstummt. Sie zieht ein zerknülltes Papiertaschentuch aus der Tasche, schnäuzt sich gründlich und fährt dann fort:

»Den Anblick werden wir unser Leben lang nicht vergessen.«

Ich werfe einen Blick in den Spiegel, und es schaudert mich.

»Habt ihr denn jetzt keine Angst? Ich meine, wenn ihr abends ausgeht? Mit so einem Verrückten in Brighton?«

Tracey zuckt mit den Achseln.

»Wir halten zusammen, gehen in Gruppen aus. Birgitta hätte nicht gewollt, dass wir ihretwegen Angst haben und zu Hause versauern.«

»Du glaubst also nicht, dass es jemand war, den sie kannte?«
»Nein, das kann ich mir nicht vorstellen.«
Ein Verrückter. Welches Risiko!

Mamas Freunde lassen mich nur widerwillig gehen. Ich lehne es ab, mich von einer männlichen Eskorte zurück zum Hotel bringen zu lassen.

Ich muss allein sein, muss in mich hineinlauschen. Ich habe die Taschen voller ausgefranster Zettel, Handynummern und E-Mail-Adressen, von denen ich weiß, dass ich sie nie verwenden werde. Die Nachtluft ist überraschend mild. Der Wind hat nachgelassen, und eine Wolkendecke breitet sich über die Stadt. Das Bier hat mir die schlimmste Angst genommen, und ohne zu begreifen, wie es zugegangen ist, stehe ich plötzlich am Tatort.

Wieder platziere ich mich so, wie ich glaube, dass sie gestanden hat. Eine Hand am Geländer, in Richtung Land spähend, auf die hingeduckten viktorianischen Häuser hinter der Strandpromenade. Eines dieser winzigen Lichter war Mamas Zimmer. Sie ließ immer eine Lampe im Fenster brennen. Ich weiß das einfach, ohne zu verstehen oder mich zu fragen, wie ich das wissen kann. Es ist einfach netter, nach Hause zu kommen, wenn eine kleine Lampe brennt. Es ist dann nicht so trostlos. Ich spüre meine Lider brennen und schließe die Augen, in der Hoffnung, dass mir nicht wieder die Tränen kommen.

Plötzlich erfasst mich ein stechender Schmerz im Unterleib. Ein eisiges Feuer genau über dem Schambein, das nun durch meinen Körper nach oben rast, mir das Zwerchfell durchtrennt. Ich krümme mich, lasse das Geländer los und umklammere mit beiden Armen meinen Leib. Mein Kopf wird nach hinten gebogen, meine Kehle brennt. Ein Gefühl der Atemnot und dann etwas Warmes, das mir die Brust herunterströmt.

Ich reiße den Mantel auf und berühre meinen Hals. Nichts. Ich schnappe nach Luft. Aber nach nur wenigen Sekunden lässt die Anspannung nach, und ich kann mich vorbeugen, die Stirn auf das kalte Geländer legen. Ich atme keuchend und stoßweise, umklammere wieder meinen Leib. Nichts. Ich bin okay. Ich kann stehen, sogar gehen, das merke ich, als ich ein paar schwankende Schritte auf den erleuchteten Durchgang zwischen den Autoscootern und dem im Dunkeln liegenden Karussell zugehe. Die Holzpferde sind mitten im Sprung erstarrt.

3. Kapitel

Ich checke aus meinem kleinen Hotelzimmer aus, stelle die beiden Reisetaschen in der Lobby mit der geblümten Tapete unter und gehe am Wasser entlang zu Mamas möbliertem Zimmer, das ich mit schwarzem Kugelschreiber auf meinem Reklamestadtplan eingezeichnet habe.

Das Meer hat an diesem Morgen frischen Tang angespült, Möwenschreie erfüllen die Luft. Ich komme an einst prächtigen, aber heruntergekommenen Fassaden in zuckrigen Pastelltönen vorbei, die mich an Hochzeitstorten mit rissigem Guss erinnern. Ich werfe einen Blick in eine grandiose Prachtstraße, von der enge, kopfsteingepflasterte Gassen und mittelalterliche Durchgänge in das Herz von Brighton führen. Ich sehe funkelnde Wogen. Touristen, die, trotz Herbstwetter, zuversichtlich Sommerkleidung tragen. Und einen goldenen Lichtstreifen über dem Ärmelkanal.

Ein Teil von mir kann verstehen, dass sie hier leben wollte. Und irgendwie ist sie immer noch da. Ihr Spiegelbild flimmert zwischen Tüll und Schwanenfedern in dem Schaufenster des kleinen Dessous-Ladens vorbei. Sie verbirgt sich hinter den vergitterten Fenstern des Pfandleihers, in dem Weichspülerduft, der einem aus dem Waschsalon entgegenweht. In der Popmusik der bereits am Morgen geöffneten Cocktailbar. Im funkelnden Blick des Bettlers. Ich lege eine Pfundmünze in seine ausgestreckte Mütze und folge weiter ihren Spuren.

»Kommen Sie einfach rein. Sei still, Chicko, mein Liebling.«

Dennis Dyson hält die Tür auf und versucht gleichzeitig, den aufgeregten Yorkshire-Terrier zur Ruhe zu bringen. Das Haus, in dem Mama während der letzten Jahre gewohnt hat, ist eine gealterte Schönheit aus der Anfangszeit des vorigen Jahrhunderts. Es ist in etwa zehn Wohnungen und möblierte Zimmer aufgeteilt.

Und das ist also der Vermieter.

Hinter Mr. Dyson versucht ein weiterer kleiner Hund auf einen Couchtisch zu springen, um an den Teller mit den Keksen zu kommen.

»Nein, Fifi! Runter da. Aber schnell. Bitte schön, nehmen Sie Platz. Tee? Ich habe bereits eine Tasse getrunken.«

Ich setze mich auf die Couch.

Dennis nimmt auf einem schönen, aber ziemlich durchgesessenen Ohrensessel Platz und lässt seine beiden Lieblinge auf den Schoß klettern.

Das Sonnenlicht ist so grell, dass ich blinzeln muss. Die Zimmereinrichtung wirkt etwas zusammengewürfelt und spartanisch, aber sehr persönlich. Drei Meter hohe Stuckdecken und altmodische Fenster.

»Ich wäre gerne nach Schweden zur Beerdigung gefahren, aber das ging leider nicht. Ich muss ja meine Kleinen versorgen, wissen Sie? Ich hoffe, Sie verzeihen mir. Birgitta sprach so viel von Ihnen. Sie war stolz, glaube ich. Schade, dass Sie nie zu Besuch gekommen sind.«

Stolz, denke ich. Stolz. Verdammt.

Dennis gießt sich seine zweite Tasse Tee ein und überprüft sein Toupet mit einer instinktiven Handbewegung. Es verblüfft mich, wie rasch er seinen Tee trinkt, eine halbe Tasse verschwindet mit einem Schluck.

»In dem Zimmer Ihrer Mutter sind noch einige Sachen, falls

Sie sich die ansehen wollen. Ein kleiner Fernseher. Vielleicht möchten Sie den ins Pfandhaus bringen? Das Zimmer war ja möbliert, das meiste gehört also zur Einrichtung.«

Ich knabbere an einer Waffel mit Vanillefüllung.

»Ja, ich würde gerne einen Blick in das Zimmer werfen.«

»Kein Problem. Die Polizei war kurz danach hier und hat sich einiges angeschaut. Haben Sie Inspektor King getroffen? Er ist doch wunderbar, nicht wahr?«

Ich nicke und murmele ein paar zustimmende Worte.

»In meinem Büro stehen auch noch ein paar Kartons mit ihren persönlichen Habseligkeiten«, sagt Dennis und deutet mit einer Kopfbewegung zur Tür.

»Sie können sich die Kartons anschauen und mitnehmen, was Sie haben möchten.«

»Ist es viel?«

»Nein, nicht sonderlich. Aber lassen Sie sich Zeit. Sie können hierbleiben, solange Sie wollen. Ich erinnere mich, wie ich das Haus meines verstorbenen Vaters ausgeräumt habe. So etwas nimmt einen ganz schön mit.«

Ich nicke erneut, und Dennis fährt fort:

»Kleider und Schuhe und alles, was Sie nicht haben wollen, kann ich dann der Heilsarmee geben.«

Wie auf ein unsichtbares Signal hin beginnen die beiden Hunde laut zu bellen. Chicko springt von Dennis' Schoß, rast zur Wohnungstür und bleibt dort knurrend stehen. Fifi versucht, sich aus dem Griff seines Herrchens zu befreien, und verschwindet dann in Richtung Schlafzimmer.

»Sehen Sie, wie meine Lieblinge über mich wachen? Hör sofort auf, dich so aufzuführen, Chicko, es ist doch nur jemand draußen auf der Treppe vorbeigegangen!«

Dennis erhebt sich erstaunlich gewandt und schiebt die Gardine einen Spalt beiseite.

»Hm … ich hätte schwören können, dass … nein, ach was, da war wohl nichts. Ich glaube, ich werde langsam senil.«

Er murmelt etwas Unverständliches vor sich hin. Ich lege meine halb verspeiste Waffel beiseite.

»Dennis, Sie kannten meine Mutter doch recht gut, oder?«

»Ja, das kann man durchaus so sagen.«

Ich trinke einen großen Schluck Tee, um Zeit zu gewinnen. Wie redet man über so etwas?

»Ich habe gestern mit ihren Freunden in der Hercules Bar ein paar Bier getrunken. Sie sagen, sie habe an ihrem letzten Abend fröhlich gewirkt, irgendwie entspannt. Und großzügig sei sie gewesen, als sei sie gut bei Kasse gewesen.«

»Birgitta war immer großzügig, trotz ihrer bescheidenen Mittel«, sagt er und presst die Lippen zusammen.

Die beiden Hunde sind zu ihrem Herrchen zurückgekehrt und winseln, weil sie ein Leckerli haben wollen.

Dennis fischt einen Hundekeks und einen weiteren kleinen Gegenstand aus der Tasche seiner Wolljacke. Die Hunde bekommen je einen halben Keks, nachdem sie brav Pfötchen gegeben haben. Ich bekomme den Gegenstand.

»Hier ist der Schlüssel zum Zimmer Ihrer Mutter. Nummer drei im ersten Stock. Sehen Sie sich um. Sie kommen doch allein zurecht, oder?«

Tür Nummer drei schlägt hinter mir zu. Mamas Zimmer ist kühl. Die Fenstersprossen sind braunschwarz verschimmelt. Der Schimmelgeruch steigt mir in die Nase. Und etwas anderes. Ein Duft, der wie ein dünner Schleier unter der vergilbten Decke hängt.

Maiglöckchen.

Die schweren Gardinen reichen bis zum Fußboden, aber trotzdem zieht es durch die alten Fensterrahmen. Aus dem

Korridor sind Schritte zu hören. Jemand begibt sich eilig ins nächste Stockwerk, und ich habe das Gefühl, dass die Wände vibrieren, so hellhörig ist es.

Ich hebe die gestreifte Tagesdecke an. Die durchgelegene, schmale Matratze hat ein paar undefinierbare Flecken. Der Teppichboden ebenfalls. Ich beuge mich vor, um unter das Bett zu schauen. Nur ein paar Illustrierte.

Ich lasse mich auf einen der beiden Küchenstühle sinken und vermeide den Blick auf das Bett. Ich bin so entkräftet, dass mein Arm zittert, als ich mit der Handfläche über den zerkratzten kleinen Tisch streiche. Die Aussicht ist gar nicht so übel, aber eine dunkelgraue Wolkenbank zieht von der Küste herauf, und der sonnenhelle Tag wird plötzlich düster und ungemütlich. In diesem trostlosen Zimmer ist sie nicht. Hier gibt es überhaupt nichts für mich.

Ich verlasse Brighton in einem Zug, in dem die Luft gleichzeitig spätsommerlich schwül und schon fast herbstlich feuchtkalt ist. Mein Waggon riecht nach Druckerschwärze und Leuten mit Kaffeefahne. Sonderlich viele Mitreisende habe ich nicht.

Als der Zug beschleunigt, habe ich das Gefühl, als zöge eine gewaltige Kraft mich fort. Dennoch scheint mir, als habe sich ein kleines Stück meines Inneren in Brighton verhakt, als würde ein in mir verankerter, dünner, aber starker Faden auf dem Gleis ausgerollt.

Der Streckenverlauf bietet ein Abschiedspanorama dieser bonbongrellen Stadt am Wasser, die eigentlich eher ein zu groß geratenes Fischerdorf oder ein in die Jahre gekommener, quirliger Kurort ist. Giftig. Süchtig machend. Ein Ort mit einem ganz besonderen, geheimnisvollen Charme. Das habe ich gespürt, obwohl ich nur eine einzige Nacht dort verbracht habe.

Ein Reiz, der auf die Andersartigen – die Verletzlichen

ebenso wie die Starken – im selben Maße wirkt. Der Ort, für den sich Mama entschieden hatte. Der Ort, an dem sie ein Leben als Hure begonnen hat.

So. Jetzt habe ich das schmutzige Wort gedacht. Warum ein Leben als Hure? War das ein letzter Ausweg, etwas, in das sie aus Not hineingeraten war? Falls ja, wo ist sie gestrauchelt? Warum hatte sie nicht bei uns bleiben können? Bei mir? In einem schwedischen Nest, bei ihrer Familie, mit einer normalen Arbeit? Wie viel hatte sie im Voraus geplant, und was hatte sich einfach so ergeben?

Ich weiß nichts. Die Entscheidungen und Wünsche meiner Mutter sind in meinem Bewusstsein von einer dünnen, rauchfarbenen Glasglocke umgeben. Ihre Verhaltensweisen und Reaktionen wirken gleichermaßen ungreifbar wie unbegreiflich. Wenn ich meinen inneren Blick schärfe, bis es schmerzt, kann ich eben noch erkennen, dass sich dort drinnen in dieser Glasglocke etwas bewegt. Nervöse Schattenschleier, flüchtige Dämonen. Eine Art Erklärung. Aber ich kann durch das Glas hindurch keine Details unterscheiden, mein Blick dringt nicht hindurch.

Ein letztes Aufblitzen des Wassers, und Brighton verschwindet im Takt der Schwellen wie eine flüchtige Erscheinung hinter dem üppigen Grün der Landschaft. Dicht belaubte Bäume werfen ihre Schatten auf die Schienen, und ich sehe, dass der Herbst mit seinem Farbkasten unterwegs war und hier und da im Laub einen gelben Klecks hinterlassen hat.

4. Kapitel

Obwohl sich Oxford durch eine unbestreitbare architektonische Pracht auszeichnet, kommt es einem mit seinen kleinen Kneipen und deren egozentrischen Besuchern manchmal fast provinziell und ein wenig abweisend vor. Manchmal steht die Luft zwischen den Sandsteinpalästen und verschlossenen Kapellen vollkommen still. Wasserspeiende Fratzengesichter grinsen einen höhnisch an. Wimpel hängen schlaff herab.

In den einzigartigen Sälen weht kein Lüftchen. Für ungeladene Gäste gibt es nichts zu sehen: Zutritt verboten. Man kann die Pförtner noch so sehr drängen, wie die frechen Kinder auf Klassenfahrt aus den Londoner Vororten das tun, oder noch so nett bitten, wie die japanischen Damen es versuchen. Das Ergebnis bleibt immer dasselbe. Nichts zu machen.

Und die Geladenen – die Wunderkinder und die unglaublich ehrgeizigen Normalbegabten, die Präsidententöchter und Elitesportler – erwartet hinter den uralten Holzportalen eine Lektion in aufgeblasenem Selbstbewusstsein.

»Wir sind die Auserwählten. Wir gehören zur Oberschicht. Vergiss nie, wer du bist oder wo du dich befindest. Du und die deinen, ihr sollt die Welt führen.«

Aber dort wartet auch heimliche Unterdrückung. Durch das atemberaubende Studientempo, durch das vermeintliche Können der Mitstudenten und durch die strengen Vorbilder verstorbener Premierminister, Prinzen und Poeten. Eine unterschwellige, stumme Unterdrückung, die zwar zu weltbewegenden wissenschaftlichen Errungenschaften, erstklassigen

Qualifikationen und glänzenden Karrieren führen kann, aber auch zu Paranoia, Plagiat und persönlichem Ruin.

Es gibt unverhältnismäßig viele Läden für Faschingskostüme, vergoldete Masken und Theaterdolche, was auf den ersten Blick auf studentische Verspieltheit schließen, aber auch in Oxfords infantile und dunkle Abgründe blicken lässt. Das Bedürfnis, sich auf primitive Weise abzureagieren, der Wirklichkeit zu entfliehen.

Aber davon weiß ich nichts, als ich aus dem Zug steige und meinem in Tweed gehüllten Mitreisenden dafür danke, dass er mir die Reisetaschen herausgehoben hat. Oxford. »Die Stadt der träumenden Türme«, steht in der zerfledderten Broschüre in meiner Manteltasche. Ich spüre die beißende Kälte auf den Wangen. Im Hinterland ist es spürbar ungemütlicher. Jetzt bin ich hier. Jetzt bin ich am Ziel.

Das Taxi fährt an einem Rundbau mit einem wie eine Sternwarte gewölbten Dach vorbei. Ich sehe ein paar Skulpturen hinter dem schmiedeeisernen Zaun vorbeihuschen. Sie wirken mittelalterlich. Große Männerköpfe mit wütend aufgerissenen Mündern. Einige Touristen in Begleitung eines Stadtführers stehen davor. Sie deuten mit den Händen darauf und fotografieren. Das Taxi bremst vor einem majestätischen Portal in einer mehrere Meter hohen Mauer.

»Well, well, well … mal sehen. Hier haben wir Sie. Miss Maja Grå. Sie wollen also Buchillustration studieren, Sie Glückliche.«

Die Dame mit dem perlgrauen Haar blinzelt über ihre Halbbrille, schaut wieder auf ihre Papiere und nickt freundlich.

»Dieser Studiengang ist wirklich sehr beliebt, und nicht viele bekommen einen Platz. Sie werden Oxford lieben. Professor Chesterfield ist einmalig.«

»Danke, ich freue mich wirklich darauf.«

»Ich sehe hier gerade, dass Sie in einem der Studentenheime

in einem Doppelzimmer untergekommen sind, wussten Sie das schon? Mill Creek Manor.«

»Oh, vielen Dank. Welch eine Erleichterung, das wusste ich nicht. Ich bin vorher noch etwas hier in England gereist und … also, vielen Dank!«

»Bei mir brauchen Sie sich nicht zu bedanken«, lächelt die Sekretärin. »Sie waren vermutlich so gewissenhaft, rechtzeitig genug Ihr Interesse zu bekunden. Mill Creek Manor ist nicht das älteste Studentenheim in Oxford. Hier wohnen erst seit etwa zweihundert Jahren Studenten. Dafür verfügt es aber über allen modernen Luxus und einen wunderbaren Garten. Eine Cafeteria gibt es auch, in der recht anständig gekocht wird, habe ich mir sagen lassen.«

»Kann man auch selbst kochen?«

»Ja, ich glaube, es gibt eine Kochplatte. Die andere Studentin ist bereits eingetroffen«, sagt sie und schaut in ihr großes Buch.

»Irgendwas mit Fernando … Sie ist im selben Studiengang wie Sie. Vermutlich wohnen Sie deswegen in einem Zimmer. Haben Sie viel Gepäck?«

Ich muss an diese andere Studentin denken. Eine Fremde. Im selben Zimmer?

»Doch, schon, es ist so einiges.«

»Dann rufe ich Raymond an. Er holt Sie mit dem Auto ab. Er ist Chef-Hausmeister im Mill Creek Manor. Hier in Oxford kümmern wir uns um unsere tüchtigen Studenten.«

Das merke ich, denke ich.

»Die ältesten Teile von Mill Creek Manor stammen aus dem 17. Jahrhundert«, erzählt Raymond. »Aber davon ist nicht mehr viel zu sehen, nur noch die Reste eines kleinen Steinhauses. Das meiste wurde um 1870 errichtet.«

Wir machen einen Rundgang, ein kleiner, zu feuchter Garten mit Wiesenblumen wird von Gebäudeflügeln aus gelbem Granit und einem kleineren Hauptgebäude mit Türmchen und Bleiglasfenstern umrahmt. Dort ist auch die Portiersloge mit dem Fenster, durch das man den Eingangsbereich im Blick hat. Alle, die vorbeiwollen, müssen sich das von Raymond oder einem seiner Kollegen genehmigen lassen. Das Wohnheim erinnert an eine kleinere Burg mit Ländereien, die bis hinunter zum Fluss reichen. Auf dem Wasser, das im Dunst zwischen den Erlen hindurchschimmert, kann ich einen einsamen Ruderer erkennen.

Raymond hat mich auf den schönen Steinboden im Foyer aufmerksam gemacht und mir das schwarze Brett mit Anschlägen über Buchtauschtage, Kammerkonzerte und Tennisturniere gezeigt. Wir haben auch die Cafeteria im Keller besucht, wo es nach gebratenem Speck riecht, und die von den Studenten selbst betriebene kleine Bar sowie den großen Aufenthaltsraum im Hochparterre mit Sofas, offenem Kamin, Klavier und allen zur Verfügung stehendem Computer. Wenn Raymond auf etwas deutet, rutscht sein Uniformärmel ein Stück hoch und ein tief in seine Lederhaut geprägtes, blaugrünes Tintenherz kommt zum Vorschein.

Die Stockwerke sind durch Treppen verbunden, deren Stufen von Tausenden von Füßen ausgetreten sind. Hier und da stoßen wir auf andere Studenten, die uns ausweichen, Raymond herzlich begrüßen und mich neugierig betrachten. Hätten die Typen einen Hut auf, würden sie ihn vermutlich ziehen, denke ich.

»Haben Sie gestern im Fernsehen Arthur Bartleman gesehen?«, ruft einer der jungen Männer Raymond im Vorbeigehen zu.

»Ja, meine Güte, was für ein Zeitgenosse«, sagt mein Begleiter, und seine Miene bekommt etwas Väterliches. »Er hat '97 hier gewohnt, wenn ich mich recht erinnere ... ein echtes Genie, an der Grenze zum Wahnsinn. Und seinen riesigen Kopf, den vergisst man nie«, lacht er.

Zimmer 45 im Nordflügel ist nichts Besonderes. Die Möbel erinnern an eine bessere Jugendherberge. Einzige Ausnahme bildet eine grüne Chaiselongue, deren bloßer Anblick mich begeistert. Wir haben ein kleines gefliestes Badezimmer, in dem gerade einmal eine Badewanne, ein Waschbecken und ein WC Platz finden, sonst nichts. Es gibt einen Erker mit einem Fenster, in dem eine Lampe brennt. Meine Zimmergenossin ist nicht da. Ein dickes Kunstlexikon und einige Bibliotheksbücher liegen herum. Gauguin und Maurice Sendak liegen auf ihrem Nachttisch. Ich danke Raymond, und er lässt mich allein. Hier werde ich also jetzt wohnen. Ich und ... mal sehen ... Nikita Fernando. Sie hat bereits in einer erwachsenen, eleganten Schrift den Mietvertrag unterschrieben. Im Übrigen konstatiere ich, dass sich Nikita Fernando das Haar mit Anti-Frizz-Shampoo wäscht und gerne Vollkornkekse mit Schokoladenüberzug isst. Ich hoffe, sie ist nett. Wann sie wohl nach Hause kommt?

Ich lasse mich auf mein schmales Bett sinken. Eigentlich sollte ich sofort auspacken, aber ich bin zu schläfrig. Als sei jetzt, wo ich einen festen Punkt, einen Ort der Geborgenheit erreicht habe, die Luft raus. Hunger habe ich auch, aber ich bin viel zu müde, um das Zimmer zu verlassen und mich auf die Suche nach etwas Essbarem zu begeben. Ich schiele auf die Kekse meiner unbekannten Zimmergenossin. Nach einer kurzen inneren Debatte komme ich zu dem Schluss, dass es sehr dumm wäre, ohne zu fragen und ohne dass wir uns überhaupt begegnet sind, Nikita Fernando einfach etwas wegzuessen. Stattdessen begnüge ich mich mit einer braunen Banane und etwas abgestandenem Mineralwasser aus einer Plastikflasche, die ich ganz unten in meinem Rucksack finde.

Ich muss eingedöst sein, denn als ich aufwache, ist es Abend und dunkel im Zimmer. Es dauert ein paar Sekunden, bis mir bewusst wird, wo ich mich befinde, dann vergehen noch einmal ein paar Augenblicke, bis ich begreife, dass ich nicht allein bin. Aber das stimmt nicht, ich hätte sie doch hören müssen … Warum hat sie kein Licht gemacht …

Ich erstarre. Bereits ehe mir der Duft von Maiglöckchen entgegenschlägt, weiß ich, wer da ist. Es ist nicht meine neue Zimmergenossin. Das Haar ist blonder, als ich es in Erinnerung habe, und der Körper sehr viel schmaler, aber das ist sie. Die Frauengestalt steht vornübergebeugt mit dem Rücken zu mir neben den Reisetaschen. Sie ist auf dem Weg zur Tür. Die Art, wie sie sich bewegt, leicht gebückt und schwankend, hat etwas Unnatürliches an sich. Sie hält sich den Bauch und kann ihren Kopf nicht halten. Er wackelt irgendwie unheimlich hin und her. Ich liege wie von einer unsichtbaren Kette gefesselt auf dem Bett. Als ich den Mund öffne, kommt nur ein schwaches:

»Maaa …«

Aber das genügt. Sie hat mich gehört. Unendlich langsam dreht sie sich um. Sie zwingt sich, den Kopf aufrecht zu halten. Er scheint nicht recht … festzusitzen. Sie richtet ihre fiebernden Augen auf mich. Diesen wahnsinnigen Blick, den sie manchmal hatte und den ich nicht vergessen kann. Der Blick, der besagt, dass alles geschehen kann und dass niemand weiß, was, am allerwenigsten sie selbst. Ich will schreien, sie möge verschwinden und mich in Frieden lassen. Ich habe getan, was ich konnte. Sie soll gefälligst in die Vergessenheit, ins Schattenreich zurückweichen und für immer dort bleiben. Ich habe sie begraben, um sie geweint und ihren Schmerz empfunden. Ich habe die tugendhafte Tochter tausend Mal besser gespielt, als sie es verdient hat. Es reicht!

Sie zieht die Oberlippe hoch und lächelt ihr starres Raubtierlächeln. Die Zähne sind schwarz.

5. Kapitel

»Wach auf! Das ist nur ein schlechter Traum. Wach auf!«

Ich starre in ein Paar große, dunkelbraune Augen. Sie hat die Deckenlampe angeknipst und hält mich vorsichtig im Arm.

»Oh, entschuldige, ich muss eingeschlafen sein …«

»Kein Problem«, lächelt sie. »Du hast irgendetwas Fürchterliches geträumt, ich musste dich regelrecht schütteln. Ich bin übrigens Nikita. Und du heißt Maja, stimmt's?«

Ich nicke und wische mir mit dem Zeigefinger den Schweiß von der Stirn, wobei ich so tue, als würde ich mir bloß eine Haarsträhne aus dem Gesicht streifen. Meine Arme schmerzen, als hätte ich sie lange Zeit angespannt.

»Schöner Name. Buchstabiert man ihn M-a-y-a?«, fragt Nikita.

Ich erkläre ihr die richtige Schreibweise und muss mich anstrengen, nicht mit den Zähnen zu klappern.

»Wie wäre es mit einer Tasse Tee? Raymond hat gesagt, du seist heute erst in der Stadt eingetroffen. Anstrengend umzuziehen, nicht wahr?«, sagt sie.

Während Nikita mit dem Wasserkocher beschäftigt ist, setze ich mich auf, lege das Kinn auf die Knie und betrachte sie. Eine große, kräftige junge Frau. Sie trägt einen aus Flicken zusammengesetzten, vermutlich selbst genähten Minirock und eine dicke Strumpfhose. Das dunkle Haar hat sie zu einem Knoten hochgesteckt. Ich finde, ihr Profil wirkt ägyptisch.

»Mensch, Maja, du zitterst ja am ganzen Leib. Frierst du? Soll ich den Heizstrahler anmachen?«

»Nein, das ist es nicht… Es war in letzter Zeit einfach nur etwas viel.«

»Komm her«, sagt sie und stellt den Wasserkocher ab.

Ich stehe etwas linkisch vom Bett auf.

»Raymond sagte, du hättest vorhin schon so bleich ausgesehen. Das gibt's doch wohl nicht. Was hast du heute eigentlich gegessen?«

»Nicht so viel.«

»Jetzt gehen wir runter in die Bar. Die hat zwar offiziell schon geschlossen, aber ich weiß, wo die übergebliebenen Sandwiches liegen. Ein Sandwich und ein Bier, das wird uns jetzt guttun. Und ein bisschen Gesellschaft.«

Nikita hat mich in der Studentenbar zu einer Bank geführt und auf den Tisch vor mir eine Flasche Bier und ein belegtes Brötchen gestellt. Ich fühle mich wie eine Aufziehpuppe, die zu allem mechanisch nickt. Wir sind allein in dem länglichen Raum, der auf den Garten hinausgeht und vor dem eine mit Steinplatten gepflasterte Terrasse liegt. Ab und zu gehen draußen an dem erleuchteten Empfang ein paar fröhlich plaudernde Studenten vorbei. Ich nippe an meiner Flasche, eigentlich nur, um es Nikita recht zu machen. Das Bier tut erstaunlich gut. Irgendwie lässt es alles – ja was eigentlich alles? – nicht mehr so wichtig erscheinen. Ich entferne die Plastikfolie und beiße in mein Brötchen. Es ist etwas hart und mit geriebenem Käse, Mayonnaise und Salatzwiebeln belegt. Es schmeckt lecker. Nikita sieht aus wie eine zufriedene Mutter. Sie leert ihre eigene Flasche und holt zwei weitere aus dem Kühlschrank hinter dem Tresen. Als sie zurückkommt, rülpst sie wohlerzogen hinter vorgehaltener Hand und betrachtet mich von der Seite.

»War das Brötchen gut?«, fragt sie.

Es ist kein Krümel mehr übrig.

»Mhh«, antworte ich.

»Du sprichst wirklich nicht viel, Maja.«

Ich zucke mit den Achseln.

»Nein, vielleicht nicht.«

Sie lacht.

»Gut! Das gefällt mir. Die Leute reden ohnehin alle zu viel Unsinn. Noch ein Brötchen?«

»Aha. Wusste ich doch, dass ich dich hier finde, du Besen.«

Ein Typ mit einem mehrmals um den Hals geschlungenen Schal steht in der Tür und haucht seine kalten Finger an. Nikita steht auf, streckt ihm die Zunge heraus und umarmt ihn. Dann entdeckt er mich.

»Mein Gott, wer bist du denn? So ein kleines, hübsches Ding! Was treibst du in Gesellschaft dieser alten Hexe?«

Er redet schnell und spricht einen lustigen Dialekt, den ich nicht identifizieren kann. Nikita tut so, als wolle sie ihm in den Hintern treten.

»Nimm dir ein Bier und besinn dich auf deine gute Kinderstube, Ashley. Das hier ist Maja Grå aus Schweden, meine Zimmergenossin. Mach ihr bitte keine Angst. Sie wirkte vorhin so, als hätte sie ein Gespenst gesehen, und jetzt hat sie sich gerade etwas beruhigt.«

»Was? Du hast schon Besuch von einem der berühmten Gespenster von Mill Creek Manor erhalten?«, fragt er und fuchtelt mit den Händen wie ein Monster.

Nikita bringt ihn mit einem scharfen Blick zum Schweigen. Ashley knöpft seinen Blazer auf, setzt sich und trinkt einen Schluck aus Nikitas Flasche. Er ignoriert ihren kritischen Blick, stützt das Kinn auf die Handfläche und sieht mich mit leuchtenden Augen an.

»Maja Grå, hast du gesagt… Studiengang Buchillustration,

oder? Ich habe deinen Namen auf der Liste gesehen. Er wirkt sehr exotisch.«

Wenn sein Gesicht nicht so vollkommen rund und noch dazu von der Kälte gerötet gewesen wäre, hätte man ihn fast als gutaussehend bezeichnen können.

»Sind in Schweden alle so hübsch wie du?«, fragt er.

»Ash, hör auf damit …«, warnt Nikita.

»Ach, wie dumm von mir«, fährt er fort, ohne seine Freundin zu beachten. »Wann hat man schon mal jemanden aus Schweden gesehen, der nicht gut aussieht?«

Ich fühle mich alles andere als hübsch, eher durchgeschwitzt und etwas fiebrig, aber ich lächele dennoch. Nikita reißt Ashley ihre Bierflasche aus der Hand.

»Maja, darf ich dir Ashley Morris vorstellen, er stammt aus einem der berüchtigten Vororte der berühmten Shakespeare-Stadt Stratford«, sagt sie in ironischem Ton.

Ashley zieht die Nase kraus und greift nach der Flasche, aber Nikita schnappt sie ihm weg und fährt fort:

»Er ist der größte Dandy, Schnorrer und Aquarellmaler von Mill Creek Manor. Außerdem macht er dieselbe Ausbildung wie wir. Halleluja!«

»Halleluja«, wiederholt Ashley. »Aber hört mal, mit wem muss man hier eigentlich schlafen, damit man ein Bier bekommt?«

Es zeigt sich, dass man mit niemandem schlafen muss. Man braucht nur zum Kühlschrank zu gehen, herauszunehmen, was man haben will, und dann alles auf einem ordentlich aufgehängten Zettel zu notieren. Zahlen kann man, wenn man Geld hat, und zwar den Selbstkostenpreis. Gewissensbar. Sie gehen drei, vier Mal, alle beide.

»Wo sind die anderen alle?«, will Nikita wissen. Ihre Stimme ist vom Alkohol eine Oktave tiefer gerutscht.

»Die wagen vermutlich nicht hier reinzukommen, so wie du dich die ganze Zeit aufbläst«, sagt Ashley. »Außerdem gibt Radiohead ein Wohltätigkeitskonzert im Freud. Und Chesterfield liest bei Blackstone's aus seinem neuen Buch. Wein gibt's gratis, da habe ich natürlich kurz vorbeigeschaut, aber es gab schon keine freien Plätze mehr.«

Ashley leert sein Glas und fährt fort:

»Die werden schon noch eintrudeln, wirst sehen. Hoffst du auf jemanden Bestimmten oder nimmst du jeden x-Beliebigen aus dem Ruderclub?«

»Wie lange seid ihr eigentlich schon in Oxford?«, frage ich, als Nikita nichts entgegnet.

»Wir sind beide gestern gekommen, aber wir haben schon letzten Sommer hier studiert«, sagt Nikita.

»Das war ein Vorbereitungskurs: ›Kreative Arbeitsmethoden‹«, ergänzt Ashley.

»Richtig gut«, stellt Nikita fest. »Das Institut ist zwar etwas versnobt und die eigentliche Ausbildung ziemlich formal. Aber es ist schließlich wichtig, die künstlerische Tätigkeit ernst zu nehmen.«

»Hör mal, du Großmaul. Die künstlerische Tätigkeit«, meint Ash. »Du klingst wie ein Papagei, der Chesterfield nachplappert.«

Nikita steigt eine feine Röte ins Gesicht. Ich kann nicht entscheiden, ob sie ernsthaft gekränkt ist oder nur so tut.

Ashley Morris behält recht. Eine halbe Stunde später ist die Bar voll mit lärmenden Studenten. Jemand hat Musik aufgelegt und eine blinkende Lichterkette angeschaltet. Nikita richtet sich auf und tupft sich nach Kirsche riechenden Lipgloss auf die Lippen. Ich muss ein Gähnen unterdrücken.

»Müde, Maja?«, fragt Ash.

»Na ja, ein wenig. Außerdem ist morgen das erste Treffen

aller Teilnehmer, und ich habe noch nichts ausgepackt«, sage ich.

»Etwas Schönheitsschlaf kann bestimmt nicht schaden, bevor du Seine Hoheit triffst… ja, ich meine Chesterfield. Aber wenn du Lust auf einen Schlummertrunk hast, bevor du zu Bett gehst, habe ich noch etwas Whisky anzubieten«, meint Ash.

Hilfesuchend sehe ich Nikita an.

»Geh schon«, lächelt sie. »Ich muss noch einen Moment hierbleiben. Und mach dir wegen Ash keine Sorgen, er ist in dieser Beziehung ohnehin nicht an dir interessiert.«

»Was meinst du?«, frage ich unbedarft.

»Aber Süße«, meint Ash. »Dein Radar funktioniert wohl nicht sonderlich gut. Schwuler als ich kann man doch wohl kaum sein.«

Arm in Arm schwanken wir die Treppen hinauf zu Ashleys Einzelzimmer. Es ist nicht ganz klar, wer eigentlich wen stützt. Von den Wänden blicken alte Oxfordveteranen auf uns herab. Einige schauen streng, andere amüsiert. Graham Greene, J. R. R. Tolkien und… Bill Clinton?

»Allerdings«, sagt Ash. »Er wohnte im Südflügel, Zimmer 32. In mehreren Pubs in der Gegend werden immer noch ihm zu Ehren Marshmallows verkauft. Aber jetzt musst du erzählen.«

Er sucht den Lichtschalter, findet ihn nicht und gelangt zu dem Schluss, dass wir auch ohne Licht zurechtkommen. Der Korridor ist fensterlos und stockfinster.

»Was soll ich erzählen?«, frage ich.

»Als ich kam, hat Nikita gesagt, du hättest ein Gespenst oder irgendetwas gesehen. Du weißt doch, dass es hier wahnsinnig spukt, oder? Was hast du eigentlich genau gesehen?«

Er stößt aufs Geratewohl seinen Schlüssel in Richtung Schloss und findet es schließlich auch. Galant hält er mir die Tür auf. Ich stolpere in das schwarze Zimmer und schüttele die Schuhe von den Füßen.

»Ich habe nichts gesehen. Es war nur ein übler Traum. Ich habe in letzter Zeit ziemlich viel durchgemacht. Wenn du mir einen Whisky einschenkst, erzähle ich es dir.«

»Du brauchst es gar nicht erst zu versuchen, Maja, ich kenne Leute wie dich. Meine Mutter ist genauso. Du gehörst zu den Leuten, die Dinge sehen.«

6. Kapitel

»Und wer sind die Gespenster von Mill Creek Manor?«, frage ich und dringe weiter in Ashleys Zimmer vor. Sofort stoße ich mir das Knie an der Bettkante und fluche innerlich. Das Zimmer ist offenbar kaum größer als ein begehbarer Schrank.

Ashley antwortet nicht sofort. Erst einmal zündet er zwei Kerzen an, die sich mit seinen Rasiersachen auf dem schmalen Bord über dem Waschbecken drängen. Dann holt er eine Whiskyflasche und zwei geschliffene Sherrygläser. Er gießt ein und reicht mir eines. Vorsichtig stoßen wir mit den zerbrechlichen Gläsern an, und es schüttelt uns gleichzeitig, als der starke Alkohol durch unsere Kehlen läuft.

»Es kursieren in der Tat einige fürchterliche Geschichten«, sagt Ashley leise und bedeutet mir, auf seinem Bett Platz zu nehmen.

»Hast du noch nie vom Massaker von Mill Creek Manor gehört?«, fragt er und lässt sich auf dem anderen Bettende nieder. Es gibt keine andere Sitzgelegenheit.

Ich schüttele den Kopf und habe das Gefühl, als würden sich ein paar eisige Finger unter meinem Pullover mein Rückgrat hinauftasten.

»Das ist noch gar nicht so lange her. Vielleicht fünfundzwanzig Jahre oder so«, fährt Ashley fort und schaut in sein Glas.

»Massaker ist auch eher übertrieben. Es heißt, einige Universitätsangehörige hätten mit ein paar Studenten eine Party veranstaltet. Und diese Party ist wohl richtig ausgeartet.«

»Wie meinst du das?«, frage ich und ziehe die Beine an.

»Sie beschlossen, die Sussex-Hexe freizulassen«, sagt Ash.

Ich schließe die Augen und sehe das starre Raubtierlächeln, die schwarzen Zähne vor mir.

»Was hast du gesagt?«, frage ich leise.

»Die Sussex-Hexe. Sie war in einer kleinen versilberten Glasflasche mit Korken eingesperrt. Ich meine natürlich den Geist der Hexe.«

Ich reiße ungläubig die Augen auf. Ash fährt fort:

»Diese kleine Flasche lag in einer der Vitrinen im Anthropologischen Museum hier in Oxford. Die Hexe saß seit irgendeinem Hexenprozess im 18. Jahrhundert dort gefangen. Das war natürlich nur so eine alte Sage. ›Wird das Gefäß geöffnet, kommt die Trauer‹, stand auf einem Zettel, der mit einem grünen Band an der Flasche befestigt war. Meine Mutter hat diese Silberflasche gesehen, als sie als Kind auf Klassenfahrt in Oxford war. Sie kann sich noch gut daran erinnern. Sie sagt, dass einem die Hand, wenn man sie auf das Vitrinenglas mit der Flasche legte, innerhalb einer Sekunde vor Kälte erstarrt sei.«

Ashley leert sein Glas und streckt die Hand nach dem Whisky aus, der neben dem Schreibtisch auf dem Fußboden steht. Er bekommt die Flasche zu fassen, ohne seinen Platz auf dem Bett verlassen zu müssen.

»Verdammt, Maja, dass ich dir das erzählt habe. Jetzt werde ich wieder nächtelang nicht schlafen können«, sagt er hingerissen.

»Erzähl schon, was ist dann passiert?«, sage ich und knuffe ihn ungeduldig in die Seite.

»Einer der Studenten arbeitete offenbar aushilfsweise als Museumsführer im Anthropologischen Museum. Er entwendete die Flasche heimlich und nahm sie zu dieser Party hier im Nordflügel mit. Sie merkten, dass irgendetwas darin gluckerte, entfernten den Korken und rochen an der Flasche. Man glaubte, es handele sich um alten Absinth, und teilte die Tropfen, damit alle probieren konnten. Innerhalb weniger Stunden waren vier Menschen tot.«

»Wie das?«, frage ich und schiebe meine kalten Füße unter Ashleys Bettdecke.

»Ein Mädchen starb bereits während der Party«, sagt Ashley. »Sie erlitt eine Art Anfall. Die anderen starben noch in derselben Nacht und am Morgen darauf. Ähnliche Anfälle. Kollaps. Rettung unmöglich.«

»Das muss hier ja einen ziemlichen Aufruhr gegeben haben«, sage ich.

»Allerdings«, nickt Ash. »Die Zeitungen waren voll davon. Von der Story mit der Hexe in der Flasche. Unwiderstehlich gruselig. In einer Zeitung wurde allerdings behauptet, es habe sich um einen Gruppenselbstmord gehandelt, die Opfer hätten angeblich beim Examen gemogelt und man sei ihnen auf die Spur gekommen. In einer anderen Zeitung wurde Eifersucht vermutet, ein Giftmord, der auf verhängnisvolle Weise schiefgegangen sei. Offenbar war eine der Toten schwanger. Es gab unzählige Theorien. Dann wurde es still. Der damalige Rektor der Oxford University saß offenbar im Vorstand mehrerer großer Zeitungen. Schließlich kam man zu dem offiziellen Ergebnis, dass es sich bei allen Todesfällen um Unfälle gehandelt habe. Aber soll man an einen solchen Zufall wirklich glauben?«

»Und die Überlebenden?«

»Verflucht bis in alle Ewigkeit?«, meint Ash, lächelt ironisch und breitet die Hände aus, um anzudeuten, dass es lediglich eine Vermutung ist.

»Höchstwahrscheinlich von Unglück, Einsamkeit und Tod heimgesucht.«

Ein trockener Zweig schlägt gegen das Fenster. Wir zucken

erst beide zusammen und lachen dann erleichtert. Ich erhebe mich und reibe meine kalten Hände.

Auf dem einzigen Sessel im Zimmer liegen mehrere große an den Rändern verleimte Aquarellblöcke und etwas, das aussieht wie eine mit Farbe bekleckste Werkzeugkiste. Auf dem Schreibtisch stapeln sich dünne Sperrholzplatten, auf denen sorgfältig große Blätter mit groß skizzierten Kompositionen befestigt sind. Andere sind bereits grundiert. Gesprenkelte rosa Schleier und lebhafte graumelierte Wolken. Auf der Fensterbank stehen aufgereiht einige verschlossene Marmeladengläser, die verschiedene Farbmischungen enthalten. Kobaltblau, Samtgrau, Rubinrot. Das Ganze wirkt recht professionell.

»Als ich klein war, habe ich geglaubt, es sei ganz einfach, Aquarelle zu malen«, sagt Ash, als hätte er meine Gedanken erraten.

»Sie wirkten auf mich so wunderbar spontan. Dabei muss man wahnsinnig viel Disziplin aufbringen und mehrere Schritte im Voraus planen. Sehr viel Zeit geht dafür drauf zu warten, dass wieder eine Schicht trocknet. Als würde man Schach mit dem Material spielen, jedoch mit gewissen vollkommen unberechenbaren Faktoren. Deswegen bin ich auch dabei geblieben. Diese verrückte Technik hat es mir wirklich angetan«, sagt er und fährt zärtlich die Kante einer luftigen Landschaft entlang, die er mit Stecknadeln an der Wand über dem Schreibtisch befestigt hat.

Es handelt sich um eine Studie in Graublau und Weiß über einem goldfarbenen Sandstreifen. Ein enormer Himmel über einer kleinen Gruppe von Menschen, die sich über riesige Dünen vorwärts bewegen. Die Minimenschen bestehen nur aus wenigen wohlüberlegten Pinselstrichen, aber man hat trotzdem den Eindruck, als hätten sie verbissene kleine Gesichter, wehende Chiffonröcke und Locken, die im Wind tanzen. Ash hat allen Grund, zufrieden mit sich zu sein, und ich glaube, das ist er auch. Das Werk erinnert an Turner, und als ich das sage, werden Ashleys rosige Wangen noch etwas rosiger, und er strahlt regelrecht vor Stolz, ehe er wieder zu seiner Spaßvogelrolle zurückfindet.

»Aber Turner hatte seine Figuren nicht sonderlich im Griff, weißt du. Anatomisch inkorrekte Strichmännchen. Wenn überhaupt. Es ist wirklich erhebend zu erkennen, dass selbst die größten Meister ihre schwachen Seiten haben. Ich zeige dir das, wenn wir die Tate Gallery in London besuchen«, meint Ash.

Ich könnte in seinem Aquarell verschwinden. Noch nie hat mich eine Landschaftsmalerei so tief berührt. Vielleicht liegt das an dem starken erzählerischen Element. Die kleine Gruppe in dem veränderlichen Terrain. Man will wissen, wer sie sind, wo sie waren und was mit ihnen geschehen wird.

»Du würdest dich am liebsten mit Buchillustration beschäftigen, oder?«, frage ich, obwohl ich das bereits weiß.

»Ja, meine Güte, das ist mein Traum. Ist das so offensichtlich? Ich habe zu Hause bei meiner Mutter eine ganze Mappe mit Skizzen, die ich mehr oder minder nur zum Spaß angefertigt habe. Zu ›Sturmhöhe‹, ›Der Fänger im Roggen‹, ›Das Gespenst von Canterville‹ …«

»Die würde ich mir gerne einmal ansehen«, sage ich und nippe an meinem kleinen Glas.

»Das wäre wirklich eine Ehre. Ich habe meine Illustrationen noch nie jemandem gezeigt«, sagt Ashley und lächelt versonnen, fast schüchtern. Ich spüre, dass ich diesen Typen wirklich mag, seine arglose und gleichzeitig so schnippische Art. Er legt sich mit angezogenen Beinen auf die Seite und umarmt ein Kissen.

»Aber jetzt lass uns zum Wesentlichen kommen«, sagt er. »Meine Mutter kann Dinge sehen, wenn sie jemandem die

Hand auflegt. Das hat sich in der Tat zu einem hübschen Nebenverdienst für sie entwickelt. Sie hat Freundinnen mit verschiedenen seltsamen Fähigkeiten. Sie haben alle so eine besondere Glut in den Augen. Genau wie du. Du brauchst dich also mir gegenüber nicht zu schämen, okay? Erzähl schon. Wie hat es bei dir angefangen?«

Ich bin erstaunt, wie viel ich erzählen will, obwohl ich es nicht gewohnt bin, darüber zu sprechen. Alles bricht hervor. Wie ich ein altes Thermometer zerbissen habe, als ich klein war, und Quecksilber auf die Lippen bekam. Dass ich mir einbilde, damals eine mikroskopische Menge verschluckt zu haben. Nicht genug, um gefährlich zu werden, aber immerhin so viel, dass sich meine Konstitution veränderte, dass ich besonders empfindsam wurde und irgendwie … anders.

Nachdem ich diese merkwürdigen Begebenheiten geschildert habe, ohne dass Ashley gelacht oder etwas in Frage gestellt hätte, fällt es mir leicht, über das andere zu sprechen. Mama, die verschwand und wie vom Erdboden verschluckt blieb. Die gewusst haben muss, dass sie verschwinden würde, da sie unsere letzte gemeinsame Woche entsprechend geplant hatte. Es ist sehr schmerzlich, über all das zu sprechen, nie zuvor habe ich jemandem so offen davon erzählt.

Wie sie mich eine Weile jeden Tag unter ihre Fittiche nahm, und zwar genau eine Woche lang, bevor sie verschwand. Sie nahm mich in dieser Zeit auf eine Art wahr, wie sie es nie zuvor vermocht hatte. Sie brachte mir ein paar einfache Kochrezepte bei, eines für jeden Wochentag. Ich war so hungrig nach ihrem Wohlwollen und genoss es einfach, in ihrer Nähe zu sein und zuzuhören, wenn sie erklärte, wie man ein Omelett oder Hackfleischsauce zubereitet oder wie lange ein Hefeteig aufgehen muss. All das, damit ich allein zurechtkommen würde. Hinterher, nachdem sie fort war. Aber das verstand ich erst später.

Ich erzähle Ash auch von Papa, der nicht weiterleben konnte. Von Mama, die tot in Brighton aufgefunden wurde. Vom vergangenen Sommer, von meinem Putzjob und von den Visionen, wie ich gewissermaßen … fremdbestimmt wurde. Das sind einschneidende, unverarbeitete Erlebnisse, über die ich eigentlich nicht so ohne Weiteres reden kann, aber da Ash so freundlich zuhört, fällt es mir ziemlich leicht. Bis ich zum letzten komme.

»Also, Nikita meinte doch, ihr sei es vorgekommen, als habe ich ein Gespenst gesehen. Damit hatte sie vielleicht recht.«

Er hört mit klaren Augen zu, als ich flüsternd das schreckliche Gefühl in Worte fasse, dass Mama vielleicht immer noch nicht beabsichtigt, mich in Frieden zu lassen. Nach all den Jahren unerklärter Abwesenheit, jetzt, wo ich die ganze Geschichte endlich für mich zu einer Art Abschluss bringen könnte.

»Das klingt wirklich irrsinnig«, sagt Ashley in mitfühlendem Ton und lallt nur ganz leicht.

»Ich weiß«, lächele ich bitter. »Jetzt glaubst du, ich sei vollkommen plemplem.«

»Überhaupt nicht. Vermutlich ist eher *sie* etwas plemplem. Der Tod hat diese Wirkung auf Leute, das weiß ich von meiner Mutter«, sagt Ash, »insbesondere wenn die betreffende Person bereits zu Lebzeiten etwas … neben der Spur war. Aber es ist ja vollkommen offensichtlich, was sie will.«

»Ach?«

»Sie braucht Hilfe. Sie will das Schwein drankriegen. Sie braucht deine Hilfe.«

Gespielt übermütig trinke ich den letzten Schluck.

»Und wenn ich dazu keine Lust habe?«

Ashley tätschelt mir unbeholfen die Wange.

»Ach Kleine, so funktioniert das nicht. Das ist ein wenig so wie mit der Malerei, glaube ich. Wir suchen uns nicht aus, was wir gut können. Aber meist ergibt es sich praktischerweise so, dass das, worauf wir uns besonders gut verstehen, auch das ist, was wir am liebsten tun. Schlaf jetzt gut.«

Ich taste mich durch die dunklen Korridore von Mill Creek Manor, die im Mondschein ganz anders aussehen. Schief, verzerrt, heruntergekommen. Aus irgendeinem Grund halte ich meine Schuhe in den Händen. Meine Füße in den Strümpfen verursachen keinerlei Geräusch, als ich die steinernen Treppenstufen im Nordflügel hinaufschleiche. Alle Türen sind geschlossen, und es herrscht Grabesstille. Schnuppernd wie ein Tier atme ich die Luft ein. Instant-Chinanudeln und verschwitzte Turnschuhe. Keine Maiglöckchen. Und kein Absinth.

Ich bin bereits auf halbem Weg zu Zimmer 45, als mir etwas einfällt, das mich umkehren und auf demselben Weg zu Ashley zurückschleichen lässt. Ich klopfe leise an seine Tür und flüstere:

»Ich bin's, Maja. Ich habe etwas vergessen.«

Ash hat sich umgezogen und trägt jetzt ein ausgeleiertes Pulp-T-Shirt und eine Schlafanzughose, aber es hat nicht den Anschein, als habe ich ihn geweckt. Im Gegenteil. Er hat einen blauen Klecks auf der Wange, und seine Augen funkeln.

»Lass mich raten. Die Hexe sucht ihre kleine Silberflasche, um hineinzukriechen?«, sagt er grinsend.

»Nein, du Dummkopf. Ich frage mich nur, wer sie waren? Die Studenten, die die Sussex-Hexe freigelassen haben. Weißt du das?«

Ash lehnt sich gegen den Türrahmen und verschränkt die Arme, als würde er frieren.

»Keine Ahnung, Maja. Ich weiß nur, dass die Männer, die bei der Party waren, überlebt haben. Aber alle Frauen sind gestorben.«

7. Kapitel

Hinter den dicken Mauern des Mary-Magdalene-Instituts für bildende Künste verbirgt sich ein beeindruckender Innenhof, der auf das 13. Jahrhundert zurückgeht. Das behauptet jedenfalls ein handgemaltes Schild, das neben der Pförtnerloge hängt. Die Scharlacheichen und die Maulbeerbäume sind vermutlich sechs- oder siebenhundert Jahre jünger. Und ganz offensichtlich wird diesen Bäumen die liebevolle Pflege fähiger Gärtner zuteil. Ich fühle mich an ein mittelalterliches Dorf erinnert, das von einer Ringmauer umschlossen wird. Es gibt alles: eine Kapelle, Wohnungen, Speisesäle und Seminarräume. Gewölbegänge führen zu Geheimtreppen und lauschigen Hinterhöfen. Eine bunte Ansammlung von Gebäuden, die mit den Jahren immer weiter angewachsen ist und bei der man eigentlich mit keiner harmonischen Einheit rechnen würde. Aber genau so kommt einem alles vor, harmonisch. Wie ein Zufluchtsort.

Es wimmelt von Studenten. Viele mühen sich in dem starken Wind mit ihren großen Mappen ab. Eine junge, blonde Frau, eine auffällige Schönheit, schleppt eine altmodische Schaufensterpuppe, die sie an den Beinen festhält. Andere Studenten tragen Trainingskleidung und haben Squashschläger in der Hand.

»Das ist der ›Quad‹«, sagt Nikita und deutet auf eine menschenleere quadratische Wiese. In ihrer Mitte erhebt sich eine abstrakte Bronzeskulptur. Ich tippe auf Henry Moore oder jemanden aus derselben Zeit, wage jedoch nicht, etwas zu sagen, aus Angst, dass ich mich irren könnte.

»Alle Colleges in Oxford haben einen quadratischen Innenhof. Frag mich nicht, warum«, fährt sie fort und kehrt der kahlen Fläche den Rücken zu. In der eisigen Vormittagsluft wird unser Atem zu weißem Dampf.

»Einige der Studenten im letzten Studienjahr wohnen auf dem Campus. Und manche der Dozenten. Die können wirklich immer ausschlafen! Das Gebäude da drüben, das aussieht wie eine Kirche, heißt ›Halls‹. Dort essen wir an den Tagen zu Mittag, an denen wir von morgens bis abends Lehrveranstaltungen haben«, sagt Ashley.

»Wenn wir es uns leisten können, bestellen wir das Drei-Gänge-Menü«, ergänzt Nikita. Dann deutet sie in die entgegengesetzte Richtung auf ein efeubewachsenes Bauwerk, das fast barock wirkt.

»In dieser Bude sind die Professoren. Dahinter liegt der Hirschgarten. Den kann ich dir später zeigen.«

Ihr Blick wirkt auf einmal abwesend, und ich verstehe sie. Hirschgarten. Das klingt wie aus einem Märchen. Ash biegt in einen Bogengang ein, der besser zu einem gotischen Kloster gepasst hätte.

»Kommt, wir machen noch einen kurzen Abstecher in den Tearoom. Ich sterbe, wenn ich nicht gleich eine Cola und eine Kopfschmerztablette bekomme.«

»Willkommen, liebe Studenten, zu einer der wenigen Lehrveranstaltungen, die ich noch selbst leite. Ich habe das Fach Buchillustration mit ins Leben gerufen, und deshalb liegt mir dieser Kurs so sehr am Herzen.«

Professor Leopold Chesterfield setzt ein zuckersüßes Lächeln auf und rückt seinen saphirblauen Schlips zurecht. Das Selbstbewusstsein dringt ihm förmlich aus allen Poren.

»Es ist ein Privileg, so viele begabte Menschen in einem

Raum versammelt zu sehen. Einige von Ihnen kenne ich natürlich bereits«, fährt er fort und sieht mit seinen funkelnden Augen in Nikitas Richtung.

Der Professor ist gar nicht so, wie ich ihn mir vorgestellt hatte. Weder ein Bohemien noch ein Draufgänger. Er ist klein, und sein welliges Haar hat für einen Mann in schon etwas fortgeschrittenem Alter eine unnatürlich goldblonde Farbe. Ich kann ihn mir nicht mit einem Kohlestift oder einem Pinsel in der Hand, die Hosen von Leinöl befleckt, vorstellen.

»Ich habe jedoch das Gefühl, dass ich Sie alle durch Ihre Probearbeiten bereits ein wenig kenne. Ich war beeindruckt, das kann ich Ihnen versichern. Welch bemerkenswertes Spektrum in dieser Gruppe vertreten ist.«

Ich kann nicht recht begreifen, wie jemand mit so fundierten Kenntnissen wie Chesterfield von meinen zaghaften Bleistiftzeichnungen beeindruckt sein soll, aber eines ist sicher: Ich wurde angenommen, das ist ein Faktum. Der Professor fährt fort, als habe er meine Gedanken gelesen:

»Sie haben alle einen Platz in diesem außergewöhnlichen Studiengang verdient – weil Sie alle außergewöhnlich sind. Also: Herzlich willkommen in Oxford und am Mary-Magdalene-Institut.«

Wir sind sechzehn Studenten, etwa zur Hälfte Männer und Frauen. Die Luft knistert vor Spannung, und ich glaube nicht, dass ich die Einzige bin, die das so empfindet. Ein Gefühl der Ehrfurcht vor dem, was vor uns liegt, und etwas anderes. Vielleicht ein verhaltener Stolz, dass wir es so weit gebracht haben?

»Wir gehen jetzt zur Aula«, sagt Professor Chesterfield. »Ich habe einen Diavortrag als Einführung in unser erstes Projekt vorbereitet.«

Ich lande auf einem Platz zwischen Nikita und einer Japanerin, die sich als Yasu vorstellt.

»Das bedeutet ›verträumt‹«, kichert sie schüchtern. Schräg vor mir sitzt eine große Gestalt mit gebeugtem Rücken und wilder Mähne, die offenbar schon lange keinen Friseur mehr gesehen hat.

»Also dann«, sagt Professor Chesterfield und drückt auf den Dimmer. »Mir wäre es recht, wenn Sie sich die Dias anschauen und mir zuhören würden, statt sich zu sehr auf das Mitschreiben zu konzentrieren.«

Sechzehn Stifte werden gehorsam beiseitegelegt. Das erste Dia, das der Projektor an die Wand wirft, ist das Foto einer afrikanischen Maske. Die Form ist schlicht, die Gesichtszüge sind stilisiert, aber das Muster aus hellen und dunklen Dreiecken wirkt ziemlich kompliziert.

»Ihre erste Aufgabe wird ein Selbstporträt sein«, sagt der Professor, während er das Bild scharf stellt. »Sie haben zwei Wochen Zeit. Die Technik steht Ihnen frei, allerdings muss das Format mindestens A 3 sein.«

Das nächste Dia zeigt ein dunkles Barockgemälde: einen kränklichen Jüngling mit gelber Haut und einer römischen Toga. Vielleicht ein Caravaggio? Ich erinnere mich dunkel, das Bild einmal in einem Dokumentarfilm im Fernsehen gesehen zu haben.

Dann füllt ein wässriges, graublaues Aquarell den Bildschirm. Ein undeutliches Gesicht wie hinter einem Schleier.

»Selbstdarstellung«, sagt unser Lehrer. »Ich möchte, dass Sie über Selbstdarstellung als Konzept nachdenken. Über Gründe und Art der Ausführung. Jemand will, dass seine Bilder der Nachwelt erhalten bleiben. Ein anderer Künstler will eine idealisierte Alternative seiner selbst präsentieren, eine stärkere und schönere Version vielleicht. Oder geht es um ein Formexperiment? Oder um alles zusammen?«

Klick.

Nächstes Dia. Dieses Bild kenne ich definitiv. Frida Kahlos »Der kleine Hirsch«. Neun Pfeile durchbohren einen Tierkörper mit einem stoischen Frauenkopf. Die Form des verzweigten Astes im Vordergrund wird mit dem Geweih der Hirschfrau wiederaufgenommen. Blutstropfen glänzen im Fell. All das könnten Metaphern für Sagen und Legenden sein, die ich nicht kenne.

»Beachten Sie auch die Technik«, fährt Chesterfield fort. »Wie die Künstlerin mit der Farbe eher gezeichnet als gemalt hat. Übrigens auf einer Hartfaserplatte und nicht etwa auf einer teuren Leinwand ... Möchte sich jemand dazu äußern?«

Der Kerl mit dem gebeugten Rücken vor mir hebt zögernd die Hand.

»Bitte. Sie heißen Jack, oder?«

»Ja. Also, ich denke ...« Jack spricht einen rauen schottischen Dialekt. Er unterbricht sich und kratzt sich nervös im Nacken, dann fasst er Mut und beginnt erneut:

»... ich vermute, die Künstlerin hat einfach das genommen, was sie gerade zur Hand hatte. Das Material, ein Brett oder sonst was, spielte für sie keine so große Rolle. Sie war eher von einer Art ... innerem Zwang zu malen angetrieben.«

»Interessanter Gedanke, Jack. Ist das eine Situation, die Sie von sich selbst kennen, wenn Sie mir diese persönliche Frage gestatten? Einer der Grundgedanken dieses Kurses ist nämlich, sich zu öffnen und seine Überlegungen und Strategien mitzuteilen. Wir wollen voneinander lernen.«

»Wie? Ob ich ... einen inneren Zwang zum Malen verspüre?«, fragt Jack.

Leopold Chesterfield nickt aufmunternd. Jack schluckt so laut, dass ich es bis zu meinem Platz höre, bevor er antwortet.

»Also, manchmal schon. Fast so, als wäre ich ... besessen.«

8. Kapitel

Unzählige Partyfackeln flackern im Wind. Sie säumen den Weg und den Quad, sie hängen an den Wänden der Bogengänge und werfen unstete Schatten an die Mauern. Im großen Saal des Instituts hat man eine Art Cocktailparty vorbereitet, und viele Gäste sind entsprechend gekleidet.

»Das wirkt ja geradezu weihnachtlich, findet ihr nicht auch?«

Ashley sieht elegant aus mit seinem altrosa Seidentuch um den Hals. Sein Gesicht leuchtet fröhlich. Die erste Bekannte, die wir entdecken, ist Yasu, unsere japanische Kommilitonin. Sie hat sich kunstvoll als Punk-Geisha geschminkt und steht allein und etwas verloren neben einem Kleiderständer. Nikita legt ihr einen Arm um die Schultern und zieht sie zu uns anderen herüber. Weiter hinten im Saal entdecke ich im Gewirr aus Haaren, Gelächter und klirrenden Gläsern weitere bekannte Gesichter. An einer der Längswände wachen weißgekleidete Kellner über ein Büfett mit kalten Platten, leckeren kleinen Pies und Teekuchen.

Professor Leopold Chesterfield steht an der Tür und unterhält sich mit anderen Dozenten. Ich stutze, als ich das Halbprofil einer seiner Kolleginnen sehe. Irgendwie kommt sie mir bekannt vor, und das beunruhigt mich. Sie ist zierlich, um die fünfzig, hat blondes, gelocktes Haar und einen etwas verschleierten, unergründlichen Gesichtsausdruck. Sie ist schön. Als sie eine Strähne beiseiteschiebt, sehe ich, dass sie die Finger meiner Mutter hat. Zumindest sehr ähnliche. Ich bilde mir ein, den milden, blumigen Duft eines Parfüms wahrzunehmen, aber ich hatte schon früher Geruchshalluzinationen und weiß, dass ich mich nicht richtig auf meine Sinne verlassen kann.

Die Frau lacht über einen Scherz, den ich nicht gehört habe, und obwohl ihre Stimme heller klingt als Mamas, ist da etwas an ihrem Lachen, an ihrem Tonfall, was mich in die Vergangenheit zurückgleiten lässt, entlang einer dunklen Perlenkette aus verlorenen Weihnachtsfesten, Silvesterfeiern und Geburtstagen. Trauer und Sehnsucht durchdringen mich, nageln mich wie mit Pfeilen auf dem Eichenparkett fest. Ich habe einen Kloß im Hals, und ich blicke zu Boden, damit niemand in dem festlich geschmückten Saal sehen kann, dass meine Augen feucht werden. Ich kann nicht weitergehen, kann nicht sprechen, kann nichts anderes tun als einfach dazustehen.

Durch die Tränen sehe ich, dass Chesterfield unsere kleine Gruppe entdeckt hat. Er hält ein Weinglas in der einen Hand und klopft Ashley mit der anderen auf die Schulter.

»Meine Lieben. Wie nett, dass Sie zu diesem kleinen Empfang erschienen sind. Haben Sie schon mit Ihren Selbstporträts begonnen?«

»Was ist dann in Ihren Augen ein großer Empfang, Professor?«, lacht Nikita. »Nein, ich denke noch über mein Porträt nach. Aber jetzt würde ich gern erst einmal einen Schluck trinken«, erklärt sie strahlend. Der Professor verzieht die Lippen und schaut ihr ungeniert auf den Hintern, als sie sich suchend nach dem nächsten Kellner mit einem Tablett umdreht.

»Liebe Nikita, Sie sind unwiderstehlich wie immer. Ich dachte, Gin Tonic sei Ihr Gift, aber vielleicht erinnere ich mich auch falsch? Schließlich liegt der letzte Sommer schon ein Weilchen zurück.«

»Schau«, wirft Ash ein. »Da kommt ein Kellner. Maja, Rot- oder Weißwein? Yasu? Professor, noch ein Glas? Ich bin gleich wieder da.«

Chesterfield wendet mir seine Aufmerksamkeit zu. Ich habe dasselbe Gefühl wie bei der Vorlesung gestern. Er kommt mir so unnatürlich, fast ungreifbar vor. Diese Haarfarbe, ist die wirklich echt? Und warum finden Ash und Nikita, er sei so einnehmend? Sehen sie etwas in Chesterfield, was ich nicht wahrnehme? Oder bin ich es, die …

»Nutzen Sie die Gelegenheit und langen Sie ordentlich zu. Ich glaube, die Küche hat heute nicht gegeizt«, sagt der Professor. Sein Ton ist vertraulich, väterlich. Neben dem Duft von Leinen und feiner Wolle nehme ich auch den Geruch seiner Haut wahr. Er riecht nach Talkum.

»Dafür braucht man sich wahrlich nicht zu schämen«, fährt er fort. »Ich kann mich noch gut erinnern, wie das Studentenleben war. Man wollte wirklich kein Geld für das Abendessen ausgeben.«

Yasu lacht höflich, und ich stimme ein.

»Ich bin sehr gespannt darauf, was Sie mir am Donnerstag zeigen«, sagt Chesterfield. »Unsere ausländischen Studenten haben eine andere Sichtweise und einen anderen Bezugsrahmen, einen anderen mythologischen Background, wenn man so will.«

Ich fahre mir mit der Zungenspitze über die Lippen und nehme Anlauf.

»Also, Professor, ich muss Ihnen noch etwas gestehen. Ich kann da natürlich nur für mich sprechen …« Ich gestikuliere in Richtung von Yasu und fahre dann fort: »… aber ich habe im Unterschied zu den meisten anderen hier kein formales Kunststudium absolviert.«

Er antwortet mit gedämpfter Stimme, und sein Blick kommt mir plötzlich seltsam traurig vor.

»Seien Sie unbesorgt, meine Liebe. Vielleicht ist das ja auch ein Vorteil?« Einen Augenblick später ist der Professor wieder ganz der Alte, er schenkt mir ein strahlendes Lächeln und beschreibt mit der Hand eine ausschweifende Geste.

»Keine Hemmungen! Das ist mein Rat. Jetzt ist der richtige Zeitpunkt für Experimente und neue Denkansätze. Nun muss ich mich aber noch ein wenig umsehen. Ich wünsche Ihnen noch einen schönen Abend...«

Leopold Chesterfield verstummt, nickt kurz und verschwindet zu einem anderen Studentengrüppchen.

Nikitas Teller ist randvoll, aber kein noch so kleiner mit Gorgonzola gefüllter Champignon fällt herunter, als sie sich einen Weg zu mir bahnt. Yasu hat einen Landsmann entdeckt und verlässt unsere kleine Schar mit einer Verbeugung.

»Dort drüben sind ein paar Plätze nicht belegt, beeil dich und halt sie für uns frei, Maja«, keucht Nikita.

»Entschuldigung, ist hier noch Platz für uns...?«, frage ich den jungen Mann auf der Bank. Ein paar wilde Augen begegnen meinen, und eine plötzliche Hitze breitet sich in meinem Unterleib aus. Dunkles zerzaustes Haar und ein leicht gekrümmter Rücken. Jack. Als er sich erhebt, scheint seinen Kleidern unsichtbarer kalter Rauch zu entströmen. In diesem Menschen steckt etwas Wildes, Rasendes, denke ich. Etwas, das er mit aller Kraft zügeln muss.

»Ich bin Jack Winter. Hier, kannst meinen Platz haben. Ich wollte ohnehin gerade gehen.«

Wieder dieser schottische Akzent. Sein Händedruck ist schroff und seine Haut so trocken wie ein Reibeisen. Offenbar bin ich bei der Berührung zusammengezuckt, denn er entschuldigt sich und zieht die Hand zurück.

»Verzeihung. Das liegt an diesem ganzen verdammten Terpentin.« Sein Blick ist unstet, und seine Wangen röten sich leicht.

»Super, vielen Dank«, sagt Nikita, den Mund voller Räucherlachs. Sie schwingt ein Bein über die Bank, wobei ihr fast die Rocknaht platzt.

»Schmierseife, sage ich nur«, fährt sie fort. »Du musst Schmierseife benutzen, Jack, kein Terpentin, das ist Gift.«

Jack Winter verschwindet wortlos. Wir sehen alle drei seinem Rücken hinterher.

»Mmm-mm-mm«, sagt Ashley nachdenklich. »Ich bin ihm doch verdammt noch mal schon früher begegnet. Jetzt fällt es mir wieder ein. Wir waren mal an derselben Jugendausstellung beteiligt. Er malt in Öl. Dunkle, ziemlich morbide Schinken. Abgehoben. Fand vermutlich, ich sei mit meinen kleinen Blumenbildern nicht ernst zu nehmen. Womit er möglicherweise sogar recht hat. Ich weiß nicht, ob ich ihn unheimlich oder sexy finden soll oder vielleicht beides.«

Ashley schnalzt spöttisch mit der Zunge und fügt dann hinzu:

»Er scheint jedenfalls total in Maja verschossen zu sein.«

Es schaudert mich, und ich kann es nicht verbergen. Als ich meinen Schwerpunkt fast unmerklich nach rechts verlagere, um einen letzten Blick auf Jack Winters zerzausten Kopf auf dem Weg zur Garderobe zu erhaschen, sehe ich in der Menge wieder die blondgelockte, schon ältere Frau. Sie gehört wohl zu den Lehrkräften, denn sie spricht mit einigen Studenten. Jetzt hat sie eine eckige, ziemlich trendige Brille aufgesetzt. Sie fuchtelt mit den Händen. Ich richte mich auf und zwinge mich, sie direkt anzusehen, sie in ihrer Gesamtheit zu erfassen. Meine Handflächen werden schweißnass, und meine Augen brennen wie Feuer. Als ich ihre Füße, ihre Gestik und ihr strahlendes Lächeln sehe, wird mir jedoch klar, dass keinerlei Ähnlichkeit zu meiner Mutter besteht. Diese Frau fühlt sich in ihrer Haut ausgesprochen wohl.

9. Kapitel

Der Oktober rückt näher und breitet eine dicke, undurchdringliche Decke aus stahlgrauen Wolken über Oxford. Die Stadt scheint in ewige Dämmerung zu versinken. Die klare, schneidende Luft, an die ich mich so gewöhnt habe, wird unangenehm dumpf. Es ist, als würde man mit einem Fremden in einen feuchten Sack gesteckt.

Yasu wirkt gleichzeitig stolz und verlegen, als sie ihre erste Arbeit vor uns anderen im Seminarraum auf eine Staffelei stellt. Ihr Name bedeutet ja vielleicht so viel wie verträumt, aber ihr Selbstporträt ist alles andere als das. Yasu hat eine Mangaversion ihrer selbst in Rot-Weiß und mit schwarzer Tusche angefertigt. Selbstsichere, dünne, mit dem Pinsel gemalte Linien auf einem Hintergrund aus Wolkenkratzern und japanischer Kalligraphie. Eine Comic-Heldin mit einem Busen, der das löchrige Unterhemd zu sprengen droht. Die einzige Gemeinsamkeit mit der in Wirklichkeit recht scheuen Yasu ist der asymmetrische Pony. Das Bild ist originell, eindrucksvoll und technisch perfekt. Ich winde mich vor Scham und Unbehagen und wünsche mir, ich könnte mein eigenes Selbstporträt in zwei Stücke reißen. Nein, in tausend Stücke. Ich will mein Machwerk in Konfetti verwandeln, in den großen Papierkorb neben der Spüle im Seminarraum herabrieseln lassen, durch die Korridore und das Portal der Akademie laufen und nie mehr zurückkommen.

Ich habe mich bei meinem Selbstporträt für Bleistift und Gouache entschieden. Aber liegt es wirklich daran? Oder habe ich einfach wie eine Amateurin blind darauflos begonnen? Habe ich überhaupt über Chesterfields Rat nachgedacht? Keine Hemmungen zu haben, mich auf das zu besinnen, was mich auszeichnet, auf meine Wurzeln? Ein Glück, dass meine Präsentation eine der ersten war, denke ich. So ist es mir wenigstens erspart geblieben, beim Anblick der Werke meiner begabtesten Mitstudenten vollkommen den Mut zu verlieren, bevor ich an die Reihe kam.

Anschließend werfe ich mein Selbstporträt umgedreht unter meinen Stuhl auf den schmutzigen Linoleumfußboden, damit es niemand mehr anzuschauen braucht. Am allerwenigsten ich selbst. Trotzdem habe ich jede unsichere Linie vor Augen, die verwässerten Farben, die flache, ausdruckslose Gesamterscheinung. Das billige Papier, das Wellen schlägt und rissig geworden ist. Ich stelle die Zehenspitzen auf die Ecken des Blatts und vollführe eine Drehung.

Ich rufe mir die Bilder der anderen ins Gedächtnis. Ein grausamer Kontrast. Nikitas von Gauguin inspiriertes Selbstporträt in warmen Terrakottatönen. Ashleys ausgefeilte Aquarelltechnik, seine Begabung für Licht und Schatten. Was habe ich hier zu suchen?

Jack Winter ist der Letzte, der sein Selbstporträt zeigt. Ich beuge mich etwas weiter vor, und mein Selbstmitleid weicht einem mit Spannung gemischten Unbehagen. Ich will mir aus irgendeinem Grund die Chance nicht entgehen lassen, wieder einen Blick auf diese rauen, kräftigen Hände zu werfen.

Als Jack sein schweres Gemälde aus dem Packpapier gewickelt und auf die Staffelei gestellt hat, bleibt der gesamten Klasse die Luft weg. Die Leinwand ist senkrecht aufgeschlitzt wie eine Wunde. Um diese klaffende Öffnung herum hat der Maler eine diffuse Körperform angedeutet, so dass der Eindruck eines Einschnitts in einen dreidimensionalen Torso entsteht. Die Verletzung wirkt sehr naturgetreu, die schwarzrote Ölfarbe ist pastos aufgetragen und quillt über die Schnittkanten. Der Kopf der Figur fehlt. In den dunklen Schlitz hat Jack ein weiteres Gemälde montiert. Professor Chesterfield kneift die Augen zusammen und tritt näher. Er zieht die Nase kraus, als würde das Gemälde einen abstoßenden Geruch absondern.

»Sie haben hier ein kleines Frauenporträt montiert, Jack.«

Der jüngere Mann nickt mit gesenktem Blick. Der Professor fährt fort:

»Technisch absolut einwandfrei. Wollen Sie mir sagen, wer das ist?«

»Niemand Besonderes.«

»Entschuldigen Sie, könnten Sie etwas lauter sprechen?«

»Das ist niemand Besonderes. Vielleicht steht sie ja … für die Frau … in uns allen.«

Ich sehe Jacks Gesicht an, wie sehr er leidet. Ihm ist das Ganze hier ziemlich unangenehm. Trotzdem kämpft er weiter.

»Wir entspringen ja gewissermaßen alle dem Schoß einer Mutter. Ich weiß nicht recht, was ich sonst noch sagen soll. Das Bild spricht für sich. Hoffe ich.«

»Sie haben auf jeden Fall das Recht, so zu empfinden, Jack. Es stimmt. Das Bild spricht für sich. Es schreit regelrecht. Ist es in Ordnung, dass ich jetzt die allgemeine Diskussion eröffne?«

Jack nickt erneut und schaut zu Boden. Er lässt seine langen Arme hängen, um seine Augen liegen dunkle Schatten. Ashley hebt die Hand und beginnt in Jacks Richtung zu sprechen, ohne die Erlaubnis abzuwarten.

»Ich habe nicht vor, mich hier an irgendeiner Psychoanalyse zu versuchen …«

»Danke«, sagt Jack mit einem schiefen Lächeln, das kurz aufblitzt und sofort wieder verschwindet.

»… aber meine Interpretation lautet, dass du die äußere Gestalt bist und dass die Wunde etwas repräsentiert, was du empfindest oder erlebt hast.«

»Ich finde das Bild gruselig«, mischt sich Nikita mit Nachdruck ein. »Aber irgendwie faszinierend gruselig. Man muss es einfach immer wieder anschauen.«

Ich empfinde es genauso. Jacks Gemälde erschüttert mich. Die kleine Gestalt dort im Blut. Schläft sie, oder ist es nur ein scheinbarer Schlaf? In allem anderen erkenne ich nur Jack wieder. Es erschüttert mich ebenfalls. Ich bekomme nur noch mit Mühe Luft.

Unser Mentor nimmt die Diskussion wieder auf.

»Natürlich, Nikita. Aufgabe der Kunst ist es nicht immer, zu gefallen oder dekorativ zu sein. Kunst soll das Leben spiegeln, das menschliche Erleben mit seinen hellen und dunklen Seiten. Sind Sie der Meinung, dass es sich bei diesem Doppelporträt um ein Beispiel für impressionistische oder tendenziell eher um expressionistische Malerei handelt? Maja?«

Als Chesterfield meinen Namen ausspricht, gewinne ich die Fassung zurück, und der Seminarraum bekommt allmählich wieder Farbe und Konturen. Täusche ich mich, oder klingt seine Stimme ein wenig herablassend? Ich räuspere mich und streiche mir mit der Hand über Stirn und Augen, bevor ich antworte.

»Natürlich ist dieses Werk Ausdruck für etwas, was *aus* dem Inneren des Künstlers kommt, es ist also expressionistisch.«

Ich konzentriere mich darauf, meine Aussprache so britisch wie möglich klingen zu lassen, und merke, dass meine Stimme ein wenig affektiert wirkt. Aus dem Augenwinkel sehe ich, dass Jack mir einen anerkennenden Blick zuwirft. Das kann aber auch Einbildung sein. Ich bin schweißnass unter den Armen.

»Darf man fragen, warum du die äußere Figur ohne Kopf gemalt hast, Jack?«, will jemand wissen.

»Fragen darf man schon. Aber mir ist es lieber, wenn die Leute ihre eigenen Deutungen finden und nicht darauf warten, dass ich ihnen erkläre, was richtig und was falsch ist und was ich eigentlich sagen wollte.«

Jacks letzte Worte schweben noch in der Luft, als die Stunde endet. Aber niemand scheint es eilig zu haben, nicht einmal Jack. Stattdessen drängen sich alle vor der Staffelei. Wir unterhalten uns über Techniken und Material, wir reden eifrig durcheinander, weil wir erleichtert sind, die erste Feuertaufe überstanden zu haben. Alle wollen sich Jacks Leinwand genauer ansehen. Wir stehen vertraulich beieinander, Bauch an Rücken, Hüfte an Hüfte, und schauen in den makabren Guckkasten, aus dem uns ein eingesunkenes kleines Frauengesicht entgegenblickt.

Die Große Halle ist nach der Empfangsparty sorgfältig gereinigt worden. Es riecht nach Essen – Kalbskotelett mit Bratkartoffeln – und gleichzeitig nach Scheuerpulver und Möbelpolitur.

»Ich finde nicht, dass Leo, ich meine, der Professor, so ist wie im Sommer. Irgendwie hat er was … Gehetztes, meinst du nicht auch?«, sagt Nikita.

Ash schüttelt verständnislos den Kopf. Ich kann dazu nichts sagen. Nikita lässt das Thema auf sich beruhen.

»Meine Güte, bin ich hungrig«, beginnt sie erneut. »Und durstig. Wollen wir nicht zusammen eine Flasche Wein trinken und unsere erste Aufgabe feiern?«

Wir anderen nicken eifrig, und Ashley reicht mir ein nasses Tablett. Ich denke an den Speisesaal in der Schule in Skardala. Es gibt in der Tat große Ähnlichkeiten. Aber so schönes Holz und mittelalterliche Gobelins hatten wir nicht.

»Eigentlich habe ich gar keinen Wein verdient«, seufze ich. »Ich bin wirklich die Schlechteste der Klasse.«

»Jetzt hör schon auf damit, Maja«, sagt Ash. »Du hast Talent. Ich habe deine Entwürfe gesehen. Aber du hast dir das natürlich alles selbst beigebracht, und vielleicht bist du auch, na ja, etwas zu vorsichtig«, fährt er fort und nimmt Besteck für uns drei.

»Genau!«, sagt Nikita und deutet auf einen argentinischen Wein mit Schraubverschluss. »Den da. Und drei Gläser, bitte«, sagt sie zu der Dame mit Haarnetz hinter der Theke.

»Alrighty, meine Liebe. Wohl bekomm's«, sagt die Dame, und die Kasse scheppert. Ich sehe, dass Nikita mit weltgewandter Selbstverständlichkeit die Zeche für uns drei bezahlt. Sie setzt ganz offenbar voraus, dass sich am Ende alles ausgleichen wird, ohne dass man die Unterhaltung mit ängstlichen Verhandlungen darüber unterbrechen müsste, wie und wann alle ihren Anteil zurückzahlen.

Als das weißgekleidete Mädchen den Speisesaal betritt, verstummen, wie unter einer langsam sich ausbreitenden Druckwelle, ringsherum sämtliche Unterhaltungen. Möglicherweise bemerkt sie selbst das gar nicht. Sie eilt suchend zwischen den langen Tischen hindurch und hält einen großen Papierbogen in der Hand. Sie ist klein und flink und zerzaust, und ihre dicke Wolljacke hängt wie ein großes Kleid an ihr herab. Weiße Leggings. Dünnes kurzgeschnittenes Haar, das in alle Richtungen absteht, und ein niedliches Gesicht. Sogar die klobigen Stiefel sind aus hellem Leder.

Ich schaue zu Nikita herüber und stutze. Ihr Gesicht erschreckt mich. Zwei tiefe, dunkle Falten teilen die Stirn zwischen den Brauen, der Mund ist ein schmaler Strich.

Ashley lässt seine Gabel zu Boden fallen. In der herrschenden Stille wirkt das Klappern fast ohrenbetäubend. Wir beugen uns gleichzeitig nach unten, um sie aufzuheben, und stoßen fast mit der Stirn zusammen. Als ich mich wieder aufrichte, steht sie hinter mir und legt sanft eine Hand auf meine Schulter.

»Bist du nicht Maja?«

Ihre Stimme ist etwas heiser und keuchend, als hätte sie sich beeilt.

»Ich habe das hier auf dem Fußboden im Zeichensaal gefunden«, erklärt sie. »Ein Glück, dass du noch nicht weg bist. Hier.«

Sie reicht mir den Papierbogen. Es ist mein armseliges Selbstporträt. Sie nickt den anderen am Tisch kurz zu und scheint vor dem harten Gesicht Nikitas zurückzuweichen. Noch ehe ich ein Danke stammeln kann, beugt sich das weißgekleidete Mädchen zu mir vor und sagt fast flüsternd:

»Es gefällt mir sehr gut. Die Farben sind so zart. Ein wenig wie bei Pissarro.«

»Pissarro? Danke, aber das liegt daran, dass ich versehentlich zu viel Wasser zum Verdünnen genommen habe«, stammele ich und verhasple mich beinahe.

Sie lächelt flüchtig, zuckt mit den Achseln und ist verschwunden.

Ich halte mein Porträt mit beiden Händen fest, während es um uns herum langsam wieder lauter wird.

»Oha«, sagt Ash und schüttelt amüsiert den Kopf. Er deutet auf sein dunkelrosa angelaufenes Gesicht, grinst und meint: »Unglaublich, sie ist einfach … also, welche Wirkung sie auf die Leute hat. Selbst auf mich! Dabei interessiere ich mich überhaupt nicht für Frauen, jedenfalls nicht in diesem Sinne.«

Ich verstehe, was er meint. Ich selbst habe das Gefühl, als sei soeben das schönste Gespenst der Welt in den Saal geflogen, hätte mich geküsst und sei dann wieder davongeschwebt.

»Wer war das?«, frage ich.

»Arabella Chesterfield.« Nikita spuckt den Namen förmlich aus und leert dann ihr Weinglas mit einem Zug.

»Die Tochter des Professors. Sein Augapfel.«

10. Kapitel

Die drei Zimmer von Professor Chesterfield dienen offenbar auch als Wohnung, was einiges über seinen hohen Status an der Kunstakademie sagt.

»Schön, dass ich Sie getroffen habe, Maja. Ich glaube, es ist gut, wenn wir uns ein wenig unterhalten. Unter vier Augen.«

Ich bin verlegen und wünschte, ich hätte erst noch gepinkelt. Ich spüre den Wein noch schwach in den Adern, durch den Alkohol fühlt sich meine Haut ein wenig betäubt und irgendwie leicht und luftig an.

Der hohe Salon, in dem wir sitzen, erinnert mit seinen weißen Wänden an eine Galerie. Die Einrichtung ist schlicht und exklusiv. Dänische und finnische Lampen, Vasen und Stoffe sind mit sicherer Hand ausgewählt und auf die kräftigen Farben der Gemälde abgestimmt. Ein französischer Balkon geht auf den Hirschgarten, in dem einige Tiere mit vom Nebel feucht glänzendem Fell unter den Bäumen herumstolzieren. Das Licht der hereinbrechenden Dämmerung verleiht dem bunten Laub noch mehr Leuchtkraft. Kupfertöne. Rostbraun, Vogelbeerrot und dazu einige hohe, spitze Baumkronen mit fast violettem Laubwerk. Wie Heidekraut. Der Herbst kommt in diesem Land so viel später, denke ich. Ich erlebe ihn in diesem Jahr zweimal.

Hinter der Rückenlehne des Professors befinden sich zwei Türen, eine steht offen, die andere ist halb geschlossen. Ich sehe geradeaus in ein Zimmer, von dem ich annehme, dass es sein Arbeitszimmer ist. Hier ist der Stil altenglisch: gestreifte

Tapeten, Schreibtisch aus Kirschbaumholz und eine Bibliothekslampe mit grünem Schirm. Die andere Tür führt vermutlich ins Schlafzimmer. Wenn ich mich diskret etwas nach links lehne, sehe ich dort im Halbdunkel ein Stück dunkelrote Wand und den Rand eines opulenten Bilderrahmens.

»Ein Glas Wein?«, fragt Chesterfield und zieht mit einem *Plopp* den Korken aus einer bereits geöffneten Flasche. Ich nicke, und er reicht mir ein zur Hälfte gefülltes Wasserglas. Ein betont schlichtes Glas, wie man es für Tafelwein verwenden würde, wenn man irgendwo in Frankreich ein kleines Sommerhaus besäße. Vielleicht besitzt Leopold Chesterfield ja eines. Ich sitze sehr tief in einem unbequemen Lehnstuhl, und vor Nervosität ist mir ganz übel.

»Zum Wohl. Ich glaube an die positive Wirkung von Alkohol«, sagt Chesterfield und schmatzt zufrieden. »Allerdings eigentlich nicht vor achtzehn Uhr. Aber heute machen wir eine Ausnahme. Wir müssen schließlich die erste Hausaufgabe feiern, nicht wahr? Haben Sie Papier und Stift dabei?«

Professor Chesterfield bittet mich, alles Material aufzulisten, das ich verwende, wenn ich »schaffe«. Es wird eine magere kleine Liste.

Zeichenpapier (A4).

Bleistift.

Radiergummi.

Dünner, wasserfester Filzstift.

Evtl. etwas Wasserfarbe oder Deckweiß.

Dann will Chesterfield, dass ich aufschreibe, was ich unternehme, wenn mich die Inspiration verlässt. Ich sauge mir gehorsam einige Aktivitäten aus den Fingern, die mir passend erscheinen:

Spazieren gehen.

In Kunstbüchern blättern.

Musik hören.

Nun wünscht der Professor, mein »aktuelles« Skizzenbuch sehen zu dürfen, und er verschluckt sich fast, als ich ihm erkläre, dass ich kein Skizzenbuch habe und dass ich im Alter von zwölf aufgehört habe, täglich zu zeichnen.

»Schauen Sie jetzt auf Ihre Liste«, sagt er mit erregter Stimme, als er sich von seiner Überraschung erholt hat. »Streichen Sie alles durch! Genau, streichen Sie alles mit kräftigen Strichen durch. Gut!«

Meine nächste Aufgabe besteht darin, das genaue Gegenteil meiner momentanen Arbeitsmethoden aufzuschreiben. Ich umklammere den Bleistift so fest, dass mein Mittelfinger schmerzt.

»Statt auf einem bescheidenen Zeichenblock sollen Sie Ihre Skizzen auf großen Bögen anfertigen. Gehen Sie dabei kühn und großzügig vor! Statt Bleistift können Sie dicke Kinderwachsmalkreiden verwenden. Oder eine Tuschfeder. Sie können auch in den Garten gehen und einen lehmigen Stecken holen. Versuchen Sie, Ihre Zeichnung in die Grundierung einzuarbeiten. Wagen Sie es, verrückt zu sein. So etwas kann Wunder wirken für die ach so wichtige Linienführung«, schlägt er vor.

Gott im Himmel. Hilfe.

»Maja.« Er klingt vorwurfsvoll. »Ich liefere Ihnen hier eine geraffte Version des sehr nützlichen Vorbereitungskurses. Mehrere Ihrer Mitstudenten haben daran teilgenommen. Er nennt sich ›Kreative Arbeitsmethoden‹. Deswegen kommt es Ihnen vielleicht so vor, als hätten die andern einen gewissen Vorsprung. Aber das können wir jetzt ändern, Sie und ich. Wenn Ihre Kunst mehr bieten soll, müssen Sie auch mehr von sich selbst hineinlegen. Es macht nichts, wenn es zu Anfang nicht gleich perfekt wird, denn nur so lernen wir etwas! Seien

Sie nachsichtig mit sich selbst, Maja. Geben Sie sich hin, seien Sie nicht so zugeknöpft. Öffnen Sie sich dem Leben!«

Gleich bittet er mich, meinen Pullover auszuziehen, meinen Busen in Farbe zu tauchen und an die weiße Wand zu drücken, denke ich und kann mir ein leicht spöttisches Grinsen nicht verkneifen.

Ich weiß, dass Nikita diesen Mann vergöttert. Ich weiß, dass er in vielem, was er sagt, recht hat, vermutlich in weitaus mehr, als ich zugeben mag. Er ist ein angesehener Mann, eine Kapazität, warum also gelingt es mir nicht, mein Unbehagen, meinen Widerwillen abzuschütteln? Warum kommt er mir so *unnatürlich* vor? Als sei alles, was er sagt, nur eingeübt und abgedroschen?

Die Tür zu dem roten Schlafzimmer gleitet etwas weiter auf. Eine fast unmerkliche, lautlose Bewegung, aber ich bin sicher, mich nicht zu täuschen. Chesterfield sitzt mit dem Rücken zur Tür, dennoch besteht kein Zweifel, und eine leise Ahnung überkommt mich. Kein Durchzug oder Haustier hat die Tür bewegt. Jemand steht dort drinnen und belauscht uns. Ich sitze ein paar Augenblicke reglos da und erwäge die Möglichkeit, dass jemand – die Ehefrau, eine Freundin, eine Putzhilfe? – die Tür öffnet, zum Vorschein kommt und Guten Tag sagt. Falls Chesterfield bemerkt hat, dass mein Blick unnatürlich lang an seiner Schlafzimmertür hängt, lässt er sich das allerdings nicht anmerken.

Die Person dort drin atmet hörbar. Schwache, zarte Geräusche, aber meine Ohren haben keine Schwierigkeiten, das leise Hauchen wahrzunehmen. Dann öffnet sich die Tür noch einen Spalt. Ein weiteres Stück der weinroten Wand wird sichtbar und auch ein wenig mehr von dem breiten Goldrahmen. Ich bemerke, dass jemand ein Laken über das Gemälde gehängt hat. Die Leinwand ist vollkommen verdeckt.

Die unsichtbare Gestalt im Schlafzimmer beginnt nun mit

äußerst langsamen Bewegungen an dem Laken zu ziehen. Ich weiß nicht, wie ich mich verhalten soll. Geschieht das alles wirklich? Immerhin sehe ich es mit eigenen Augen. Im Schutz des Schattens hinter der halb geöffneten Tür versucht jemand, mir zu zeigen, was auf dem Gemälde ist. Das ist ein mühsames Unterfangen. Das Tuch scheint schwer zu sein wie eine Persenning, und die Gestalt dort drinnen hat offenbar nicht mehr viel Kraft. Ich registriere, dass der Atem keuchender wird, fast erregt, und dass sich Chesterfield irgendwo weit weg weiterhin über Materialien für Künstler und alternative Inspirationsquellen auslässt, als plötzlich die Abdeckung vom Gemälde fällt und die Tür mit einem Knall ganz aufspringt.

Vor Schreck fliegt dem Professor sein Glas aus der Hand und in einem Bogen durchs Zimmer. Es geht nicht kaputt, aber der verschüttete Wein bildet ein fächerförmiges, schmutzig violettes Tropfenmuster auf dem weißen Teppich bis hin zur jetzt weit geöffneten Schlafzimmertür.

Von dort drinnen schaut ein riesiger Akt aus einem Goldrahmen auf uns herab. Wir haben uns beide erhoben und nähern uns vorsichtig dem tiefroten Zimmer. Außer dem von Bücherstapeln umgebenen Doppelbett, dem zerknüllten Laken auf dem Fußboden und dem Gemälde an der Wand ist dort nicht viel zu sehen. Vor allen Dingen keine geheimnisvolle Gestalt mit keuchendem Atem.

Ich fasse nach dem Türrahmen, um mich abzustützen. Bei dem Bild handelt es sich um ein Ölgemälde in warmen Farben, einen Akt, dessen eindrucksvolle Wirkung in erster Linie auf das überlebensgroße Format zurückzuführen ist. Die Farbe ist mit kräftigem Strich aufgetragen und regelrecht auf die Leinwand modelliert, vermutlich mit Hilfe irgendeines Werkzeugs. An mehreren Stellen scheint der Künstler die feuchte Farbe jedoch direkt mit den Fingern bearbeitet zu haben. Die Frau auf dem Gemälde sitzt ohne Scheu, fast aufreizend, mit gespreizten Beinen da. Die Brüste sind üppig, hängen jedoch schwer an dem sonnengebräunten Körper. Die Linienführung mutet beinahe kubistisch an und erinnert an die 1950er Jahre. Der Blick der Frau ist unnachgiebig, und wer für dieses erotische Werk Modell gesessen hat, ist unverkennbar: Nikita.

»Mein Gott, bin ich erschrocken!«

Professor Chesterfield muss sich an der Wand abstützen.

»Diese alten Häuser … mit ihren verzogenen Türrahmen …«, fährt er fort, ohne den Satz zu beenden.

»Ich auch«, sage ich. »Total erschrocken. Ich muss jetzt gehen. Vielen Dank für alles.«

Er winkt matt zum Abschied, und ich sehe, wie er unter seiner Sonnenbräune erblasst ist. Ich packe meine Notizen zusammen und widerstehe dem Impuls, sein fallen gelassenes Weinglas wegzuräumen. Mit der Hand auf der Türklinke werde ich übermütig und kann mich nicht länger zurückhalten.

»Ein sehr interessantes Gemälde. Vielen Dank, dass ich es sehen durfte. Aber irgendwie kommt mir das Modell bekannt vor.«

Ich weiß, dass das ziemlich dreist ist, aber ich spüre das Adrenalin in meinen Adern, und aus irgendeinem Grund will ich sehen, wie er reagiert.

»Ja, weiß Gott, sie hat Charakter«, sagt Chesterfield, ohne sich zu schämen. »Es ist im Sommer entstanden. Wir hatten kein Aktmodell, und so erbot sich Nikita, die damit Erfahrung hat, für den Kurs Modell zu stehen. Ich habe es nach einer Reihe rascher Skizzen gemalt. Sie hasst es, aber ich finde es bezaubernd. Es passiert nur noch selten, dass ich Lust verspüre, mich selbst hinter die Staffelei zu stellen. Meine Tochter hasst es übrigens auch, deswegen das Laken. Im Augenblick ist das ihr Schlafzimmer.«

Der Ausdruck seiner Augen wird sanfter, als er seine Tochter erwähnt, und ich spüre eine Anwandlung von Sympathie.

»Um ehrlich zu sein, ist es nicht unbedingt das, was ich mir in meinem Schlafzimmer an die Wand hängen würde«, sage ich. »Arbeitet Ihre Tochter auch hier im Institut?«

Überraschenderweise freut sich Chesterfield über mein Interesse.

»Nein, nein, Arabella schließt dieses Jahr ihr Studium ab. Skulpturen, Installationen, Objets trouvés. Sie verbringt viel mehr Zeit als ich innerhalb dieser Mauern – viel zu viel Zeit, wenn Sie mich fragen –, es ist also mehr als recht, dass sie hier einen Schlafplatz hat. Ich fahre gerne mit dem Fahrrad nach Hause in unser kleines Haus am Kanal in Jericho. Also bis bald dann. Wiedersehen.«

Auf dem Weg hinunter durch das prächtige, dämmrige Treppenhaus begegne ich einer kleinen jungen Frau in Weiß. Es dauert einige Sekunden, bis ich begreife, wer es ist. Als ich sie wiedererkenne, beginnt mein Herz so fest zu schlagen, dass es weh tut. Es flattert regelrecht, wirft sich wie ein in Panik geratener, kleiner Vogel gegen meinen Brustkorb. Ich stelle mich der Frau in den Weg und will etwas sagen. Aber es schnürt mir die Kehle zu.

»Hallo … Arabella«, stoße ich hervor, und meine Stimme ist nur ein Flüstern zwischen den Mauern.

»Hallo … Maja?«, sagt sie und bleibt stehen. Ihr unergründlicher Blick lodert wie Feuer. »Warst du oben bei Papa?«, fragt sie. Ich spüre die Anspannung hinter dieser schlichten Frage, ihre Stimme bebt beinahe.

Ich komme allerdings nicht dazu, ihr zu antworten. Arabella trägt zwei Schaufensterpuppenarme, und als sie sich beiseitedreht, um mir und meinem aufgerollten Selbstporträt Platz zu machen, rutscht ihr einer hinunter. Steif, wie er ist, fällt er klappernd fast einen ganzen Treppenabsatz nach unten, und ich meine zu hören, dass sie einen kleinen Schluchzer ausstößt. Ich eile dem Arm hinterher. Als ich mich vorbeuge, um ihn aufzuheben, fällt die Hand ab.

»Oh, Entschuldigung«, sage ich und hebe die Hand auf. Eine große Schraube ragt aus dem Handgelenk. Warum habe ich Entschuldigung gesagt?

»Die war schon vorher lose, kein Problem«, sagt Arabella. Ich steige die zwölf Stufen zu dem Treppenabsatz hinauf, auf dem sie stehengeblieben ist.

»Danke.«

»Sie hat vermutlich ein paar Kratzer abgekriegt. Soll ich dir tragen helfen?«, frage ich, obwohl ich eigentlich nur noch das Bedürfnis habe, so schnell wie möglich an die frische Luft zu kommen. Mein Puls dröhnt mir in den Ohren. So aus der Nähe hat sie eine überwältigende Ausstrahlung, sie ist schön wie eine Ikone. Als würde man direkt in eine matte Sonne blicken. Aber ich sehe auch, dass sie vollkommen erschöpft wirkt. Ihre Augen sind von gelbbraunen Ringen umrahmt, die aussehen wie alte Blutergüsse. Mich überläuft ein Schauer, und ich wende den Blick ab.

»Danke, aber ich muss ja nur dort hinauf«, sagt sie und drückt den Ellbogen an den Körper, als ich ihr den steifen Puppenarm darunter schiebe.

»Kannst du mir die Hand doch besser in die Tasche stecken?«, bittet sie. Ich verstaue sie in ihrer Jackentasche, und die steifen Finger ragen wie die Äste eines kleinen toten Baumes heraus. Als ich Arabella dabei berühre, spüre ich, dass sie ganz leicht zittert. Wir zucken beide zusammen, als weiter oben eine Tür aufgerissen wird. Professor Chesterfields Stimme ertönt über uns.

»Arabella? Bist du das?«

Ich bilde mir ein, dass sie verschreckt klingt, als sie antwortet. Irgendetwas stimmt da nicht.

»Ja, Papa. Ich bin es. Und … Maja.«

Dann lächelt sie mich traurig an, schleppt sich weiter die Treppe hinauf, und ihre Schaufensterpuppenglieder ragen in alle Richtungen.

Ich bleibe noch einen Augenblick stehen, nachdem sie Chesterfields Stockwerk erreicht und die Tür hinter sich zugezogen hat. Ich muss mich erst sammeln. Vorsichtig stelle ich meinen aufgerollten Papierbogen neben mir auf den Treppenabsatz und halte mich mit beiden Händen an dem glatten Geländer fest. Ich schließe ein paar Sekunden lang die Augen, bevor ich die Kraft finde, langsam und mit leisen, unsicheren Schritten die Treppe hinunterzusteigen.

Ich merke nicht, dass ganz hinten im Foyer, hinter den Postfächern und dem Schwarzen Brett, in einer dunklen Ecke unterhalb der Treppe, jemand steht. Jemand, der schon recht lange dort gestanden hat.

11. Kapitel

Ich mag noch nicht zurück ins Wohnheim. Nicht auf direktem Weg. Ich kann nicht. Es ist, als würde gerade etwas in mir zerreißen.

Auf dem Gelände der Akademie hat die Luft, egal ob drinnen oder draußen, einen moderigen Geruch wie nach feuchter Rinde und bemoosten Mauern. Wie aus einer anderen Zeit. Ich widerstehe dem Impuls, mich auf eine kalte Bank sinken zu lassen und einfach dort sitzen zu bleiben. Stattdessen stelle ich den Kragen auf und klemme mein aufgerolltes Porträt unter den Arm.

Die schwere Tür schlägt hinter mir zu, und ich befinde mich im Zentrum von Oxford. Das grelle Licht der Straßenlaternen blendet beinahe. Ich weiß, dass die Geschäfte im Zentrum donnerstags auch am Abend geöffnet haben, und aus irgendeinem Grund verspüre ich das Bedürfnis, eine Weile in den warmen, hellen Geschäften zu flanieren und mir einzureden, dass all die Fremden in diesen Läden mir gar nicht so fremd sind. Dass auch ich eine Art Normalität erleben kann.

Die Bässe eines Popsongs dringen aus einer silbern dekorierten Boutique zu mir hinaus auf den Bürgersteig. Ich biege in eine breite Fußgängerzone ein, in der es von herausgeputzten Teenagern und Fastfood-Restaurants wimmelt. Ich verlasse sie, so schnell ich kann, und gerate in eine schmale Gasse mit hohen Fachwerkhäusern, einer Parfümerie, einem Eisenwarengeschäft und einer französischen Bäckerei. Hier war ich noch nie. Es ist eine Sackgasse.

Ganz am Ende befindet sich eine große Buchhandlung mit schwarz gestrichener Fassade und schönen kleinen Schaufenstern. Ich steige die drei Treppenstufen hinauf und öffne die Tür. Ein kleines Glöckchen bimmelt.

Ich bin in Aladins Schatzhöhle geraten.

Die Buchhandlung ist ein Labyrinth, das sich über vier Stockwerke erstreckt. Sie nimmt fast einen halben Häuserblock ein. Das Haus ist alt, und die Fußböden neigen sich in alle Richtungen. Man verliert vollkommen den Überblick. Ich verirre mich ins Kellergeschoss, gelange in eine Abteilung über Biochemie, die so groß ist wie ein Eishockeyfeld, und stolpere beinahe in einen kleinen Vortrag. Ein gutaussehender junger Geistlicher liest etwa zehn Zuhörern auf Klappstühlen aus seinem Buch vor.

Schließlich zeigt mir eine freundliche Seele einen Informationstresen, der sich in einer Nische hinter grünen Palmen und Lesesesseln verbirgt. Dort beschaffe ich mir einen Übersichtsplan. Ich entdecke eine Hintertreppe, über die ich in die Abteilung für Musik und Kriminalromane gelange, wo es auch Kaffee gibt.

Hier ist die Stimmung lockerer. An den Wänden hängt Pop-Art, eine Espressomaschine zischt. Ein alter Song rieselt aus versteckten Lautsprechern.

»Borderline … feels like I'm goin' to loose my mind. You just keep on pushin' my love over the borderline.«

Unterhaltungen, Stühlerücken und das Rascheln von Zeitungen aus dem Café. Ich werde von dem wunderbaren Duft nach Kaffee und Toasted Sandwiches angezogen. Plötzlich bin ich vor Hunger ganz zittrig. Ich möchte etwas essen. Möchte auch dort sitzen. Warum sollte ich nicht? Wie jeder andere auch.

Ich stehe vor einem blankgeputzten Kühltresen und frage

mich, mit was die verpackten Brote belegt sind. Plötzlich trifft mich ein scharfer Blick, der sich im Chrom des Tresens spiegelt. Ein kritischer, wütender und wohlbekannter Blick, der in mir nur einen Wunsch auslöst: davonzustürzen, mich auf der Kundentoilette zu verstecken und so zu tun, als hätten wir uns nicht gesehen. Aber wir haben uns gesehen! Der Blick sagt Dinge wie: »Was für Preise!« Und: »Aha, willst du schon wieder etwas essen?«

Mama.

Ich fühle mich schwach, und mir wird ganz weich in den Knien. Es kommt mir vor, als würde mein Mantel mehrere hundert Kilo wiegen. Als könnte der Druck auf meinen Schultern meine Füße durch den Fußboden rammen. Das Klappern der Kaffeetassen und die Musik um mich herum sind verstummt. Aber *sie* ist noch da. Und dennoch kann sie es unmöglich sein.

Zum dritten Mal an diesem Tag landet mein Selbstporträt auf dem Fußboden. Ich bücke mich, taste mit den Händen, bekomme die Kante des Kühltresens zu fassen und halte mich fest. Kühl, hart, angenehm. Der Tresen ist hier. Die belegten Brote vor mir sind hier. Ich bin hier. Und der Maiglöckchenduft ist es auch.

Kann ich aufstehen? Ja. Ich kann.

Au!

Ein weicher, aber energischer Stoß in meine Kniekehlen. Ich wanke. Das hat sie manchmal getan, als ich klein war, vielleicht fand sie das lustig. Sie stieß mir vorsichtig mit ihren Knien in die Kniekehlen, wenn ich in Gedanken versunken, mit durchgestreckten Beinen, den Blick in die Ferne gerichtet, dastand.

Ich lasse den Tresen los und sehe mich benommen um. Der Blumenduft ist noch da, sie aber nicht. Niemand im Café scheint mich zu beobachten oder der Auffassung zu sein, dass ich mich seltsam benehme. Ich hole tief Luft und fühle mich wie berauscht, als das sauerstoffreiche Blut durch meine Adern strömt. Ich habe den herben Duft des Parfüms in der Nase. Vorsichtig wage ich einen Schritt. Ja, meine Beine tragen mich. Ich bin noch nicht ganz bei mir, aber ich versuche dennoch, mich einigermaßen zu orientieren. Mein Blick irrt herum, und plötzlich entdecke ich sie. Der schmale Rücken einer Frau mittleren Alters, der auf die Abteilung für Kriminalromane zusteuert.

Ich sehe das Buch sofort, als ich ihr folge und plötzlich vor dem Regal mit True Crime stehe. Verbrechen, die wirklich geschehen sind. Ein ziemlich gewöhnlicher Einband. Mitternachtsblau mit gelbem Titel. Er ragt ein gutes Stück aus dem Regal heraus, so weit, dass er fast herauszufallen droht. Ich schnuppere. Frischgebackenes Brot, neue Bücher und eine schwache Wolke Maiglöckchenduft, die sich wie ein leises Flüstern rasch verflüchtigt.

Mein Puls hat sich beruhigt, und ich streiche mir mit den Händen übers Gesicht und übers Haar. Mechanisch schiebe ich ein paar lose Strähnen hinter die Ohren. Dann schlucke ich und trete einen Schritt vor. Auf der Hut, als hätte das Buch einen eigenen Willen. Es bewegt sich. Nur ein wenig, aber dennoch. Ich stürze nach vorn und fange es in dem Moment auf, als es aus dem Regal kippt.

Das Buch heißt »Real Oxford Mysteries«, Wahre Kriminalgeschichten aus Oxford. Ich presse es an die Brust und spüre, wie die Luft stockend aus meinen Lungen entweicht.

Ich nehme das Buch mit, werfe aber erst einen Blick hinein, als ich mich an eines der Cafétischchen gesetzt, einen schaumigen Cappuccino vor mir stehen und von einem Toasted Cheesesandwich abgebissen habe. Andere Kunden haben ebenfalls Bücher und Zeitschriften aus der Buchhandlung mitgenommen, in denen sie bei einer Tasse Kaffee blättern. Das scheint hier üblich zu sein.

Das Buch schlägt dort auf, wo es aufschlagen soll, was mich nicht weiter erstaunt. Das Kapitel heißt: »Das Massaker im Mill Creek Manor«. Die Seite besteht größtenteils aus einer Schwarzweißaufnahme von vier Mädchen. Ein Amateurfoto, aber nicht schlecht. Drei von ihnen haben riesige hochtoupierte Frisuren, eine trägt ein zu großes Herrenhemd und viele schmale Gummiarmbänder am Handgelenk. Alle lächeln lieb in die Kamera. So lebendig, so fröhlich. So jung. Die Bildunterschrift lautet:

»Mary Johnson, Harriet Stevens, Joanna Oakley und Emma Isherwood. Opfer des Massakers von Mill Creek Manor, 1984.«

Ich beginne unkontrolliert zu zittern. Vier Mädchen. Ein festgehaltener Augenblick. Die Gruppe sitzt vor einem Wandausschnitt, der mir bekannt vorkommt. Ich halte das Buch in die Höhe. Es ist bleischwer. Der Cappuccino wird kalt. Ja. Wie ich gedacht habe. Das Foto ist in der Bar des Wohnheims aufgenommen worden. Ich erkenne die Ecke eines Fensterrahmens, und obwohl das Foto recht grobkörnig ist, sieht man ein Stück der Lichterkette, die heute noch dort hängt. Glühlampen, die von einem biegsamen Schlauch umschlossen werden.

Als ich wieder ins Freie trete, nieselt es leicht. Die Feuchtigkeit legt sich auf mein Gesicht wie warmer Rauch. Die Geschäfte löschen die Beleuchtung, und die abendlichen Flaneure ziehen weiter in Pubs und Restaurants oder wie ich nach Hause. Ich fühle mich etwas benommen, aber es ist nicht so schlimm. Ich traue mir durchaus zu, Straßen und Plätze zu überqueren, ohne mit Leuten zusammenzustoßen oder vor einen der vielen Fahrradfahrer zu geraten.

Im großen Gemeinschaftsraum des Mill Creek Manor lodert ein Kaminfeuer. Niemand ist dort, und ich trete rasch ein, stelle mich dicht vor den Funkenschutz. Die Hitze prallt an meine Beine, dort wo mein Mantel endet. Die Haut meiner Wangen spannt und rötet sich, aber ich nehme es kaum wahr. Eine lähmende Kälte scheint von innen her von mir Besitz ergriffen zu haben. Mit starren Fingern ziehe ich die Handschuhe aus. Ich weiß nicht, ob ich schon in der Verfassung bin, ins Zimmer hinaufzugehen und Nikita zu begegnen. Der aufreizenden Nikita mit den runden Brüsten und … Verdammt. Irgendwie komme ich mir von ihr verraten vor. Auf dem Weg zum Zimmer starre ich geradeaus und vermeide es, einen Blick in die Bar zu werfen. Ich weiß, dass ich dort nur Schatten leblos lächelnder Gesichter sehen würde. Vier junge Frauen, die dort zusammensaßen und sich fotografieren ließen, als sie noch am Leben waren.

Im warmen Licht der Schreibtischlampe fertigt Nikita einige Skizzen an. Sie arbeitet mit rotbraunen Wachsmalkreiden auf brauner Pappe.

»Schön, auf diese Idee wäre ich nie gekommen«, sage ich eine Spur zu herzlich und ziehe den Mantel aus.

Sie wirft mir einen raschen Blick zu und lächelt flüchtig. Ich sehe, dass sie verlegen ist. Es ist nicht leicht, ungestört zu arbeiten und kreativ zu sein, wenn man so wohnt wie wir.

»Ich will dich nicht lange aufhalten«, sage ich, »aber ich muss dich etwas fragen. Verzeih mir, aber ich habe ein paar Gläser getrunken.«

»Gott, ja, Chesterfield!«, ruft Nikita. »Erzähl, erzähl, erzähl. Was wollte Leo? Hatte er guten Wein? Er wird dich doch wohl nicht rausgeworfen haben?« Sie zwinkert, ein Scherz.

»Nein, aber ich muss mich mehr anstrengen«, sage ich, und in diesem Augenblick begreife ich, dass das die Wahrheit ist. »Aber du. Ich wusste nicht, dass du und er … ich meine, das

Gemälde. Das Gemälde, Nikita! Verdammt, was für ein Gemälde!«

»Gefällt es dir?«, fragt sie und wirft mir einen treuherzigen Blick zu.

»Schon, aber nicht so sehr wie ihm«, stottere ich. »Ihr zwei … seid ihr … habt ihr …?«

»Nein. Das wäre ja unmoralisch, vielleicht sogar ungesetzlich. Der Lehrer und sein Schüler. Aber zwischen uns knistert es, das muss ich zugeben. Die Chemie stimmt. Das hast du vermutlich bereits gemerkt, oder?«

Ich murmele ein paar zustimmende Worte. Sie fährt fort:

»Letzten Sommer sind wir uns ziemlich nahegekommen. Ich habe einen ganz schönen Schock bekommen, als ich das Gemälde gesehen habe, aber um ehrlich zu sein, war ich auch ein bisschen geschmeichelt. Obwohl ich natürlich nicht so eine sein will, die immer gleich … na ja, du weißt schon.«

»Ja, klar, verstehe«, sage ich und tätschele ihr kameradschaftlich den Arm. Ich gebe mir Mühe, aufrichtig zu klingen. Ich möchte nicht, dass sie denkt, sie habe in meinen Augen etwas falsch gemacht oder zwischen uns habe sich etwas verändert. Aber vielleicht hat es das ja.

Nikita ist verlegen und nagt einen Hautfetzen von ihrem kleinen Finger.

»Noch etwas, Maja. Du hast nicht zufällig Kleider von mir geliehen oder so?«

»Nein. Bestimmt nicht. Das würde ich nie wagen, ohne dich vorher zu fragen«, antworte ich verständnislos.

»Okay«, sagt Nikita und sieht plötzlich auf ihrem Stuhl sehr klein und verletzlich aus. »Dann weiß ich Bescheid. Das ist wirklich etwas unheimlich. Vielleicht irre ich mich, aber ich glaube, es war jemand hier drin, in unserem Zimmer, und hat in meiner Schublade mit der Unterwäsche gewühlt.«

12. Kapitel

»Es ist aufschlussreich, mit Ihnen sprechen zu können, und zwar von Angesicht zu Angesicht. Sehr aufschlussreich.« Die Worte lassen mir keine Ruhe. Während ich durch die schief gepflasterten Gassen Oxfords unterwegs zu ein paar abendlichen, einsamen Übungsstunden im Institut bin, rufe ich mir das Bild Inspektor Kings in Erinnerung. Seinen rücksichtsvollen Blick, die dunkle Haut, den erstklassig sitzenden Anzug. Seine ergebnislosen Ermittlungen. Aber stimmt das? Ist es immer noch so? Ich werde von dem drängenden Bedürfnis ergriffen, ihn anzurufen, wie ein Kind, das von plötzlichem Heimweh erfüllt ist. Vielleicht sollte ich ihn erneut aufsuchen? Soll ich? Soll ich wieder nach Brighton? Von Angesicht zu Angesicht?

Als ich den Türcode zum Seminarraum eingebe, flimmert vor meinem inneren Auge ein Bild des Blutflecks auf dem Pier vorbei. Mamas Blut. Ich verdränge es. Nicht jetzt, bitte! Ich muss arbeiten. Das ist dir doch wohl klar, Mama? Du warst doch so stolz darauf, dass ich gut malen kann, das weiß ich, obwohl du es nie richtig in Worte gefasst hast. Du hast mir damals diese Blechschachtel mit den teuren Buntstiften geschenkt, die man mit Wasser übermalen konnte, so dass es fast aussah wie Aquarellfarbe. Das warst doch du! Als ich in die dritte Klasse ging. Es gab fünf verschiedene Grüntöne in diesem Kasten. Warum hatte ich das eigentlich vergessen?

Alle Studenten des Instituts haben Zugang zu einem Unterrichtsraum, in dem sie abends arbeiten können. Trotzdem arbeiten die meisten verständlicherweise lieber zu Hause. Große Papierbögen und Leinwände lassen sich bei Wind nicht so leicht hin- und herschleppen, und ich habe unterschätzt, was dieses sperrige Material tatsächlich wiegt. Aber um Nikita etwas Freiraum in unserem gemeinsamen Zimmer zu gewähren, habe ich mich entschlossen, an unserer nächsten Aufgabe im Zeichensaal zu arbeiten.

Buchillustration wird in einem Raum unterrichtet, der eigentlich aus zwei schmalen, langen Sälen besteht, die im rechten Winkel zueinander liegen. Die vielen hohen Fenster sorgen tagsüber für perfekte Lichtverhältnisse. An einer der Schmalseiten befinden sich Regale mit Schließfächern, in denen man seine Werke verwahren kann. Leider sind diese Fächer nicht sonderlich geräumig, größere Arbeiten muss man mit nach Hause nehmen, wenn man sie geschützt aufbewahren möchte.

Einige unverschlossene Blechschränke neben dem Whiteboard enthalten einfacheres Material, das man benutzen kann und das die Dozenten manchmal bei vorlesungsbegleitenden Übungen verwenden. Hauptsächlich handelt es sich um Faserschreiber in Rot, Blau und Grün, eine Handvoll Bleistifte, Schmierpapier, Tusche, verschieden breite Kunsthaarpinsel, eine Schachtel krümelige Kreidestummel und einige Farbkästen mit billigen Wasserfarben in großen Näpfen, keine hochwertigen, teuren Materialien. Neben den Blechschränken befinden sich zwei verkleckste Spülbecken sowie ein ziemlich moderner Kaffeeautomat, der auch Kakao und Suppe zu bieten hat, alles für zehn Pence den Becher. Darüber hinaus stehen uns ein schmutziger Leuchttisch und etwa dreißig ramponierte, aber stabile Arbeitsbänke mit dazugehörigen Stühlen zur Verfügung, die in beiden Räumen verteilt sind – und zwar oft anders, als wir sie zurückgelassen haben, da wir nicht der einzige Kurs sind, der den Zeichensaal benutzt.

Wenn Orte, an denen tagsüber reger Betrieb herrscht und viele Menschen tätig sind, leer und still werden, geschieht etwas. Eine Energie, gewisse Schwingungen bleiben zurück, aber auf einer anderen Frequenz, ruhiger. Das gefällt mir. Schatten kriechen aus den Ecken hervor und erstrecken sich über den Linoleumfußboden. Die Neonröhren verwandeln die nächtlich dunklen Fenster in große Spiegel. Es ist aufregend, durch den Saal zu schlendern und nach Spuren von Studenten anderer Kurse Ausschau zu halten, bevor ich mich auf meine eigene Aufgabe konzentriere. Diese Woche sollen wir einen Zeitungsartikel über Autismus illustrieren, den Chesterfield an alle ausgeteilt hat.

Ich gehe im Saal herum und bewundere einen mit Tesafilm an die Wand geklebten Siebdruck – stilisierte Bäume. Er würde ein hübsches Stoffmuster abgeben. Ich sehe die nicht fortgeräumten Reste einer Arbeit aus Pappmaché. In Streifen gerissenes Zeitungspapier, Stücke feinen Maschendrahts und eine offene Kneifzange. Unter sechs zusammengeschobenen Tischen liegen ein paar Fetzen buntes Moosgummi, und es riecht so stark nach Klebstoff, dass mir schwindlig wird. Ich gehe in die Hocke und stochere mit dem Zeigefinger in den Resten. Einige mühsam ausgeschnittene und dann für zu schlecht befundene Stücke haben die Form kleiner Fische und Seesterne. Die Studenten des Bilderbuchkurses haben offenbar die Aufgabe, Bücher anzufertigen, die Kleinkinder in die Badewanne mitnehmen können. Ich nehme einen rosa Fisch und einen hellblauen Seestern in die Hand, der getrocknete Klebstoff auf der Rückseite ist ein wenig bröselig. Ohne weiter darüber nachzudenken, stecke ich die Gummistücke in die Tasche. Sie sind wirklich hübsch. Aber bevor ich sie einstecke, sehe ich mich um – ein sinnloser Reflex. Denn selbst wenn draußen in der Oktoberdunkelheit tatsächlich jemand stehen und mich in dem hell erleuchteten Saal beobachten würde, könnte ich ihn doch nicht sehen.

Da ich drei Abende hintereinander im Zeichensaal allein war, habe ich beinahe angefangen, ihn als mein privates Territorium zu betrachten. Doch plötzlich höre ich, wie sich draußen schlurfende Schritte nähern und jemand mit harten Bewegungen den Türcode eingibt. Als sich die schwere Brandschutztür öffnet und Jack Winter schnaufend den Raum betritt, verschlucke ich mich vor Schreck an meinem Kakao.

Ich huste in die Armbeuge, dann habe ich es eilig, meine peinlich dürftigen Skizzen zusammenzuraffen und neben mir aufeinanderzustapeln, damit er sie nicht sehen kann. Für den Fall, dass er auf die Idee kommt, zu mir herüberzuschlendern, Hallo zu sagen und sich eine Weile mit mir zu unterhalten. Während ich das tue, komme ich mir plötzlich sehr dumm vor. Wie eine wichtigtuerische Drittklässlerin, die ihre Nachbarin nicht abschreiben lassen will. Ich hätte mir aber keine Sorgen zu machen brauchen. Jack Winter zeigt keinerlei Interesse an mir und meinen schlechten Arbeiten. Er hebt lustlos einen Arm zum Gruß, macht jedoch keine Anstalten, zu der Bank herüberzukommen, an der ich sitze und so tue, als würde ich zeichnen. Stattdessen scheint er nach etwas zu suchen. Ich versuche so auszusehen, als sei ich in meine Aufgabe vertieft, doch als ich verstohlen zu ihm hinüberschaue, sehe ich, dass er auf seine knochigen Knie sinkt und über den Fußboden späht. Dann beginnt er in den Materialschränken herumzukramen und den großen Papierkorb neben den Spülen zu durchwühlen.

Ich räuspere mich und sage:

»Die Putzfrau war bereits hier.«

Aber meine Stimme ist schwach, weil ich so gehustet habe. Vielleicht hat es auch andere Gründe.

Verrückt.

Welchen Grund habe ich, nervös zu sein?

Ich erhebe mich, um zu ihm zu gehen. Als mein Stuhl über den Boden schrammt, dreht er sich um.

»Die Putzfrau war bereits hier«, wiederhole ich, dieses Mal mit mehr Nachdruck. Meine Stimme überschlägt sich am Schluss ganz leicht, aber ich glaube nicht, dass er das merkt.

»Sie hat die Mülltüte gewechselt«, fahre ich fort. »Suchst du was Bestimmtes? Kann ich dir … vielleicht helfen?«

Jack streicht an mir vorbei, ohne mir ins Gesicht zu sehen. Dann geht er um meine Bank herum. Er zittert leicht in seinem alten Jackett, aber er gibt sich alle Mühe, das zu verbergen und mir gegenüber entspannt zu wirken. Er trägt Handschuhe mit abgeschnittenen Fingerspitzen wie ein Markthändler. Als er merkt, dass ich auf seine Handschuhe schaue, steckt er die Hände in die Hosentaschen. Aus seinem Blick spricht milde Verachtung, zumindest empfinde ich das so.

»Wie läuft es?«, fragt er mit träger Stimme. Aber noch ehe ich etwas sagen kann, antwortet er ironisch auf seine eigene Frage:

»Gut, sehr gut. Alle hübschen Mädchen bekommen von Professor Chesterfield gute Noten.«

»Du klingst ganz schön verbittert«, sage ich mit einem überlegenen Lachen und staune selbst darüber. Dass ich das wage. Jack sieht einen Augenblick ganz baff aus, dann fängt er sich, nimmt die Ecke einer meiner umgekehrt daliegenden Skizzen mit zwei Fingern und hält sie ins Licht.

»Ich war zu vorschnell«, sagt er. »Das hier kann nicht einmal dein hübsches Gesicht retten.«

Ich beginne lauthals zu lachen. Jack sieht vollkommen verdattert aus, und ich bin ebenfalls verdattert, aber er sieht einfach fürchterlich altklug und komisch aus, wie er so dasteht, mit einer meiner lausigen Zeichnungen zwischen Daumen und Zeigefinger. Angewidert und verärgert wie ein prüder Vater, der ein Kondom im Papierkorb seiner Teenager-Tochter gefunden hat. Ein gebrauchtes. Bei diesem Gedanken kann ich nicht mehr an mich halten. Ich lache so, dass ich Bauchschmerzen bekomme und mir die Tränen in die Augen treten. Ich glaube, ich klopfe mir sogar auf die Schenkel.

»Du hast recht«, stoße ich schließlich japsend zwischen zwei Kicherattacken hervor. »Du hast ganz recht. Nichts kann mich mehr retten. Schau dir das mal an!«

Ich halte eine andere Skizze in die Höhe, die ich mit einem großen, enttäuschten Kreuz durchgestrichen habe. Eine meiner Ideen war nämlich, die Autorin des Artikels zu zeichnen, eine Autistin, die ein Buch über ihre Kindheit und Jugend geschrieben hat. Die Umsetzung erwies sich jedoch als schwierig, weil aus dem Artikel nicht hervorgeht, wie sie aussieht. Also hatte ich versucht, mich an der Beschreibung ihrer Gefühle der Einsamkeit und Bedeutungslosigkeit zu orientieren. Selbst ihre eigene Familie war ihr fremd. Ein weiteres Merkmal war ihre Fixierung auf einen bestimmten Hut. Auf meiner Skizze sieht sie aus wie ein kleiner, o-beiniger Cowboy mit einem enormen Stetson auf dem Kopf, allein in einer Ecke eines riesigen Fußballplatzes.

Ich sehe, dass Jack Winters Mundwinkel zuckt.

»Hm … eine ausgezeichnete … Komposition«, sagt er schließlich. Sein unrasiertes Kinn bebt, denn er muss ein Lachen unterdrücken. Dann fragt er: »Hast du … noch mehr?«

Ich halte eine weitere durchgestrichene Cowboy-Frau in die Höhe, die einen Hut mit Gesicht trägt. Über der Krempe lächelt ein Mund, und der Hut hat Augen mit langen Wimpern wie eine Puppe. Dieses Mal ist Jack nicht belustigt.

»Gute Idee. Du musst noch etwas an der Umsetzung arbeiten«, sagt er ernst und verschränkt die Arme. Mein nervöses Kichern endet abrupt.

»Meinst du?«, frage ich.

»Ja. Ein gelungener Anthropomorphismus«, sagt er.

»Wie bitte?«, erwidere ich.

»Wenn man etwas Nichtmenschlichem menschliche Eigenschaften verleiht, du weißt schon. Das Kaninchen in Alice im Wunderland. Und dergleichen.«

»Anthro … aha, okay, heißt das so? Jetzt habe ich etwas dazugelernt«, erwidere ich.

»Gut. Schau dir das mal an«, sagt Jack und zieht einen kleinen schwarzen Zeichenblock aus seiner Innentasche. Er blättert, bis er die richtige Skizze gefunden hat. Er zeigt mir seine Zeichnung und beobachtet, wie ich mit einem leisen Pfeifen ausatme, während ich sie betrachte. Jack hat ebenfalls eine Frau mit einem sprechenden Hut gezeichnet, aber im Profil und nur als Ausschnitt. Kinn und Hals der Frau sind nicht mit auf dem Bild. Das Gesicht des Hutes wirkt bedeutend lebendiger als das der Frau, als habe der Hut das Sagen. Sie haben Augenkontakt, und man kann sich vorstellen, dass der Hut und die Frau sich mögen. Die stilisierten Formen erinnern mich an die oft in Collagetechnik ausgeführten Illustrationen osteuropäischer Kinderbücher der 1970er Jahre, die ich in der Bücherei entdeckte, als ich klein war, und die ich faszinierend, aber auch etwas furchteinflößend fand.

Ich bin vollkommen baff. Dieselbe obskure Idee, die ich hatte, wirkt bei Jacks Entwurf anschaulich und plastisch, und obwohl es sich nur um eine rasche Bleistiftskizze handelt, fängt die Illustration die Quintessenz des Artikels tiefsinnig und fantasievoll ein. Das Bild ließe sich, so wie es ist, in jeder Zeitung drucken.

»Ich denke mir die Farbskala recht begrenzt. Schokoladenbraun, Weiß und Rosa«, sagt Jack. »Der Hut rosa mit rosigen Wangen, aber das Gesicht der Frau ganz weiß. Was meinst du?«

Seine eigenen Wangen sind vor Begeisterung gerötet.

»Ich glaube, das wird sehr gut. Eine begrenzte Farbskala passt zu diesem Retro-Look«, bestärke ich ihn und füge hinzu: »Lustig, dass wir denselben Gedanken hatten. Wie heißt es gleich: Great minds think alike?«

»Genau«, erwidert Jack und verzieht seinen großen Mund. »Oder: Fools never differ.«

Dann streift er meine Hand. Es ist nur eine flüchtige Berührung mit dem Daumen, beiläufig, rein zufällig. Aber dieses kleine Kitzeln geht mir wie eine Schockwelle durch Mark und Bein, und meine Haut lädt sich elektrostatisch auf. Ich schaue immer noch auf seinen Skizzenblock, spüre, wie mein Gesicht erst heiß, dann kalt und dann wieder heiß wird. Ohne nachzudenken, drücke ich meinen Oberarm an seinen, so fest, dass es nicht nur zufällig wirkt. Ich weiß nicht, was in mich gefahren ist. Ich kann es nicht bleiben lassen. Jack holt Luft. Ich sehe aus den Augenwinkeln, dass seine Wimpern zucken. Er erwidert den Druck nicht, aber er weicht auch nicht aus. Die Luft um uns herum wird warm und schwer, sie schimmert rötlich. Dann geschieht es. Jack nimmt den Zeichenblock in die andere Hand und berührt mit seinem Knöchel mein Handgelenk. Ich spüre, wie ein heißer Schauer mich durchströmt. Ich bin wie gebannt.

»Wonach hast du übrigens gesucht?«, frage ich schließlich mit schwacher Stimme und bereue es sofort. Die Spannung ist dahin. Jacks Lächeln verschwindet, und auch die Farbe weicht aus seinem Gesicht. Nur seine Bartstoppeln schimmern bläulich.

»Ach, eigentlich nach gar nichts«, sagt er gedämpft. Dann dreht er sich um und verschwindet in die Nacht, ohne sich zu verabschieden.

Ich bleibe eine Weile sitzen, presse die flache Hand an den Mund. Ich versuche mich zu sammeln. Es will mir nicht gelingen, also packe ich meine Sachen zusammen. Jacks Geruch hängt immer noch im Saal. Eine Mischung aus muffigen Secondhandkleidern, Ölfarbe und Leder. Ich bin müde, und meine Schulterblätter schmerzen, aber die Gedanken bewegen sich mit manischer Energie. Ich spüre mein Zwerchfell, und es dauert einige Sekunden, bis ich begreife, dass meine Lachmuskeln überbeansprucht wurden. Während ich das Licht lösche, räuspere ich mich unnötigerweise einige Male, nur weil ich so gern noch einmal diese zur Fröhlichkeit bestimmten Muskelpartien spüren möchte.

Ich schalte das letzte Licht aus, und der Saal verdüstert sich. Aber dann fällt mir der Kakaobecher ein. Ich gehe zu meiner Bank zurück, um ihn wegzuräumen. Durch die Fenster fällt das Licht in hellgrauen Rechtecken auf den dunklen Linoleumboden. Gerade als ich zur Spüle gehe, um den Becher in den Müll zu werfen, entdecke ich etwas auf dem Boden. Es ist kaum zu sehen und hat sich zwischen dem großen Mülleimer und der Wand verkeilt.

Im Dunkeln hocke ich mich hin und ziehe die Plastiktonne vor. Der längliche Gegenstand ist in einen fleckigen Lumpen gewickelt. Vorsichtig rolle ich das graue Tuchstück auf. Erst sehe ich nur den Griff und die Form der Klinge und glaube, es handele sich um eine kleine Feile oder eine Raspel. Aber es ist etwas anderes. Es ist ein Messer. Das schmutzige Tuch ist auch nicht irgendein Lappen, sondern ein alter, lila Slip.

Mein Puls rast. Ich ziehe eine leere Plastiktüte unter der Spüle hervor. Vorsichtig lasse ich Messer und Stoff hineinfallen, rolle alles zusammen und stopfe das Bündel mit steifen Fingern in meine Tasche.

13. Kapitel

Einige Tage später kommt ein Paket aus Schweden. Erst als ich es ausgepackt habe und mit den Geschenken zwischen den Beinen auf meinem Bett im Wohnheim sitze, geht mir auf, dass ich in dieser Woche Geburtstag habe. In dem Paket sind ein paar Tafeln Schokolade, eine kleine schwedische Fahne mit einem Fuß aus Holz, die man auf den Tisch stellen kann, eine CD, »Sven-Ingvars spielen Fröding«, und ein schönes Armband aus blauen und weißen Millefiori-Perlen. Außerdem eine Karte mit einem schlaftrunkenen Kätzchen, auf der alle meine fünf Freunde in Skardala unterschrieben haben.

Zusammen mit Nikita esse ich die Schokolade und muss deswegen den Grund und das bevorstehende Datum preisgeben. Andernfalls droht sie damit, mich durchzukitzeln. Ich betrachte die CD und blättere im beiliegenden Textheft, wobei ich mich frage, ob es erfreulich oder bedauerlich ist, dass wir keinen CD-Player auf dem Zimmer haben. Schließlich komme ich zu dem Schluss, dass es bedauerlich ist. Papa mochte Fröding.

Am Nachmittag unternehme ich einen langen Spaziergang zu der großen Buchhandlung am Ende der schmalen Sackgasse. Wie peinlich, dass ich nichts nach Schweden geschickt habe. Ich habe auch nichts von mir hören lassen. Rasch wähle ich ein paar Kunstpostkarten, die ich meinen Freunden schicken werde.

Ich bezahle die Karten und bleibe noch in der Buchhandlung. Ich fühle mich rastlos und traurig. Ich streife eine Weile ziellos herum, fahre beiläufig mit der Hand über einen glänzenden Umschlag und blättere zerstreut in einem Buch über Dechiffrierung, das mich kein bisschen interessiert.

Ohne zu merken, wie ich dorthin gelangt bin, stehe ich auf einmal vor dem Café im Obergeschoss und schaue wieder zu dem True-Crime-Regal hinüber. Ich bin einfach meinen Füßen gefolgt. Sie haben mich hierhergeführt. Das Buch. Das Foto mit den vier toten Studentinnen.

Aber als ich vor dem richtigen Regal stehe, findet sich dort nur eine drei Zentimeter breite, klaffende Lücke. »Real Oxford Mysteries« ist verschwunden.

»Wir hatten nur ein Exemplar, und offenbar ist das Buch beim Verlag vergriffen«, sagt der junge Mann an der Information und betrachtet stirnrunzelnd seinen flimmernden Monitor. Er reibt sich das glänzende Kinn, zuckt mit den Achseln und deutet eine bedauernde Handbewegung an.

»Sie könnten es vielleicht übers Internet oder in einem Antiquariat versuchen? Sorry, tut mir leid.«

»Sorry, sorry, sorry«, murmele ich zwischen zusammengebissenen Zähnen vor mich hin, während ich wieder zurück an das True-Crime-Regal trete. Vielleicht murmele ich lauter, als mir bewusst ist, denn eine Frau mit Hut dreht sich nach mir um und sieht fast verängstigt aus. Ich gehe an dem Regal vorbei und lasse die Fingerspitzen über die Buchrücken gleiten. Über Fred und Rose West, Moira Hindley, Jack the Ripper und Peter Sutcliffe.

»Wo bist du, wo bist du?«, flüstere ich und drücke die gesamte Buchreihe ein, so dass die Bände an die Rückwand stoßen. Ein anderer Kunde ist auf dem Weg in den Gang, in dem ich stehe, aber als er mich sieht, macht er auf dem Absatz kehrt und verschwindet. Dort, wo »Real Oxford Mysteries« die Lücke hinterlassen hat, schiebe ich die Bücher mit unsanften Bewegungen hin und her – und da entdecke ich es.

Ich weiche so abrupt zurück, dass ich gegen das Regal hinter mir stoße. Ungläubig starre ich auf die Stelle und reiße entsetzt die Augen auf. Gleichzeitig verspüre ich jedoch noch etwas anderes: Trauer.

Ich merke erst, dass sich ein Angestellter nähert, als er direkt neben mir steht.

»Miss, ist alles in Ordnung mit Ihnen?«, fragt er in freundlich-aufforderndem Ton. Ich konzentriere meine gesamte Kraft darauf, zu ihm aufzusehen, lächele so entwaffnend wie möglich und lasse die Tüte mit den Kunstkarten, die ich gerade gekauft habe, vor seinem Gesicht baumeln. Aber meine Mundwinkel zittern. Ich presse meine Kiefer so fest zusammen, dass es knirscht. In meinem Mund breitet sich ein metallischer Geschmack aus.

»Alles in Ordnung. Ich freue mich, dass ich endlich das hier gefunden habe!«, zwitschere ich und nehme irgendein beliebiges Buch aus dem Regal.

»›In Cold Blood‹, das soll wirklich super sein«, sage ich und versuche, ihm zuzuzwinkern. Es wird mehr ein spastisches Zucken daraus.

»Okay. Na dann viel Spaß damit«, sagt der Angestellte, salutiert scherzend und schlendert spürbar erleichtert davon. »In Cold Blood« rutscht aus meiner kraftlosen Hand und auf den Teppichboden des Geschäfts.

Jedes Härchen meines Körpers sträubt sich, und ich zittere unkontrolliert, als hätte ich Schüttelfrost. Ich kann kaum noch schlucken. Ich lecke mir über die Lippen und drücke meinen feuchten Mund auf den Handrücken. Er zittert so stark, dass ich das Handgelenk mit der anderen Hand umklammere, aus Angst, mir sonst die eigenen Zähne einzuschlagen. Ich blute aus dem Mund. Rostrotes Blut bildet einen unförmigen Fleck auf meiner Hand. Die Haut ist milchweiß und sieht neben dem

Rotbraun fast durchsichtig aus. Einzelne Venen schimmern wie grüne Schnüre darunter hervor. Solche Hände hatte ich nicht, als ich klein war. Es sind Mamas Hände.

Dann schließe ich die Augen und trete wieder einen Schritt auf das Regal zu. Einen lang ausholenden, unwirklich schweren Schritt. Ich muss noch einmal nachsehen. Vielleicht habe ich mich ja geirrt. Es scheint mir fast unmöglich. Ich stelle mich auf die Zehenspitzen, um auf das Regal schauen zu können.

Doch. Die winzige Schrift ist noch da. Ordentliche kleine Druckbuchstaben mit einem dünnen schwarzen Filzstift direkt auf das Furnier geschrieben, dort, wo das Buch gestanden hat. Eine wohlbekannte Handschrift. Die I-Pünktchen sind kleine Herzen, wie manche Teenager das mögen. Sie hat das manchmal im Scherz gemacht, wenn sie kurze Nachrichten schrieb oder Namenszettelchen für die Weihnachtsgeschenke. Ein Herz über dem j in Maja.

Es flimmert vor meinen Augen, als ich den Text lese. Ich streichle über das Regal. Graffiti. Nur ein Satz auf Schwedisch. *Der Feind ist mitten unter uns.*

Alle Konturen um mich herum in der Buchhandlung verschwimmen auf einmal, werden unscharf. Und dann blitzt plötzlich eine Erinnerung auf, die lange im Keller meines Unterbewusstseins vor sich hin gedämmert hat. Mama und ich.

Während einer Zeitspanne, die ich als kurz in Erinnerung habe – ein Winter vielleicht –, die sich aber, wenn ich darüber nachdenke, über ein Jahr erstreckt haben muss, hatte sie diese Anwandlungen, abends in mein kleines Zimmer zu kommen. Dann kroch sie mit einem Kinderbuch zu mir unter die Decke und wollte vorlesen. Ich musste mich seitlich gegen die Wand drücken, damit sie genügend Platz hatte, Mama war zwar nicht groß, aber mein Kinderbett war eben ziemlich klein. Das machte mir nichts aus, denn wir hatten es gemütlich. Ungewohnt gemütlich und lustig unter der Decke. Sie suchte die Bücher aus. Nach welchen Kriterien weiß ich nicht. Meine Meinung war nicht gefragt. Aber auch das machte mir nichts aus. Ich lag einfach da, vergrub die Nase in ihrem nach Maiglöckchen duftenden Pullover, lauschte ihrer überraschend guten Vorlesestimme und fühlte mich wohl. Astrid Lindgren, Eva Ibbotson, »Tom Sawyer« und »Huckleberry Finn«. Wir wussten eigentlich beide, dass es sich nur um eine vorübergehende Laune ihrerseits handelte, nichts, was zur Gewohnheit werden würde oder unser sporadisches Zusammensein dauerhaft verlängern könnte. Es war nicht der Normalzustand.

Ich bin mit einer Mutter aufgewachsen, die normalerweise abwesend war, auch dann, wenn wir uns im selben Zimmer aufhielten. Bestenfalls war sie still und verträumt, aber das kam selten vor. Schlimmstenfalls umgab sie eine abweisende Mauer aus Aggressivität und plötzlich aufwallender Wut, die ohne Vorwarnung aus ihr hervorbrach, tagelang anhielt und eine Spur aus zerschlagenem Nippes, Tränen und rotzgetränkten Küchentüchern sowie ein immer verwirrteres kleines Mädchen zurückließ.

Sie wollte uns auf die Probe stellen, denke ich jetzt. Sie wollte unsere Liebe auf die Probe stellen.

Ich war eher selten das Objekt ihrer schlimmsten verbalen Attacken, ihrer Verachtung oder des wochenlangen Schweigens, die auf ein Gefühl, ungerecht behandelt oder missverstanden worden zu sein, folgten. Aber auch das kam vor. Meist befanden sich Papa oder Großvater im Fadenkreuz ihrer Unberechenbarkeit, und oft, ganz oft, saß ich am Küchentisch und versuchte, meine Hausaufgaben zu erledigen, während sie vor der Dunstabzugshaube über dem Herd stand, eine Zigarette nach der anderen rauchte und halblaut in Richtung der Fliesen fluchte, was für »Schweine« alle seien.

Sie sprach fast nie von tiefgreifenden Dingen, meist waren es triviale Alltäglichkeiten, und sie konnte sich in lange, gehässige Monologe verstricken, was wir zu Mittag essen sollten, ob Grützwurst oder besser Fleischwurst, aber Wurzelgemüsebrei würde sie verdammt noch mal nicht dazu machen, auf gar keinen Fall, dazu hätte sie wirklich keine Zeit und auch keine Lust. Oder sie unterzog Papa einem stundenlangen, hartnäckigen Verhör, wann er eigentlich seinen Arbeitsplatz verlassen habe, da er fünfundzwanzig Minuten später als sonst nach Hause gekommen war und sich weigerte zu sagen, ob er unterwegs irgendwo aufgehalten wurde oder nicht.

Wie kannst du nur?, dachte ich immer. Wie kannst du nur? Um dann, mit der Logik eines Kindes, die Antwort zu finden: Sie kann nicht immer so gewesen sein. Warum ist sie so geworden? Der Grund schien mit der Zeit auf der Hand zu liegen. Irgendwie war alles meine Schuld.

Es kam vor, dass sie über sich selbst sprach, und dann klagte sie, kritisierte und verunglimpfte sich selbst.

»Nein, so etwas verstehe ich nicht, ich bin zu dumm«, wenn ich sie mal um Hilfe bei den Hausaufgaben bat. Oft ging es bei ihrer unermüdlichen Selbstkritik um ihr Äußeres, obwohl ich glaube, dass sie insgeheim wusste, dass sie recht gut aussah, und auch stolz darauf war. Sie schrieb wie ein Teenager und dachte wie ein Teenager, ein kleines Mädchen, das sich insgeheim wünscht, dass man ihm widerspricht. »Nein, sag doch nicht so etwas, du kannst das alles, du bist hübsch.«

Aber mit den Kinderbüchern bei mir im Bett unter der Decke war es anders. Ich glaube, sie vergaß sich selbst. Ich bin nicht sicher, ob sie sich bei der Auswahl unserer gemeinsamen Lektüre an bestimmte Regeln hielt, aber ich erinnere mich, dass sie selten, vielleicht auch nie stockte, obwohl einige Bücher seltsame Personennamen enthielten und einen weitaus größeren Wortschatz, als sie jemals verwendete. Ihr Lieblingsbuch war zweifellos »Mio, mein Mio«.

Ich hatte es bereits in der Schule gelesen und es so lala gefunden. Es war nicht so lustig wie Pippi und Michel, sondern eher düster und melancholisch, etwas, worauf ich beim Lesen gut verzichten konnte. Vielleicht ja, weil mein Leben auch so schon düster genug war.

Aber wie immer wünschte ich mir nichts sehnlicher, als dass Mama froh oder zumindest gleichmütig sein möge, also sagte ich nichts. Wie sehr ihr dieses Buch doch gefiel! Ihre auch sonst beeindruckende Gabe, sich einzuleben und ihren Tonfall zu variieren, kam hier besonders zur Geltung. Und einmal konnte sie gar nicht mehr aufhören vorzulesen. Sie wollte wissen, wie es weiterging, und blieb bei mir liegen, las mir halb flüsternd bis tief in die Nacht vor. So leise wie möglich, weil sich Papa schon längst schlafen gelegt hatte. Dabei stieß sie auf den Satz, den wir uns dann eine ganze Weile lang immer wieder vorsagten:

»Der Feind ist mitten unter uns.«

Diese Worte entsprachen ihrer Vorliebe für das Dramatische, und sie begann damit, den Satz bei jeder Gelegenheit anzubringen. Es kam vor, dass sie in der Küche stand und mich bat, leise zu sein, wenn eine gesprächige Nachbarin, die bei den Zeugen Jehovas war, mit dem Wachturm in der Hand klingelte. Dann zog Mama mich zu sich hinter die Gardine, kicherte und sagte ganz leise:

»Der Feind ist mitten unter uns.«

Ich stolpere auf die Damentoilette der Buchhandlung, die glücklicherweise frei ist. Am Waschbecken schöpfe ich kaltes Wasser mit den Händen. Es ist mir egal, dass die Ärmel meines Pullovers nass werden. Als mir das Wasser ins Gesicht spritzt, löst sich der Bann, und mein Körper wird von einem kurzen Weinkrampf erfasst. Ich klopfe mir kräftig auf die Wangen, und Wasser spritzt auf den Spiegel. Dann spüle ich den Mund aus und spucke Blut auf das Emaille. Das Blut vermischt sich mit dem laufenden Wasser, bildet Streifen und hinterlässt gelbliche Fäden. Es sieht schmutzig aus. Ich beuge mich zum Spiegel vor, ziehe die Oberlippe hoch und blecke die Zähne zu einem Raubtierlächeln. Sie sind nicht schwarz, sondern hellrot.

»Warum warst du die ganze Zeit so voller Wut, so verdammter Wut?«, knurre ich sie an. Mein eigenes Spiegelbild.

»Weil sich mein Leben nicht so gestaltet hat, wie ich es wünschte«, antwortet mein Spiegelbild leise.

»Das war meine Schuld«, schluchze ich.

»Nein«, sagt das Spiegelbild. »Das war nicht deine Schuld.«

Ich schlage mit der Stirn ein paarmal fest gegen das Glas.

»Alles in Ordnung da drin?«, fragt eine ferne Frauenstimme von der anderen Seite der Tür.

»Jaja, alles okay. Mir ist nur was runtergefallen«, stoße ich mit schriller, verzweifelter Stimme hervor. Dann überkommt mich ein Gefühl der Scham. Rasch versuche ich, den Spiegel mit einem rauen Papierhandtuch zu reinigen. Anschließend reibe ich mir mit einem weiteren Papierhandtuch das Gesicht ab. Es scheuert, und meine Stirn schmerzt. Gut. Gut, dass ich etwas spüre. Ich ordne mein Haar, knöpfe meinen Mantel bis zum Hals, spucke noch einmal Blut ins Waschbecken, lasse rasch etwas Wasser laufen, schließe auf und tauche wieder in das freundliche Gemurmel der Buchhandlung ein.

Die Person, die wissen wollte, wie es mir geht, ist nicht mehr da. Aber ein kleines Mädchen hampelt direkt vor den Toiletten herum. Ich kann ihr Gesicht nicht sehen, sie hüpft zu schnell, aber sie hat Gummistiefel, gestreifte Cordhosen, zwei zerzauste Zöpfe und ein herrlich übermütiges Lachen. Das Mädchen ist auf der Flucht vor einem abgehetzten Elternteil und hält unzählige Ansichtskarten in der Hand. Sie verschwindet hinter einem Ständer mit Weihnachtspapier und nimmt ihr exaltiertes Kichern mit. Aber eine einzelne Postkarte fällt ihr aus den Händen, segelt wie ein Papierflugzeug durch die Luft und fällt mir vor die Füße. Ich beuge mich vor und wende sie, obwohl ich bereits weiß, was kommt.

Es handelt sich um eine Glückwunschkarte. *Happy Birthday to you.* Das Motiv ist ein künstlerisches Blumenfoto. Ein großer, taufeuchter Strauß Maiglöckchen.

14. Kapitel

Ich spaziere Richtung Bahnhof. Es ist ein schöner Herbstmorgen, das muss ich zugeben. Zarter Sonnenschein, der von goldgelben Mauern reflektiert wird. Aber aus irgendeinem Grund färbt die Schönheit um mich herum nicht auf meine Stimmung ab. Sie erreicht nur die Augen.

Kinder benötigen offenbar jemanden, der ihnen beibringt, was als schön gilt. Der Schönheitssinn wird von den Vorstellungen der Erwachsenen geprägt und begrenzt. Schau mal, was für wunderbare Blumen, was für eine großartige Aussicht, was für ein schönes Gemälde! Ich denke darüber nach, während ich mich noch einmal vergewissere, dass Inspektor Kings Visitenkarte mit der Adresse der Polizei von Brighton sicher in meiner Manteltasche steckt.

Als ich King anrief, klang er, als hielte er es für die natürlichste Sache der Welt, dass wir uns wieder treffen. Von Angesicht zu Angesicht. Seine freundliche Professionalität wirkte ermutigend.

»Und das Schild, das Sie auf dem Pier aufgehängt haben? Mit dem Sie Zeugen auffordern, sich zu melden? Ich glaube, dass der Wind es bald wegwehen wird«, wagte ich am Telefon einzuwenden. Es war nur so eine Befürchtung. Ein beunruhigendes Gefühl in der Magengegend.

»Right … Durchaus, für die Jahreszeit ist es schließlich ungewöhnlich stürmisch, das haben Sie vielleicht im Fernsehen mitbekommen. Wir sollten das auf jeden Fall überprüfen«, sagte er.

»Danke«, erwiderte ich und erwähnte nicht, dass ich schon seit Monaten keinen Wetterbericht mehr gesehen habe. Auch sonst kein Fernsehen.

»Da wäre noch etwas …«, fuhr ich fort. »Haben Sie diese Schilder nicht auch kleiner? Im DIN-A4-Format, aber mit denselben Informationen? Datum, das Bild meiner Mutter und was passiert ist?«

»Ja.«

»Können Sie die nicht in den Suppenküchen und Obdachlosenasylen aufhängen?«

»Das haben wir bereits getan. Zu Beginn des Herbstes«, sagte er.

»Tun Sie es bitte noch einmal. Meinetwegen. Die alten Schilder sind vermutlich inzwischen von neuen überklebt. Es gibt sicher Obdachlose, die eine Weile nicht in der Stadt waren. Vielleicht bei einer Entziehungskur oder so.«

»Da haben Sie recht«, erwiderte King mit einer neuen Schärfe in der Stimme. Ich hörte das kratzende Geräusch des Stifts, mit dem er mitschrieb.

Jetzt bin ich auf dem Weg zu unserem Treffen. Ich kehre nach Brighton zurück.

Vom Oxforder Hauptbahnhof hat man eine perfekte Sicht auf das hektische Gedränge der Pendler am Gleis eins. Die Luft ist erfüllt von dem lärmenden Geräusch der Züge und dem Duft nach frisch gemahlenem Kaffee. Alles ist in Bewegung, und das Echo kurzer Unterhaltungen und Gesprächsfetzen dringt von überall um mich herum an mein Ohr. Passendes Kleingeld für das Mädchen im Kiosk. Rasche Schritte, eine aufgerollte Tageszeitung unter dem einen Arm, einen Schirm unter dem anderen. Manchmal pfeift der Express nach Schottland auf seinem Weg nach Norden, ohne Halt, direkt am Bahnsteig vorbei.

Dann entsteht ein tödlicher Sog, und man hat das Gefühl, der Weltuntergang sei nahe, sei nur vier Sekunden entfernt. Aber niemand verzieht eine Miene. Ein Mann mit Aktenkoffer und wehendem Mantel eilt an mir vorbei. In einem Tragesitz vor seiner Brust schläft ein kleines Kind, ein Junge.

Unweit der Fahrkartenschalter steht ein sommersprossiger Teenager und verkauft Blumensträuße von einem Wagen auf zwei Rädern. Lachsfarbene Rosen in dichten Sträußen, rot und weiß gesprenkelte Nelken, Gerbera in unglaublich grellen Farben.

»Haben Sie Maiglöckchen?«, frage ich ihn. Mein Mund sagt das einfach, eine Laune, die mit dem Kopf nichts zu tun hat.

Er lächelt schüchtern und unsicher.

»Nein, nicht um diese Jahreszeit«, sagt er und hebt entschuldigend seine rissigen Hände.

»Und das da?«, sage ich und deute auf einen leeren Eimer schräg hinter ihm. Eine unerklärliche Vorahnung überkommt mich. Er schaut sofort auf den Boden, auf die Stelle, auf die ich gedeutet habe. Und da liegen sie.

Neben dem Eimer liegt ein kleiner Strauß Maiglöckchen. Eben erst gepflückt ohne Gummiband oder Zellophan. Der Junge starrt entgeistert auf den Strauß. Dann sieht er mich misstrauisch an. Ich ziehe die Brauen hoch und nicke. Er schaut erneut auf den Strauß. Schließlich wirft er mir ein schiefes, kreideweißes Lächeln zu, vollführt eine sonderbare Geste, die fast so aussieht, als würde er sich bekreuzigen, beugt sich vor und reicht ihn mir wortlos.

Ich habe keinen Becher mit Wasser und halte die Blumen während der gesamten Zugfahrt an die Küste in der Hand. Die kleinen weißen Glocken zittern bei jeder Erschütterung, stundenlang. Ein unsichtbares Band rollt sich in mir auf, wird immer kürzer, während ich mich allmählich Brighton nähere.

Als ich endlich auf dem wintergrauen Pier stehe und in den Meereswind blinzele, sehen die Maiglöckchen immer noch aus wie frisch gepflückt. Ich lege den Strauß auf die rohen Planken, auf denen die Konturen von Mamas Blut weggeschrubbt und für alle unsichtbar sind, außer für mich. Für mich haben sich diese Spuren tief in das Holz gegraben, sind immer noch da. Ich binde meinen Schal fester um den Hals und mache mich auf den Weg zur Polizeiwache.

Inspektor King zieht sich den Krawattenknoten zurecht, während er das Angebot des Kaffeeautomaten im Pausenzimmer ein drittes Mal mit unvermindertem Widerwillen überfliegt.

»Es soll heute noch Schneeregen geben, aber das lässt sich nicht ändern. Ich schlage vor, wir gehen trotzdem raus. Ich brauche einen richtigen Kaffee«, sagt er.

Ein Kollege mit zwei Plastikbechern in den Händen zieht seinen Bierbauch ein, um an uns vorbei zu kommen, und sieht Steve säuerlich an. Inspektor King merkt das nicht. Er hilft mir in meinen Mantel.

»Ich muss Ihnen etwas gestehen«, sagt er, als wir langsam um den Parkplatz herumgehen.

»Bereits bei unserer ersten Begegnung hatte ich das Gefühl, dass Sie mich an jemanden erinnern, und jetzt weiß ich auch, an wen.«

Ich zucke mit den Achseln und lächele schüchtern.

»Nun«, fährt er fort, »jetzt wird es sehr persönlich, Sie müssen das entschuldigen. Sie ähneln einer fünfundsechzigjährigen Dame mit weißen Zöpfen.«

Ich lache laut und überrascht.

»Sie war Fruchtbarkeits-Expertin. Lebte im Künstlerviertel von Brighton, hatte einen kleinen Laden voller Kristalle, Traumfänger und schlechter, abstrakter Kunst«, fährt er fort.

»Meine Frau, Doreen, hat mich mal dahin geschleift. Wir hatten es sechs Jahre lang versucht. Immer wieder, ohne Erfolg. Wir haben gelitten und hatten nur einen sehnlichen Wunsch.«

»Einen sehnlichen Wunsch?«

»Ja, nach Kindern.«

Er sieht mich ruhig von der Seite an, beobachtet meine Reaktion und fährt dann fort:

»Diese Frau warf einen Blick auf uns. Wir saßen auf großen Kissen und kamen uns lächerlich vor. Sie setzte sich dazu, verschränkte die Arme und weigerte sich.«

»Sie verweigerte sich?«

»Ja, sie weigerte sich, uns ihre berüchtigten ›Babytropfen‹ zu verkaufen. Das war irgendein sirupähnliches Gebräu. Ein Naturheilmittel. Doreen wollte so gerne, dass wir es versuchen, eine ihrer Freundinnen … Nun ja. Zu guter Letzt habe ich eingewilligt. Ich ertrug es irgendwie nicht länger, sie so traurig zu sehen. So ohne Hoffnung.«

Oh, denke ich. Egal was. Er tut alles für seine Doreen. Um einen kleinen Sonnenstrahl zu sehen, der ihr Gesicht von innen wärmt.

»Nein, sagte diese Hippiefrau zu uns«, nimmt King den Faden wieder auf. »Das ist nichts für Sie. Sie glauben ohnehin nicht an so etwas, das spüre ich.« Während er das erzählt, zuckt er amüsiert mit den Achseln.

»Es wäre vollkommen zwecklos, sagte sie. Wirkungslos. Bei Leuten wie uns. Wir sollten uns lieber einen Welpen zulegen, meinte sie. Sofort, am besten noch am gleichen Tag. Und damit war unser Besuch bei ihr auch schon zu Ende.«

Der Inspektor lacht.

»Und haben Sie das getan?«, frage ich atemlos.

»Ich rief noch am selben Abend einen Kollegen an. Seine Schwiegermutter züchtet Hunde. Am nächsten Tag kam ich mit einem kleinen Border Terrier nach Hause, den wir, nach Doreens Lieblingsregisseur, Alfred nannten. Es dauerte nicht länger als eine Viertelstunde, da war der Hund die neue Hauptperson in der Familie«, sagt King und lächelt herzlich, ehe er weiterspricht.

»Doreen und ich schliefen vollkommen erschöpft zwischen zerkauten Pantoffeln und Pfützen, die Alfred hinterlassen hatte, ein. Wir vergaßen vollkommen, die Temperatur zu messen und die Tage ihres Zyklus auszurechnen. Im nächsten Monat erschien ein großer knallblauer Streifen auf ihrem Schwangerschaftstest, und dieser Streifen war Junior.«

Er deutet mit der Hand auf ein Café, das Red Roaster heißt.

»Und was wurde aus der Frau, der ich ähnlich sehe?«, frage ich.

»Die heilkundige Hippiefrau? Sie ist nicht mehr da. Vielleicht ist sie ja in Rente gegangen oder hat den Styx überschritten. Ihr Laden hat sich in eine Burgerbar für Veganer verwandelt. Schade. Denn eigentlich wollten wir uns richtig bei ihr bedanken. Ich werde sie nie vergessen. Nie«, sagt er und bestellt dann an der Theke Kaffee und Möhrenkuchen für uns beide.

»Und wieso, wenn ich fragen darf, fühlen Sie sich durch mich … an sie erinnert?«, erkundige ich mich mit einem gezwungenen Lächeln, während ich auf einen Tisch am Fenster zusteuere.

»Ihre Ausstrahlung«, erwidert King rasch. »Etwas, das sich schwer beschreiben lässt … man könnte es vielleicht eine Art Aura nennen. Etwas, das mir sagt, dass ich auf Sie hören sollte, wie verrückt Ihre Äußerungen auch klingen mögen. Eine gewisse Gelassenheit, obwohl Sie nach außen hin ziemlich nervös, ja beinahe misstrauisch wirken. Sie verfügen über einen gesunden Menschenverstand und einen stabilen moralischen Kompass. Glaube ich.«

Man kann gerade noch die stahlblauen Wellen erkennen und den Pier, der sich im grauen Nebel abzeichnet. Ich habe den Stuhl so hingestellt, dass mein Blick durch die großen Fenster fällt. In dem mit alten Kaffeemühlen dekorierten Café herrscht zum Glück nicht sehr viel Betrieb. Ein kalter Regen beginnt vor den Fenstern schräge weiße Linien zu zeichnen, die Fußgänger spannen ihre Regenschirme auf, klappen die Kragen hoch und beschleunigen ihre Schritte. King wärmt sich seine Finger an der Tasse.

»Nun«, beginne ich. »Es ist Folgendes. Ich glaube, meine Mutter hatte eine Verbindung nach Oxford. Ich weiß nicht, wie ich darauf komme. Ich kann es nicht richtig erklären. Aber es ist so. Sie war dort.«

»Tja. Unmöglich ist das nicht …«, meint Steve zögernd.

Wir reden nicht weiter, denn plötzlich entdecke ich eine mir seltsam vertraute Gestalt, drüben, auf dem gegenüberliegenden Bürgersteig. Bei ihrem Anblick zucke ich zusammen. Eine gescheiterte Existenz, eine Person, die sich nicht bewegt wie andere. Sie erinnert an einen ungewöhnlich energischen Zombie.

Das ist er.
Halt ihn auf.
Mach, dass er stehenbleibt.
Mach, dass er dich sieht.
Mach, dass er hierherkommt.

King versucht etwas zu sagen, aber ich hebe die Hand, und er verstummt sofort. Ich versuche mir einzureden, dass mein Blick eine eigene Kraft besitzt, dass ich diese Person durch reine Willensaufbietung dazu bringen kann, stehenzubleiben und auf das Fenster zu schauen, hinter dem wir sitzen. Wenn ich sie nur unverwandt und energisch genug anschaue. Ich halte das für enorm wichtig. Aber der Mann draußen trabt die St. James Street entlang, als hätte er es eilig. Er ist drauf und dran zu verschwinden.

Die letzte Chance. Ich muss. Ich stehe auf und trommele mit beiden Fäusten an die Fensterscheibe. Aus dem Augenwinkel bemerke ich, wie sich King halb erhebt und der Cafébesitzer missbilligend die Stirn runzelt. Der Mann auf der Straße kann es unmöglich gehört haben. Draußen stürmt und regnet es jetzt ziemlich stark, und Busse rasen mit hoher Geschwindigkeit vorbei.

Aber da geschieht es. Ich sehe, wie er seine Schritte verlangsamt. Es funktioniert. Er dreht wie benommen den Kopf zur Seite. Erst entdeckt er mich. Dann sieht er King. Der Mann, von dem ich nicht weiß, wer er ist, dreht sich um, überquert die Straße und kommt auf die Tür des Cafés zu, in dem wir sitzen.

Als die Spannung nachlässt, beginnen meine Hände so stark zu zittern, dass meine Kaffeetasse auf der Untertasse klappert.

King und ich verziehen beide das Gesicht, als eine eisige Windbö die Tür aufdrückt, ein paar große schneeige Regentropfen hereinwehen und der zerlumpte Mann von der Straße das Lokal betritt. Ohne zu zögern, steuert er direkt auf unseren Tisch zu.

»King!«, ruft der Obdachlose heiser und winkt fröhlich. »King, wusst ich's doch, dass Sie das sind. Ja, meine Augen funktionieren wirklich noch bestens.«

Er bemerkt Inspektor Kings Ratlosigkeit und reißt sich die verfilzte Schirmmütze vom Kopf. Darunter kommt ein schlecht rasierter, mit Beulen übersäter Schädel zum Vorschein.

»Ah!«, sagt Steve King und stellt dem Mann einen Stuhl hin. »Pretty Pete. Sie haben sich ja in dieser Gegend schon lange nicht mehr blicken lassen. Wann hat man Sie denn rausgelassen?«

Pretty Pete setzt zu einer Antwort an, muss aber plötzlich fürchterlich husten, vermutlich aufgrund der unzähligen aufgeklaubten Zigarettenstummel, die er im Laufe der Jahre geraucht hat. Aber er scheint nüchtern zu sein, und seine wettergegerbten Wangen wirken nicht ausgemergelt. Er trägt recht neue Wanderstiefel mit ordentlichen violetten Schnürsenkeln. Ich reiche dem hustenden Mann mein Wasserglas. Er trinkt gierig und umklammert das Glas so fest, dass ich Angst bekomme, es könnte in seiner Hand zerbersten.

»Möchten Sie was essen?«, fragt King und sucht in seiner Manteltasche instinktiv nach ein paar Pfundmünzen.

»Nein, verdammt, sie mästen einen schon genug in dem Obdachlosenheim. Schauen Sie mich nur an! Aber wollen die Herrschaften nicht vielleicht jeder so eine hier kaufen?«, sagt Pete und räuspert sich ein letztes Mal.

Erst jetzt bemerken wir, dass er an einem Nylonband einen Ausweis um den Hals trägt. In einer Tasche, die über seiner Schulter hängt, steckt in einer Plastikhülle ein Stapel Obdachlosenzeitungen.

»Klar…«, meint King zögernd. »Unglaublich, wie ordentlich Sie geworden sind. Aber ich weiß nicht, ob Sie in einem Café so ohne Weiteres Ihre Zeitungen anbieten dürfen.«

»Nein. Darf ich nicht«, erwidert Pete und nimmt mit einem Seufzer Platz. »Ich wollte aber sowieso mit Ihnen sprechen. Ein Glück, dass ich Sie entdeckt habe!«

Pretty Pete hat einen zusammengefalteten Zettel in der Tasche. Er faltet ihn umständlich auseinander und streicht ihn mit seiner großen Hand auf dem Tisch glatt. Es ist die Bitte der Polizei, man möge sich melden, falls man Hinweise zur Ermordung von Birgitta Grå habe. Mamas Name in dunkelroten Buchstaben. Es schaudert mich, und ich wünsche mir, ich hätte meinen Mantel nicht aufgehängt.

»Ich habe mich an dem Abend am Strand herumgetrieben«, sagt Pete und senkt die Stimme. »In der Nähe vom Pier. Ich habe etwas Fürchterliches gesehen. Dessen bin ich mir mittlerweile fast sicher. Entschuldigen Sie, dass ich mich nicht früher gemeldet habe. Sie wissen ja, wie das ist. Ich hab den Zettel gestern in der Unterkunft entdeckt, als ich dort war, um zu duschen. Ein Glück, dass ich Sie eben durchs Fenster gesehen habe. Können Sie meine Aussage hier aufnehmen? Ich will nicht gerne auf die Wache. Ich fühl mich da nicht so wohl.«

»Ich versteh schon«, sagt der Inspektor, jetzt ebenfalls mit leiserer Stimme. »Aber ich kann hier im Café keine offizielle Aussage aufnehmen, das wissen Sie, Pete. Und wie Sie sehen, bin ich gerade mitten in einer Besprechung … Aber Sie können ja erzählen, was Sie beobachtet haben, dann kann ich entscheiden, wie wir weiter verfahren. Wäre das okay für Sie? Sie brauchen wirklich nichts zu befürchten.«

Der Obdachlose nickt stumm. Ich entschuldige mich und gehe auf die Toilette, denn mir ist klar, dass es unpassend wäre, sitzenzubleiben und zuzuhören. Hinter mir höre ich, wie Pete beginnt, dem aufmerksam zuhörenden Inspektor seine Geschichte zuzuflüstern.

»Und sonst?«, fragt King, als wir uns alle drei erheben, um zu gehen.

»Alles bestens«, meint Pete. »Es gibt wirklich keinen Grund zur Klage. Ich habe in der Entziehungskur eine Frau kennengelernt. Jetzt muss man sich halt etwas Mühe geben, hehe.«

Petes Wangen werden rosig, und er schaut auf seine Zeitungen.

»Ich werde bald Vater«, sagt er mit einem grüblerischen Lächeln, fast schüchtern.

»Was Sie nicht sagen!« Ich spüre die Traurigkeit, die King

ausstrahlt und die seinen munteren Worten widerspricht. Ich merke auch, wie der Inspektor gegen dieses Gefühl ankämpft. Er klopft Pete auf die Schulter. Wer sagt denn, dass es unbedingt den Bach runtergehen muss?

»Wie schön! Gratuliere, Pete! Dann können wir nur hoffen, dass das Kleine das Aussehen der Mutter bekommt, was?«

»Die Kleine«, sagt Pete und grinst. »Es wird ein Mädchen.«

In diesem Augenblick, bevor wir uns trennen, sehe ich, wie sich diese beiden Männer als Gleichgestellte begegnen. Jenseits von Lebensumständen, Klassenzugehörigkeit und Alkoholismus. Zwei Menschen, die einfach nur die Freude über ein kleines, noch ungeborenes Kind teilen.

Als wir auf die regennasse Straße treten, merke ich, dass King breit lächelt. Aber in dem Augenblick, in dem er nach seiner Brieftasche in der Innentasche greift, erstirbt das Lächeln.

»Pete«, ruft King, dreht sich um und beginnt, die Straße hinunter zu rennen. Sein offener Mantel flattert um die Hosenbeine. »Pete, warten Sie!«

Ich sehe, wie King einen Sprung über eine Pfütze aus Schneematsch macht und einem schmutzig braunen Schwall Regenwasser ausweicht, den ein Linienbus auf den Gehsteig spült. Ich hefte mich an seine Fersen. Auf halbem Weg zu den Dorset Gardens holen wir Pete ein.

»Ich hab ganz vergessen …«, keucht der Inspektor. Er klappt seine Brieftasche auf und nimmt einen Zehn-Pfund-Schein heraus. »… Ihnen eine Zeitung abzukaufen. Zehn Stück, bitte. Falls Sie so viele haben. Sonst reicht mir auch eine. Nein, nein, behalten Sie das Wechselgeld.«

15. Kapitel

An meinem Geburtstag gratulieren mir Ashley und Nikita frühmorgens noch vor dem Unterricht. Sie setzen sich zu mir auf das schmale Bett im Mill Creek Manor, küssen mich schmatzend, öffnen eine Flasche Sekt und schneiden einen großen Kuchen mit einem Clownsgesicht aus Zuckerguss an. Ein fürchterliches Frühstück, aber ich probiere trotzdem pflichtschuldig. Der Sekt kribbelt in meiner Nase, und Zuckerkrümel fallen aufs Laken. Dann zieht Nikita ein großes weiches Paket hervor, das sie unter ihrem Bett versteckt hatte. Es ist ein Morgenmantel mit Wolkenmuster, genau wie ihrer, aber rosa statt hellblau. Ich fange vor Rührung fast an zu weinen.

Für den Abend hat Nikita eine Runde durch die Pubs im Zentrum geplant, und dieser Plan wird auch in die Tat umgesetzt, weil wir fast immer das tun, was Nikita will. Ihr Hintergedanke dabei ist, dass ich lernen soll, welche Bars der Stadt Studentenkneipen sind und in welchen eher andere Kreise verkehren.

»Es ist der Unterschied zwischen ›town‹ und ›gown‹. Diese Aufteilung gibt es mehr oder weniger in fast allen Universitätsstädten«, erklärt Ashley und zieht seinen Blazer enger um den Körper. Der eisige Wind fährt uns unter die Kleider und weht Nikita ein paar widerspenstige Haarsträhnen ins Gesicht.

»Ja. Alteingesessene gegen Akademiker«, lächelt sie. »Der uralte Hass.«

Sie geht in der Mitte und hat uns beide untergehakt. Sie bewegt sich in kleinen Hopsern vorwärts. Das passt zu ihr. Weiter, immer weiter zum nächsten Vergnügen. Ein Bus voller verdrossener Gesichter braust auf der breiten Durchgangsstraße vorbei. Arbeiter, die von ihrer Schicht aus der Autofabrik kommen. Ich bibbere und denke, dass ich mir ein Paar Stiefel kaufen sollte. In Skardala habe ich im Herbst nie so gefroren.

Eine junge Mutter mit einem klobigen, altmodischen, schwarzen Kinderwagen kommt uns unter einer Straßenlaterne entgegen, und wir lösen unsere kleine Menschenkette auf, um sie vorbeizulassen.

»Und die da?«, tuschelt Ash mir ins Ohr. »Town … oder gown?«

Mir ist klar, dass er gerade ein Ratespiel erfunden hat, mit dem sie mich den Rest des Abends quälen werden. Okay, game on. Die Mutter ist wirklich sehr jung, aber sie trägt demonstrativ einen breiten Ehering am Finger. Ungefärbtes Haar, etwas theatralischer Mantel und, zu meinem Erstaunen, Pumps mit richtig hohen Absätzen. Ich fühle mich an Sylvia Plath erinnert.

»Gown«, sage ich.

»Ping!«, sagt Nikita. »Sweden, one point. La Suède, un point.«

Sie dreht sich um und schaut der Frau, die ihren Kinderwagen an den erleuchteten Schaufenstern vorbeischiebt, noch ein paar Sekunden hinterher.

»Echte Chanel-Handtasche. Papa zahlt.«

»Logisch«, sagt Ash mit leichter Verbitterung in der Stimme. »Die privilegierten Leseratten neigen aus irgendeinem Grund dazu, sich zeitig und leidenschaftslos in den Hafen der Ehe zu flüchten«, sagt er an mich gewandt. »Dann entdecken sie mit Anfang dreißig ihre Sexualität und schlagen über alle Stränge.«

Er führt uns in eine dunkle Gasse. Zwischen den umgekippten Mülltonnen ist es eng. Die Gasse ist windgeschützt, der Geruch von Kebab und Urin hängt zwischen den Mauern.

»Sehr schön«, sagt Nikita. »Du hast ein gutes Ziel ausgesucht, Ash. Jetzt kommt eine richtige Herausforderung.«

Sie schwingt sich über ein Geländer, springt dann mit einem Satz eine halbe Treppe hinunter und öffnet eine mit Popkonzertplakaten gepflasterte Tür, die ich nie gefunden hätte, wenn ich allein gewesen wäre.

»Tooown … oder gown?«

Nikita muss wegen der niedrigen Deckenbalken den Kopf einziehen. Über der Bar reiht sich eine Sammlung alter Nachttöpfe an Messinghaken, über den ledergepolsterten Sofas hängen sepiabraune Cricketfotos und ausgefranste Fahnen von Ruderclubs. In jeder Nische leuchtet ein großer schief gewachsener Kürbis mit verfärbten Auswüchsen.

In dem Pub müssen einige künstlerisch begabte Leute arbeiten, denn in jeden Kürbis ist eine fantastisch grinsende Teufelsfratze geschnitzt, die bösartig ins Dämmerlicht des Pubs hineinleuchtet. Sie gefallen mir sehr gut. Die Atmosphäre ist bodenständig und irgendwie heidnisch, dazu passen auch die schweren Holzmöbel.

Auf einer großen schwarzen Tafel ist die Speisekarte angeschrieben. Pork Belly, Seebarsch und Beef & Beer Stew. Mein leerer Magen knurrt, aber ich achte nicht weiter darauf. Die Gäste, die ihre Teller noch vor sich stehen haben, sind bereits bei ihrem fruchtigen Nachtisch angekommen. Eton Mess und Knickerbocker Glory. Die Küche schließt gerade. Ein Student hat seine sanft dreinblickenden Eltern mitgenommen. Sie fallen aber eher durch ihre gebügelte helle Kleidung auf als durch ihr Alter. Mein Blick verweilt einen Moment zu lange bei ihnen. Was für eine Vorstellung, an seinem Geburtstag mit beiden Eltern in einem Pub in Oxford zu sitzen und zu reden. Eine bittere Sehnsucht überkommt mich. Eine gefährliche Sehnsucht, meinen inneren eisernen Griff loszulassen und einfach hemmungslos zu weinen wie ein kleines Kind oder ein Verrückter.

Nein. So nicht. Das führt zu nichts.

Ich blinzele, bis meine Augen wieder trocken sind. Pub. Ich bin mit meinen beiden Freunden in einem Pub. Es ist mein Geburtstag. Zwar ist nicht alles okay, aber ich bin okay. Gut. Fast gut.

Als ich mich umsehe, erkenne ich drei Dozenten von der Akademie. Den Leiter des Aktseminars und zwei weitere. Sie sitzen mit gesenkten Köpfen über dunklem Bier an einem kleinen Tisch. Einer von ihnen hat einen schwarzen Königspudel dabei, der seine feuchte Schnauze auf die gekreuzten Vorderpfoten gelegt hat.

Eine Gruppe junger Männer hat sich erhoben, um zu gehen, und als sie an uns vorbeischlendern, wird Ash blutrot, während Nikita einen Pfiff andeutet. Die Typen unterhalten sich laut. Sie heben sich deutlich von der Menge ab, sehen anders aus, wie edle Hengste. Golden. Ihre Haltung strahlt eine selbstverständliche Sicherheit aus, ihre Hemden hängen lässig herab, und sie zeigen ihre makellosen weißen Zähne. Als gehörten sie einer anderen Spezies an. Als würde die Sonne für sie immer scheinen. Eine fremde Aura umgibt ihre gebleichten Locken wie eine matte Patina. Der Glanz von Geld und Privilegien. Und von regelmäßigen Ferien an exotischen Orten, denen sie diese glänzende, goldbraune Lederhaut verdanken. Die sie nur noch unverletzlicher erscheinen lässt.

»Mann«, sage ich, »viel zu einfach. Ich habe noch nie im Leben ein Lokal gesehen, das so ›gown‹ ist.«

Ashley verdreht die Augen, aber lässt die Typen nicht aus den Augen, nicht einmal, als er dem freundlichen Königspudel ausweichen muss, der auf dem Weg zur Tür ist. In Nikitas Richtung gebeugt zischt er:

»Ist er das? Der göttliche Junge in der Mitte …?«

Sie windet sich wie eine große, elegante Katze, bevor sie antwortet:

»Oh yes. Rupert Davenport-Smythe. Ein edler Leckerbissen, nicht wahr? Das, was Nikita diese Woche schmeckt. Aber er will scheinbar mehr.«

Ich sage nichts, aber als Rupert Davenport-Smythes Augen auf Nikita fallen, sehe ich ein wildes Feuer darin lodern. Ja. Kein Zweifel, dass er mehr will.

Ashley stemmt sich mit beiden Händen auf den Bartresen und sieht uns an, bereit, die erste Runde zu bestellen.

»Scrumpy?«, will er gut gelaunt wissen, und Nikita nickt nachdrücklich.

»Scrumpy! Maja, Scrumpy?«

Ich habe nur die vage Vorstellung davon, dass Scrumpy eine Art Cider ist, ein passendes Herbstgetränk also. Ich nicke.

Das Gebräu ist trüb, säuerlich und ziemlich widerwärtig. Wir lassen uns aber nichts anmerken und trinken schweigend ein Viertel unserer Pints. Aber dann gibt Nikita auf, lacht und schiebt ihr Glas weg.

»Bin ich die Einzige … die damit Mühe hat …?«

Ash schüttelt so energisch den Kopf, dass seine runden Wangen beben.

»Nein, pfui Teufel. Ich auch. Was haben wir uns eigentlich dabei gedacht?«

»Das liegt daran, dass man Scrumpy Jack nur einmal im Jahr trinkt«, meint Nikita. »Es klingt so nett, aber man vergisst darüber …«

»Hm«, unterbricht sie Ash leise. »Apropos Jack …«

Ich drehe meinen Kopf gerade noch rechtzeitig herum, um ein Stück Mantel und einen dunklen Haarschopf durch die Tür mit den Plakaten verschwinden zu sehen.

»War er allein?«, frage ich und versuche, gleichgültig zu klingen.

»Glaube schon«, sagt Ash. »Er wohnt, soweit ich weiß, mit ein paar anderen Studenten in einem Haus in Jericho, aber ich sehe ihn nie mit jemandem zusammen.«

»Wundert mich nicht, dass er immer allein ist«, sagt Nikita mit übertrieben scharfer Stimme. »Ich finde irgendwas an ihm *falsch*«, erklärt sie. »Diese Bilder … die Kleider … und dann sein Auftreten. Eremit mit ständigen Depressionen. Also, mir laufen bei seinem Anblick kalte Schauer über den Rücken.«

Ashley wirft mir von der Seite einen mitfühlenden Blick zu.

»Na ja«, meint er langsam, als müsse er seine Worte sorgfältig wählen. »Er ist ein bisschen affektiert. Aber auch wahnsinnig begabt und auf eine abstoßende Art gutaussehend. Vielleicht ist er ja total nett, wenn man ihn erst einmal näher kennenlernt, wer weiß?«

Ich sage nichts, aber das Messer, das ich im Zeichensaal gefunden habe, liegt wie ein glühender Metallklumpen ganz unten in meiner Tasche. Ich muss mich zwingen, an etwas anderes zu denken. Über etwas anderes zu sprechen. Ich schiebe mir ein paar Haarsträhnen hinter die Ohren. Nikita vergisst sich, trinkt automatisch einen Schluck von ihrem übelschmeckenden Cider und schüttelt sich.

»Idiot«, murmelt sie halblaut, nimmt unsere Gläser und steht auf, um zur Bar zu gehen.

»Eine Flasche Wein für alle?«, fragt sie, und wir nicken.

»Okay, bin gleich zurück.«

»Um von etwas anderem zu sprechen, Ash. Kann ich dich kurz was fragen?«, beginne ich und fingere an einem Bierdeckel.

»Das Massaker von Mill Creek Manor. Was wissen wir eigentlich darüber? Ich will jetzt keine Gerüchte und keinen Klatsch hören. Was weiß man sicher?«

Ashley lehnt sich zurück, knöpft seinen Blazer auf und kratzt sich am Kopf.

»Ich weiß nicht viel mehr als das, was ich schon am ersten Abend erzählt habe«, sagt er. »Aber es gibt natürlich jede Menge Gerüchte. Irgendwie scheint das nie aufzuhören, die ganze Geschichte ist einfach zu unheimlich. Aber so etwas wolltest du ja nicht hören, oder?«

»Doch, schon, erzähl mal«, sage ich und ziehe die Ärmel meiner Jacke über die Hände. Ash fährt sich mit einem Finger über den Unterkiefer und kratzt geistesabwesend seine Bartstoppeln.

»Mama war in der Tat ein wenig beunruhigt, als ich ein Zimmer im Mill Creek Manor bekam«, lächelt er. »Sie erinnert sich noch recht gut an die Zeitungsartikel. Das Ganze ist offenbar in Zimmer 46 im Nordflügel geschehen. Es war eine Party auf dem Zimmer von Emma Isherwood.«

»So ein Quatsch. Im Mill Creek Manor gibt es kein Zimmer 46. Hör dir seine Gespenstergeschichten nicht an«, sagt Nikita und stellt drei Weingläser und eine entkorkte Weinflasche auf den Tisch, dann setzt sie sich neben mich und fährt mir durchs Haar.

Trotzdem hört sie ruhig und mit glänzenden Augen zu, als Ash die gängigsten Geschichten und ein paar darum herumrankende Gerüchte zum Besten gibt. In meinen Ohren klingt das Ganze wie eine niemals aufgeklärte Tragödie, die im Lauf der Jahre zu einer vulgären Horrorgeschichte mutiert ist.

Als ich beiseiterücke, um Nikita durchzulassen, die zur Toilette will, spüre ich meine Tasche am Bein und erinnere mich. Ich beuge mich vor, berühre mit den Fingern die Plastiktüte und greife vorsichtig nach dem Messer. Einen Augenblick lang halte ich es in der Tasche in der Hand und überlege. Soll ich es Ashley allein zeigen oder warten, bis Nikita zurück ist? Aber ich zögere zu lange, und der Mut verlässt mich. Die Chance verstreicht.

Als Nikita von der Toilette zurückkommt, sieht sie eine Münze auf dem Fußboden, bückt sich und hebt sie auf. Ich sitze so, dass ich ihren Rücken sehen kann. Als sie sich wieder erhebt, hakt sie die Finger in die Gürtelschlaufen ihrer Jeans, um sie über die Hüften zu ziehen.

Und in diesem Augenblick bleibt die Zeit stehen. Der Lärm, der mich umgibt, verstummt. Mein Mund ist vollkommen trocken, und ich nehme etwas mit unnatürlicher Deutlichkeit wahr. In der Sekunde, bevor Nikita ihre Hose richtig hochzieht, sehe ich ein Stück von ihrem Slip über dem Bund hervorschauen. Helllila Stoff mit weißen Punkten. Ein Slip aus einem Doppelpack. Meine Schläfen beginnen zu pochen, als mir klar wird, wo sich der andere Slip befindet. Er liegt um ein Messer gewickelt unten in meiner Handtasche.

16. Kapitel

Bereits in der dunklen Biegung auf dem Weg zum Eingangstor sehen wir, dass ein seltsam graugelber Nebel wie ein Lichtring über dem nachtschwarzen Himmel von Mill Creek Manor aufstrahlt. Unser trunkenes Lachen verstummt, als wir das vereiste Kopfsteinpflaster entlangschlittern. Der ungesund blasse Schimmer hebt das Anwesen deutlich von dem undurchdringlichen Nachthimmel ab. Es sieht aus, als würde es ein Stück über der Erde schweben. Ashley drückt meinen Arm, und ich bin mir nicht sicher, ob das eine bewusste Geste ist oder nicht.

Wir sehen auch, dass Raymond uns bereits vor der Portiersloge erwartet. Sein Gesicht ist vor Wut stark gerötet.

»Da sind Sie ja endlich! Was zum Teufel haben Sie angestellt?«

Nikita starrt ihn wortlos an.

»Was ist denn los?«, frage ich.

»Ja, das würde ich auch gern wissen. Was ist das bloß für ein verdammtes Chaos.«

Er sieht so aus, als würde er jeden Augenblick mit dem Fuß auf der kalten Erde aufstampfen.

»Und ich hatte geglaubt, Sie seien ein ordentliches Mädchen! Man kann Sie wegen so etwas relegieren! Das sollte Ihnen eigentlich klar sein.«

»Aber …«, beginnt Nikita vorsichtig.

Erst jetzt begreife ich, dass Raymond nicht auf uns beide wütend ist, sondern nur auf sie.

»Was ist denn passiert?«, frage ich. »Nikita war doch heute

gar nicht hier. Sie war seit heute früh in der Akademie, und nach dem Unterricht sind wir direkt in die Stadt gegangen.« Ich halte meine Tasche hoch, als sei das eine Art Beweis. Ash pflichtet mir mit gedämpfter Stimme bei.

»Von wegen«, sagt Raymond und presst die Lippen zusammen.

»Das ist gelogen.« Dann berührt er Nikitas Schulter mit dem Zeigefinger.

»Sie waren heute Nachmittag hier, junge Frau. Errol hat gesehen, wie Sie das Gebäude betreten haben.«

Er nickt in Richtung seines mageren Kollegen, der hinter dem Schiebefenster der Pförtnerloge sitzt und uns betrübt anschaut, als wolle er uns zu verstehen geben, wie sehr es ihm widerstrebt zu petzen, aber dass da nun einmal nichts zu machen gewesen sei. Raymond dagegen scheint Nikita und mich am liebsten am Kragen packen und ins Haus schleifen zu wollen. Aber er weiß sich zum Glück zu beherrschen.

»Jetzt gehen wir zusammen hoch und sehen uns die Zerstörung an. Und Sie, Sie gehen am besten einfach auf Ihr Zimmer«, sagt Raymond zu Ashley und deutet eine scheuchende Handbewegung an.

Bereits im Korridor hören wir ein Brummen aus Zimmer 45. Das Geräusch ist dumpf und metallisch. Ich verspüre Furcht, ein resigniertes Schuldgefühl, das eigentlich gar nichts mit mir zu tun hat, mich aber nicht loslässt, weil Raymond uns wie ungezogene, freche Kinder behandelt. Es ist für mich wie ein Faustschlag. Warum?

Wahrscheinlich, weil ich daran gewöhnt bin, dass man mir anders begegnet, höflich und mit Respekt. Bisweilen sogar mit einer gewissen Unterwürfigkeit. Als sei ich nicht nur ein erwachsener Mensch, sondern auch noch etwas Besonderes, ein

Mensch von herausragendem Wert, der die Kunstakademie besucht, recht begabt und noch dazu etwas exzentrisch ist. Jemand, der in seiner Umgebung Bewunderung erntet und für schützenswert erachtet wird.

Der Unterschied zu der Behandlung jetzt ist fast schockierend. Als wären wir beide nur Hochstaplerinnen. Nichtsnutzige Jugendliche, die Mill Creek Manor irgendwie missachtet haben. Ich schlucke und mache mich innerlich auf alles gefasst. Von meiner Trunkenheit ist nichts mehr übrig.

Ein dickes braunes Kabel führt von einer Steckdose im Korridor durch den Türspalt über der Schwelle. Raymond reißt die unverschlossene Tür auf, und wir treten ein in die Zerstörung.

Es riecht wie schlechter Atem aus einem riesigen Mund. Etwas scheint mit dem Strom nicht in Ordnung zu sein, denn im Zimmer ist es stockdunkel. Raymond sucht in seiner Uniformjacke herum und zieht eine Taschenlampe hervor, damit wir uns selbst ein Bild davon machen können, was geschehen ist.

Jemand war in unserem Zimmer. Dieser Jemand hat die Wasserhähne aufgedreht. Das ist das eine. Der Fußboden ist tropfnass, und der Teppichboden fühlt sich unter den Schuhen an wie ein Schwamm. Errol und Raymond haben offenbar ein großes Baustellen-Heizgebläse besorgt, das laut dröhnend mitten im Zimmer steht, um die schlimmste Feuchtigkeit zu beseitigen. Aber die Feuchtigkeit ist auch in die Wände gedrungen. Hier ist die Farbe bereits abgeblättert. Das heiße Gebläse macht das Ganze womöglich noch schlimmer, aber das sage ich nicht. Denn wie sähe die Alternative aus?

»Verdammte Schlamperei!«, brüllt Raymond, damit man ihn beim Lärm des Gebläsemotors überhaupt hören kann. »Wenn ich Sie nicht besser kennen würde, bestünde für mich kein Zweifel, dass hier reiner Vandalismus am Werk war«, fährt er mit zusammengekniffenen Augen fort. »Mi Ling saß ein Stockwerk tiefer und lernte für ihre Prüfung. Wir haben sie in ein Hotel ausquartieren müssen, sie und vier weitere Bewohner.« Er schüttelt die Faust in Richtung des großen, lauten Gebläses.

»Raymond, Sie müssen uns glauben«, sagt Nikita. »Ich war das nicht und Maja auch nicht.« Sie sieht mich voller Überzeugung an. Ich schüttele nur den Kopf. Ich bekomme keinen Ton über die Lippen.

»Wer war es dann? Errol hat Sie gesehen, das habe ich Ihnen doch gesagt.«

Nikita reibt sich müde die Augen, und schwarze Schminke verteilt sich auf ihren Wangen.

»Ich weiß es nicht, Raymond. Ich weiß nicht, wen Errol gesehen hat, aber ich war das jedenfalls nicht. Warum sollte ich so etwas tun? Nein, das muss ...«

»Was?«, fragt Raymond.

»Irgendeine Art ... persönliche Rache«, sagt Nikita ausdruckslos. »Jemand, der einem alles zerstören will.«

»Hm«, sagt Raymond, aber ich sehe im zitternden Lichtkegel der Taschenlampe, dass sich in seiner Miene Zweifel ausbreiten. Er ist von der Aussage seines älteren Kollegen nicht mehr ganz so überzeugt.

»Die Toilette ist verstopft, und die Betten sehen einfach furchtbar aus«, fährt er fort.

Ich drehe mich etwas verloren im Zimmer um. Wir können unmöglich heute Nacht hier schlafen. Aber wo dann? Bei Ashley? Wohl kaum. Er hat nur ein 90 cm breites Bett, das fast das ganze Zimmer einnimmt, und ebenso wenig wird er Bettwäsche, Schlafsäcke oder Isomatten in Reserve haben.

»Die Damen müssen sich eine andere Bleibe suchen, bis wir diese Sache geklärt haben«, stellt Raymond fest und verschränkt die Arme, als hätte er meine Gedanken gelesen.

»Stopp, warten Sie«, sage ich. Denn falls wirklich ein Unbekannter hier drin war und unser Zimmer verwüstet hat, wie ist er dann reingekommen? Die Tür ist unbeschädigt, sie oder er muss also einen Schlüssel gehabt haben. Sind nicht eigentlich die Pförtner für die Sicherheit der Mieter verantwortlich? Ist es nicht ihre Aufgabe, alle Eintretenden zu identifizieren und diejenigen aufzuhalten, die keinen Zutritt haben? Ich bin erschöpft, es ist spät, und ich werde richtig wütend, dass man Nikita und mich als Täter behandelt, obwohl wir die Opfer eines Einbrechers, Vandalen und wahrscheinlich sogar Diebes geworden sind. Gerade als ich widersprechen will, mischt sich Nikita ein.

»Schon okay, Maja«, sagt sie müde. »Ich weiß einen Platz. Danke für das Gebläse, Raymond.« Sie legt eine Hand auf seinen Arm und fährt fort:

»Wir klären das morgen. Jetzt ist es viel zu spät. Morgen treffen wir uns wieder hier, räumen auf und schauen alle Sachen durch. Dann sehen wir auch, ob etwas fehlt und ob wir Anzeige erstatten müssen. Okay?«

Raymond nickt mürrisch, verschont uns aber mit weiteren Vorwürfen. Während er uns leuchtet, klauben wir ein paar Kleinigkeiten zusammen, die wir für die Nacht brauchen. Ich stopfe meine Zahnbürste und einige Kleidungsstücke in meinen Rucksack. Auf der Toilette stinkt es furchtbar. Es sieht so aus, als hätte jemand in meinen Sachen gewühlt, ich bin mir aber nicht ganz sicher.

Aber als ich meine verdreckten Laken im Halbdunkel sehe, werde ich wahnsinnig wütend. Der Eindringling ist mit schmutzigen Schuhen durch mein Bett getrampelt. Das kommt mir wie eine persönliche Kränkung vor, und zum ersten Mal an diesem Abend habe ich das unbehagliche Gefühl, dass diese ganze Aktion sehr wohl auch gegen mich gerichtet sein könnte.

Aber wir können nichts anderes tun, als zu verschwinden,

weg von dem dröhnenden Heizgebläse und unserem demolierten Zimmer, wieder hinaus in die Nacht.

Ich folge Nikita, ohne irgendwelche Fragen zu stellen. Es gibt im Augenblick nichts zu sagen, und ich bin bereits zu müde, um noch klar denken zu können. Wir gehen schweigend über das feuchte Kopfsteinpflaster, vorbei an Pubs mit heruntergelassenen Rollläden, wir begegnen einzelnen nächtlichen Passanten, die wie Schlafwandler ihren warmen, bequemen Betten zustreben. Erst als es etwas abschüssig und neblig wird und mir der eigentümliche Geruch der vom Kanal aufsteigenden Luft entgegenschlägt, begreife ich, dass Nikita uns nach Jericho geführt hat.

Wir gehen eine Weile die beleuchtete Hauptstraße entlang, an kleinen Antiquariaten und einem Programmkino mit einer Art-déco-Fassade vorbei.

Das massive klassizistische Hauptgebäude eines großen Verlags ragt hinter einem hohen schmiedeeisernen Gitter auf. Dann umrunden wir ein Delikatessengeschäft mit eigener Eisherstellung und biegen in eine verkehrsberuhigte Straße ein, die von hübsch renovierten ehemaligen Arbeiterhäusern, Laubbäumen und teuren Autos gesäumt wird. Am Ende das Viertels stoßen wir auf eine recht verwinkelte Straße ohne Bürgersteig und Straßenlaternen und gelangen schließlich zu einem schiefen kleinen Haus, das zu einer Häuserzeile gleichartiger Häuser gehört.

Das stimmt allerdings nicht ganz. Obwohl die Grundfläche dieser Reihenhäuser immer dieselbe ist, hat – je nach Geschmack, Lust und Laune, Alter und Geldbeutel der Besitzer – jede Fassade ihr eigenes Gesicht, ist mit den unterschiedlichsten Baumaterialien, Farben und dekorativen Elementen umgestaltet worden, so dass die Straße eher einem bunten Mosaik gleicht. Wir stehen vor dem mit Abstand ungepflegtesten Haus der Reihe. Ein kleines grauweißes Gebäude, von dem der Putz großflächig abblättert. Das Dach ist eingesunken, und die Ziersprossen an den Fenstern haben sich gelöst und hängen schief. Ein besorgniserregender Riss zieht sich von einem Fenster zum nächsten. Der Vorgarten ist mit Beton ausgegossen und wird von einer alten Matratze, einem algenbewachsenen Surfbrett und Unmengen leerer Weinflaschen in Plastiktüten geziert. Ich schaue über die Hecke des Nachbarhauses. Hier liegt im Vorgarten Schieferkies, zwei Kinderfahrräder stehen abgeschlossen zwischen zwei beschnittenen Lorbeerbüschen in Zinkeimern.

Das schäbige grauweiße Haus ist im Erdgeschoss dunkel, aber in den Zimmern im Obergeschoss brennt Licht. Nikita atmet auf und zieht an dem fleckigen Türklopfer. Obwohl sie vorsichtig ist, fällt beinahe eine Schraube heraus, und blaue Farbe rieselt von der schuppigen Haustür herab.

Ich sehe einen Schatten in einem der oberen, erleuchteten Zimmer, der die Deckenlampe einen Augenblick lang verdeckt. Dann poltert es auf der Treppe, als einer der Bewohner des Hauses mit langsamen Schritten nach unten kommt. Nikita reckt sich. Eine Gestalt ragt hinter der Milchglasscheibe der Haustüre auf. Sie zögert. Wer sollte es ihr verübeln?

»Ich bin's nur«, zischt Nikita, so leise wie möglich, um die Nachbarn nicht zu stören. Dann hören wir, wie der Riegel zurückgeschoben wird. Die Tür öffnet sich langsam nach innen auf eine schmale, muffige Diele, in der sich schmutzige Stiefel mit weiteren leeren Weinflaschen und ein paar stinkenden Mülltüten drängen. Ich halte den Atem an. Nikita stößt einen gurgelnden Laut des Erstaunens aus.

»Was willst du hier?«, fragt sie atemlos.

»Ich wohne hier. Es fragt sich eher, was ihr hier wollt«, erwidert Jack Winter.

17. Kapitel

Es zeigt sich, dass Jack Winter in das kleine grauweiße Haus eingezogen ist, um Miete und Lebenshaltungskosten mit zwei anderen Studenten zu teilen. Der eine ist ein Bekannter aus seiner schottischen Heimatstadt, der zufällig dasselbe studiert wie Nikitas neueste Eroberung Rupert Davenport-Smythe. Drei junge britische Männer in einem baufälligen britischen Haus. Von innen sieht es nicht viel besser aus als von außen.

»Unglaublich«, sagt Nikita und hält sich am Fuß ihres Weinglases fest. Sie hat es sich in einem durchgesessenen Sessel im Wohnzimmer bequem gemacht, auf dem sie mehr liegt, als dass sie sitzt. Rupert hockt mit angezogenen Knien zu ihren Füßen. Er trägt zerknitterte gestreifte Schlafanzughosen und sonst nichts. Als er sie in der Diele zur Begrüßung umarmt hat, habe ich gehört, wie er an ihre Wange gedrückt flüsterte: »Jetzt bist du ja doch gekommen.«

»Wollen wir uns nicht zurückziehen, mein Schatz«, sagt Rupert drängend und richtet sich auf. »Vielleicht willst du ja heute Abend mal meinen nackten Körper zeichnen, eine Abwechslung zu den bleichen, verfetteten Modellen, mit denen ihr sonst immer arbeitet.«

Nikita lächelt abwehrend. Jack Winter taucht in der Tür auf, und ich bemerke seinen missbilligenden Blick. Er bringt eine Decke und ein paar alte Kissen.

»Das hier sind Toms Sachen«, sagt er zu mir. »Pass gut drauf auf. Er ist nicht zu Hause, und ich werde dir nicht einfach sein Zimmer überlassen, ohne ihn vorher gefragt zu haben.«

Das könne ich gut verstehen, erwidere ich. Jack zeigt mir widerwillig, wie man die Schlafcouch auszieht, während Rupert Nikita ihr Weinglas aus der Hand windet, es ins Fenster stellt und sie dann hinter sich her die steile Dielentreppe hinauf in sein Zimmer schleift. Ich höre sie kichern und habe wieder das Gefühl, dass ihre Begeisterung für diesen Rupert inzwischen ordentlich gedämpft ist. Sie ist aber viel zu höflich, um das Spiel nicht noch eine Weile mitzuspielen.

Und wer braucht nicht manchmal einen Platz im warmen Bett eines anderen?, denke ich und fühle mich dabei ganz weltgewandt. Dabei kenne ich mich mit solchen Dingen nicht besonders gut aus. Ich bin aber trotzdem etwas eifersüchtig auf Nikita. Auf den fiebrigen Glanz in Ruperts Augen, die Art, wie er sie berührt. Als sei er verblüfft darüber, dass er das überhaupt darf.

»Na dann«, sagt Jack Winter und klingt irritiert. »Die Toilette ist oben, die Treppe rauf. Gute Nacht.«

Sicher will er in seinem düsteren Zimmer die restliche Nacht über Albtraumgemälde malen, denke ich, und es schaudert mich unter der kratzigen Decke.

Ich schlafe unerwartet schnell ein, während das schwache Licht der Morgendämmerung allmählich zwischen den Häuserzeilen Jerichos hindurchkriecht. Aber es ist kein ruhiger Schlaf. Über mir knarren die ausgeleierten Federn eines Bettgestells, und ich träume von schwankendem Wasser, von grauen, schlammigen Meereswogen unter einem blutbefleckten Pier. Von einem Zimmer mit zehn Zentimeter hohem stinkenden Brackwasser auf dem Fußboden. Wichtige Gegenstände verbergen sich unter der Oberfläche, aber ich habe zu große Angst, und mir ist zu übel, um hineinzugreifen und danach zu suchen.

Dann sehe ich eine altmodische Puppenstube, wunderbar

und komplett eingerichtet mit einer kleinen Puppenfamilie aus Porzellan, aber vollständig in ein Aquarium aus grünlichem Glas versenkt. Das dünne Haar der Figuren bewegt sich in der Strömung. Ich bin klein und habe die Stirn an das Glas gedrückt. Dort ist die Küche und dort das Schlafzimmer. Wo ist die Puppenmama? Ich kann sie nicht sehen. Aber der Puppenvater und das Puppenmädchen sind zusammen im Schlafzimmer.

Jemand nimmt mich an der Hand und dreht mich um. Ein Karussell. Wollen wir Karussell fahren? Funkelnde weiße Holzpferde mit rotem Rachen. Eisige Wassertropfen stürzen vom Himmel. Riesige Tropfen. Sie laufen unter den Kragen. Wasser überall. Wasser, das alle Spuren fortspült. Ich mag das Karussell nicht. Ich schließe die Augen und kneife sie fest zu.

Als ich sie öffne, bin ich wieder groß. Immer noch auf dem Pier. Im Traum sehe ich mit übernatürlicher Schärfe, wie ein Obdachloser von einem Wachmann vertrieben wird. Es ist sehr stürmisch, und der Wind zerrt an seiner Mütze, einer gestrickten Mütze mit Schirm. Der Bettler lehnt sich nicht auf, er weiß, dass er dort nichts zu suchen hat. Das war nur ein Versuch. Er hält inne. Er hat einen Zigarettenstummel zwischen den Bohlen des Piers entdeckt. Der Wachmann gestattet ihm, den Stummel aufzuheben, und deutet dann mit langem Arm zum Ausgang: »Verschwinde jetzt.«

Der Obdachlose spürt die Kälte nicht. Er spürt nur den fast trockenen Zigarettenstummel in seiner großen Hand. Gleich hinter dem Ausgang des Piers setzt er sich auf den Asphalt der Strandpromenade und entfernt das Zigarettenpapier, um den Tabak für eine neue Zigarette verwenden zu können. Er bleibt lange dort sitzen. Vielleicht schlummert er ein. Es wird dunkel.

Jemand geht ganz dicht an ihm vorbei. Die Person verlangsamt ihre Schritte. Ich kann ihr Gesicht nicht erkennen, aber sie trägt so einen ähnlichen Mantel wie ich. Sie geht in die Hocke und gibt dem Mann ein Pfund, aber dann ist sie verschwunden, im selben Augenblick, in dem sie die dicke Münze in die Hand des Bettlers legt, verflüchtigt sie sich wie Nebel. Es gelingt mir nicht zu sehen, ob ich diese Person bin. Mir dreht sich der Magen um. Ich friere. Ich will nicht hier sein. Ich will nicht im Freien sein.

Und ich muss nicht länger im Freien bleiben. Die Traumfragmente dieser Nacht sind gefügig. Sie springen ein wenig hin und her.

Jetzt befinde ich mich in einem Gebäude aus Stein. Treppen mit ausgetretenen Stufen. Das Halblicht sagt mir, dass es draußen dämmert, vielleicht ist es aber auch schon später. Plötzlich rennt jemand auf mich zu. Ich habe keine Zeit auszuweichen, Platz zu machen. Dieser Jemand rennt einfach durch mich hindurch. Ich bin ein Gespenst. Wer war das? Ich habe ihn sofort wiedererkannt. Aber ich kenne doch keinen dunkelhäutigen jungen Mann? Ich folge dem eiligen Rücken.

Er spricht einige laute Worte, die ich nicht verstehe, in ein Polizeifunkgerät. Ich erkenne ihn an der Stimme. Seine Stimme ist dieselbe. Wohlklingend und gehaltvoll wie Schlagsahne. Inspektor King.

Aber in meinem Traum ist er kein Inspektor, er ist ein uniformierter Schutzmann. Der große Körper ist nicht durchtrainiert, er ist geradezu dürr. Das Haar ist dichter und länger, ein wenig hochgestellt und oben zu einem Rechteck gestutzt. Ich muss im Schlaf lächeln. Ein Hip-Hop-Musiker, der sich als Bulle verkleidet hat. Aber dann vergeht mir das Lächeln. Ich sehe King direkt von vorne aus nächster Nähe, und der Ausdruck in seinen Augen ist grauenhaft – voller Entsetzen und Angst. Und er ist sehr jung.

Dann fällt er auf die Knie. Er hält etwas. Hält jemanden. Schlägt ihm auf die Hand, auf die Wangen, löst den Kragenknopf. Es ist ein einziges Durcheinander, ich muss versuchen, einen Schritt zurückzutreten, mir einen Überblick zu verschaffen. Es geht. Irgendwie geht es, und ich kann die Ereignisse mehr von oben betrachten, auf Abstand.

Eine Beamtin in Uniform. Ich sehe, dass King neben ihr kniet. Sie scheint zusammengebrochen zu sein. Die hohe altmodische Uniformmütze mit dem großen Schirm sitzt schief. King nimmt sie ihr vorsichtig ab. Verschwitzte Strähnen haben sich aus ihrem Knoten gelöst und kleben auf der Stirn. Sie hängt wie ein Sack auf einem Stuhl und droht jeden Augenblick einfach zur Seite zu kippen. Er stützt sie. Schaut zu einem Kollegen auf, der sich außerhalb meines Gesichtsfelds befindet. King ist offenbar von Grauen erfüllt, hat aber trotzdem das Kommando übernommen. »Komm und hilf hier mit, beeil dich!« Die Wangen der Frau sind grauweiß. Die Augen sind nicht zu sehen, und um ihren Mund herum ist es feucht. Ihre Gliedmaßen zucken. Unter dem schlaffen Körper sehe ich ein Stuhlbein hervorragen, und etwas regt sich in mir. Es ist ein ungewöhnlich niedriger Stuhl mit gedrechselten Beinen und einem braungrünen Sitzkissen. Ein Zwischending zwischen Stuhl und Sessel. Er ist mir wohlbekannt. Ich sehe diesen Stuhl jeden Tag. Ich gehe an ihm vorbei. Ich habe sogar schon auf ihm gesessen und auf Nikita gewartet. Es ist der Stuhl, der neben dem Schwarzen Brett unten im Foyer von Mill Creek Manor steht.

»Maja!« Inspektor King klingt fröhlich und vertraulich, als seien wir alte Freunde. Oder Kollegen.

»Wie geht's?«

»Hallo, Insp… Steve«, sage ich und versuche, möglichst wenig in dieser stinkenden, einzigen Telefonzelle von ganz Jericho zu berühren. Er ist schon früh bei der Arbeit. Das erstaunt mich nicht.

»Ganz gut, danke. Sie sagten doch, ich solle nicht zögern, Sie anzurufen, wenn etwas ist, und … na ja, da sind so ein paar Dinge, die ich gern erzählen würde, falls Sie Zeit haben.«

»Natürlich«, sagt King, und ich höre durchs Telefon, wie er einen Schluck trinkt. Vermutlich Kaffee. Er hat einen Breifleck auf dem Ärmel und vielleicht auch etwas Rotz.

»Wie geht es dem Kleinen?«, frage ich. »Erkältet?«

Steve lacht erstaunt.

»Und wie! Jetzt schon den dritten Tag. Der arme Kleine. Woher wussten Sie das?«

»Nun«, beginne ich, »jetzt sind doch alle erkältet.«

Steve King sagt nichts, aber ich spüre, dass er lächelt und den Kopf schüttelt.

»Steve, was hat eigentlich dieser Obdachlose in Brighton gesagt? Pete, im Café? Was hat er gesehen? Ich weiß, dass Sie nichts erzählen dürfen, aber … hat es was ergeben? Für die Ermittlungen?«, frage ich.

Jetzt lächelt er nicht mehr.

»Ich darf tatsächlich nicht erzählen, was er gesagt hat. Möglicherweise hat es etwas ergeben, aber eigentlich darf ich nicht einmal so viel sagen«, brummt King.

»Danke«, erwidere ich. Vor der Telefonzelle schlendert ein Typ mit Hund vorbei und starrt mich neugierig von oben bis unten an. Ich senke die Stimme und fahre fort:

»Und mein Gefühl? Dass meine Mutter in Oxford war? Dass sie eine Verbindung hierher hatte? Ist das etwas, womit Sie weitergekommen sind? Wenn dem so ist, antworten Sie am besten einfach gar nicht, okay?«

Am anderen Ende bleibt es still.

»Danke, Steve. Noch eine letzte Frage, aber auch die brauchen Sie nicht zu beantworten. Ich kann das gut verstehen.«

»Schießen Sie los«, sagt er kurz.

Ich werfe dem Mann mit dem Hund einen scharfen Blick zu, und es funktioniert. Sie trotten davon.

»Waren Sie etwa 1984 als frisch examinierter Polizist in Oxford stationiert?«, frage ich.

»Ja, wie zum Teufel … Entschuldigen Sie, aber das war ich in der Tat. Jetzt bekomme ich aber wirklich eine Gänsehaut. Warum wollen Sie das wissen? Woher können Sie das überhaupt wissen?«

»Hatten Sie mit den Todesfällen im Mill Creek Manor zu tun? Vier junge Mädchen?«

»Ja«, antwortet King gedämpft.

»Können Sie mit mir darüber sprechen?«

»Eigentlich nicht. Warum interessiert Sie diese alte Tragödie?«

Ich drücke meine Faust in die Augenhöhle und schließe die Augen.

»Ich wohne im Mill Creek Manor.«

Er holt Luft und pfeift leise.

»Mord?«, frage ich.

»Nein. Es gab keinen Grund für eine Anklage.« Seine Stimme ist tonlos.

»Kollektiver Selbstmord?«

Sein zweites Nein kommt nicht ganz so schnell.

»Sie glauben also, dass vier junge, gesunde Frauen, die sich kannten und sich täglich trafen, einfach zusammenbrachen und starben – alle zusammen – aus ganz natürlichen Gründen und innerhalb von wenigen Stunden? Während einer Party und in derselben Nacht. Sie glauben also, dass alles nur ein unglücklicher Zufall war?«, frage ich.

»Nein«, sagt Inspektor King und seufzt tief. »Ich weiß nicht recht, woran ich glauben soll. Außer dass Liebe und gutes Essen das Leben erträglicher machen. Aber eines weiß ich sicher. Im Zusammenhang mit polizeilichen Ermittlungen spielen Zufälle nur selten eine Rolle.«

Ich stütze mein Kinn in die Hand und starre drei Sekunden lang ins Leere, ehe ich wieder zu sprechen beginne.

»Aber man muss bei den Toten doch Proben entnommen haben? Ließen die denn keine Schlüsse zu? Junge, gesunde Menschen brechen doch normalerweise nicht einfach so zusammen und sterben?«, sage ich.

»Das war ja gerade das Beschissene«, sagt King tonlos, und ich zucke zusammen, als er diesen rüden Ausdruck gebraucht. »Es wurden unzählige Proben entnommen. Aber das Labor, die Kühlanlage, in der die Proben verwahrt wurden, brach vollkommen zusammen. Es gab einen unbeschreiblichen Sturm, der die gesamte Stromversorgung lahmlegte. Ein Tornado. Ich glaube, der Blitz schlug über zwanzig Mal ein. Ein gewaltiger Kurzschluss, ein Wachmann wurde schwer verletzt. Zehntausende von Proben wurden unbrauchbar.«

Wir schweigen beide eine Weile, aber ich weiß, dass er noch dran ist. Ich lausche dem Rauschen der Leitung. Nach einer Weile wird das Geräusch hypnotisch wie das Meer.

»Ich weiß nicht, ob ich nicht lieber an den Zufall glauben mag«, sage ich schließlich fast flüsternd. »Aber Sie, Steve? Glauben Sie an Hexen?«

»Nein«, erwidert er, und seine Stimme ist heiser und traurig, als er fortfährt: »Sie sollten jedoch wissen, dass sich sämtliche Polizistinnen, die Mill Creek Manor im Laufe der Ermittlungen betreten haben, unverzüglich richtig schlecht fühlten. Sie mussten sich krank schreiben lassen und so. Auch in dieser Sache haben wir nie eine Antwort erhalten, da die entsprechenden Proben fatalerweise an dasselbe Labor geschickt wurden. Eine der Betroffenen beendete ihre Arbeit bei der Polizei. Sie war vollkommen geschwächt. Es war wie ein Lauffeuer oder die Pest.«

»Oder ein Fluch«, sage ich.

18. Kapitel

»Aber warum hast du mir bis jetzt nichts von deiner Mutter erzählt?«

Nikitas Stimme ist vor Mitgefühl ganz belegt. Sie hält mich mit beiden Händen an den Schultern. Das könnte einem vielleicht zudringlich vorkommen, ist es aber nicht. Sie darf mich an den Schultern fassen, und ihre Schokoladenaugen dürfen mein blasses Gesicht mit besorgter und fürsorglicher Miene betrachten.

Wir stehen in unserem Zimmer mit dem Wasserschaden im Mill Creek Manor. Errol hat uns geholfen, die Farbe von den Wänden zu kratzen und neue Farbe zu besorgen. Nikita und ich haben den Tag damit verbracht, die rissigen Flächen weiß zu streichen. Ein stechender, seifiger Farbgeruch liegt in der Luft.

Man kann sich gut unterhalten, wenn die Hände mit Arbeit beschäftigt sind und man sich nicht in die Augen zu schauen braucht. Deswegen konnte ich von Mama erzählen.

»Ich glaube, ich wollte nicht, dass das zwischen uns steht«, sage ich schwach. »Dass du Mitleid mit mir hast. Irgendwie so.«

Sie lässt mich einen Augenblick los und schließt mich dann nur umso fester in die Arme. Sie drückt mich an ihren warmen Körper und wiegt mich langsam hin und her. Die weißen, erst halb getrockneten Farbflecken auf meinem Pullover färben auf sie ab, aber das ist ihr egal. Ich erwidere ihre Umarmung und lehne mich mit meinem ganzen Gewicht an sie. Sie hätte die Kraft, mich hochzuheben.

»Was hast du vor?«, murmelt sie.

»Ich weiß nicht. Aber ich muss herausfinden, was passiert ist«, sage ich.

»Gut. Sehr gut. Das hat deine Mutter verdient.«

»Ja«, erwidere ich erstaunt. »Ja. Das hat sie.«

Überrascht es mich, dass Nikita nichts von der Sache mit meiner Mutter wusste? Dass Ashley nichts erzählt hat? Nein. Ash ist vielleicht Oxfords schlimmste Klatschtante, aber an unserer Freundschaft zweifle ich nicht.

Nikita und ich haben neue Bettbezüge gekauft und unsere Decken und Kissen in den riesigen Waschmaschinen im Waschsalon gewaschen. Von Nikitas angeblicher Schuld ist nicht mehr die Rede, da Errol seine Behauptung widerrufen hat. Mehrere Leute können beschwören, dass Nikita an diesem Tag nicht zu Hause war. Außerdem scheint die Attacke hauptsächlich gegen Nikita selbst gerichtet gewesen zu sein.

Wir haben nur recht wenige Spekulationen darüber angestellt, wer der Schuldige sein könnte. Vielleicht ist das unsere stillschweigende Strategie, um vorwärts zu blicken und diesen fatalen Vorfall vergessen zu können. Wir verdrängen das Unbehagen, stürzen uns in die Arbeit und tun so, als sei nichts.

Beschädigte Wände lassen sich reparieren und schmutzige Laken ersetzen. Aber Nikitas Zeichnungen und Gemälde sind für immer verloren.

Wie systematisch und destruktiv der Eindringling bei der Vernichtung ihrer Mappe vorgegangen ist, entdeckten wir erst, als eine der Bewohnerinnen unseres Korridors atemlos vor unserer Tür stand und klopfte.

»Kommt«, rief sie. »Kommt schnell. Der ganze Garten ist voll mit zerrissenen Zeichnungen. Ich glaube, es sind deine.«

Wir ließen unsere Farbroller in die Wannen fallen und rannten los.

Dort unten im dornigen Gebüsch lagen die Arbeit mehrerer Jahre systematisch in Streifen gerissen. Sorgfältig gezeichnete Gesichter in den Schmutz getreten. Kunstvoll gemalte Körper zerfetzt, hasserfüllt zerstückelt. Nikitas leuchtende Farben von der Feuchtigkeit zerstört, in wässrigen Rinnsalen vom Papier tropfend wie dünnes Blut, das von der Erde aufgesaugt wird. Müll. Wertlose Papierfetzen, die sich zwischen Dornengestrüpp verfangen haben.

Nikita schwankte kein bisschen. Sie streckte ihre Hände nicht zur Erde aus, versuchte nicht, die Reste zusammenzuraffen. Sie stand einfach da und schaute zu Boden. Ich stand etwas hinter ihr und sah, wie sich der stolze Nacken beugte. Eine Geste der Resignation, die sich sofort verflüchtigte, als sie in dem nebligen Halblicht tief Luft holte. Es war das erste und letzte Mal, dass ich Nikita eingeschüchtert und geknickt sah.

Es ist Spätnachmittag, als ich meine Tasche über die Schulter hänge, um einen Spaziergang zu unternehmen. Ich muss einiges einkaufen. Wir haben alles Essbare, das sich im Zimmer befand, weggeworfen, man weiß schließlich nicht …

Nein. Ich will diesen Gedanken gar nicht erst denken.

Ich schaue mich um. Jetzt, wo wir die Malerutensilien weggeräumt haben, leuchten unsere weißen Wände in gähnender Leere.

Nikita ist im Badezimmer und macht sich zurecht. Sie hat gebadet. Der fruchtige Duft ihres Shampoos vermischt sich mit dem Wasserdampf und dringt durch den Türspalt.

Das Fenster ist weit geöffnet wegen des Farbgeruchs. Man kann förmlich sehen, wie die kühle Herbstluft mit ausholender Geste ins Zimmer greift, wie sie der warmen Luft des Badezimmers Einhalt gebietet und sie in Richtung Decke lenkt.

Wasser läuft. Wird abgedreht. Läuft wieder. Konzentrierte

Stille, das Klappern von Schminksachen. Nikita will ausgehen. Sie hat ein Date, und ich weiß nicht, mit wem. Ich weiß nur, dass es nicht Rupert ist. Nikita ist verschwiegen. Sie erzählt nur, wenn sie Lust dazu hat. Es ist, wie es ist. Vielleicht schaue ich später mal bei Ashley rein. Vielleicht essen wir dann zusammen zu Abend, ein Bier und ein Butterbrot oder Chinanudeln, die wir mit Wasser aus dem Wasserkocher zubereiten. Fernsehabend im Gemeinschaftsraum? Nein. Das ist wenig verlockend. Ich könnte auch einfach auf dem Zimmer bleiben, um den ganzen Abend zu lernen. Manchmal ist es ganz schön, etwas allein zu sein.

Ich kratze mir Farbe vom Handrücken, schnipse sie weg und rufe Ciao, obwohl ich nicht weiß, ob Nikita mich hört. Dann verlasse ich das Zimmer.

Als ich den Lichtschalter im Korridor drücke, passiert nichts. Der Gang bleibt dunkel, die Glühlampe ist durchgebrannt. Als ich bei der Portiersloge vorbeikomme, bleibe ich stehen und bitte Errol, die Glühlampe auszuwechseln, sobald er Zeit hat.

Auf dem Weg zu dem kleinen Lebensmittelladen und auf dem gesamten Heimweg hänge ich einer lächerlichen Idee nach. Vielleicht sollte man es lieber einen Tagtraum nennen. Ich denke mir, dass ich nicht allein bin, dass ich zusammen mit jemandem die Straße entlanggehe. Mit einem jungen Mann. Ich gestatte mir keinen Blick aus der Nähe, weil ich nicht will, dass sich meine Fantasie auf allzu unwichtige Details konzentriert. Die sind überflüssig. Es genügt, dass er da ist, wie die rasch hingeworfene Skizze einer großen, dunkelhaarigen, vielleicht ein wenig ungepflegten Person. Jemand, der mich amüsiert anschaut und hören will, was ich zu sagen habe. Der bewusst kürzere und langsamere Schritte macht als sonst, damit wir nebeneinander laufen können. Weil er ganz nahe bei mir sein will. Vielleicht hat er sich erboten, mir die Einkaufstüte zu tragen? Nein, hat er nicht. Das würde er nie tun. Er hat sie mir auf eine vollkommen selbstverständliche Weise einfach abgenommen.

Der Heimweg kommt einem viel kürzer vor, wenn man Gesellschaft hat. In diesem Tagtraum gibt es kein Messer, das in einen gestohlenen Slip eingewickelt ist.

Als ich mit meinen Einkäufen unter den weit auseinanderliegenden Straßenlaternen zum Mill Creek Manor zurücklaufe, ist meine Nasenspitze eiskalt, und meine Zehen sind steif, aber ich fühle mich ziemlich ausgeglichen. Ob wohl Nikita das Fenster geschlossen hat, bevor sie gegangen ist? Was wäre mir lieber? Erfrieren oder an den Farbdämpfen ersticken? Ich könnte mir ebenfalls ein Bad einlassen.

»Raymond hat gerade die Lampe in Ihrem Korridor repariert«, ruft Errol aus seiner Loge und winkt.

»Vielen Dank. Das ging ja schnell«, antworte ich und eile die Treppe hinauf. Kaum habe ich das Gebäude betreten, beginnt meine Nase zu laufen.

Klick.

Klick.

Klick-klick-klick.

Ganz egal, wie wütend ich auf den Lichtschalter am Anfang des Flurs drücke und ob ich anfange, daran zu zweifeln, dass Raymond wirklich hier oben war, um während meiner Abwesenheit eine neue Glühbirne einzuschrauben: Der Korridor bleibt stockdunkel und merkwürdig still. Wie ein dunkler Tunnel dehnt er sich vor mir aus und scheint plötzlich mehrere Kilometer lang zu sein. Aus keiner der Türen dringt ein Laut. Nirgendwo fällt Licht aus einem Türspalt. Mill Creek Manor ist eine verlassene Höhle. Nein. Ein unterirdisches Grab.

Ein stechender Schmerz im Magen. Etwas ist nicht in Ordnung. Es ist, als hätte man den Nordflügel evakuiert, aber vergessen, mir Bescheid zu sagen. Ich muss mich allein retten.

Gleichzeitig weiß ich, dass ich mich in etwas hineinsteigere. Ein kleiner ferner Teil meines Bewusstseins kann nüchterne, rationale Gedanken fassen und mit klarer, deutlicher Stimme von einem tief in meinem Inneren verborgenen Punkt aus vernünftige Fragen stellen.

Was soll ich tun? Runter zum Portier laufen und ihn bitten, mich mit der Taschenlampe in mein Zimmer zu begleiten? Nein, das ist lächerlich, schließlich bin ich erwachsen.

Bei Ashley anklopfen, in der Hoffnung, dass er zu Hause ist, mit meiner Essenstüte in seinem Zimmer sitzen und so zu tun, als sei nichts? Und dann? Es wird mir zu späterer Stunde nicht leichter fallen, diesen schwarzen Gang zu überwinden.

Ein Schritt. Schau an. Es geht ja doch! Nur weiter. Bald kann ich den Schlüssel ins Schloss schieben, die eiskalten Schuhe ausziehen, ein paar Kerzen anzünden, mich in das heiße Badewasser sinken lassen, mich anschließend in meinen weichen Morgenmantel wickeln und mir eine Tasse Tee kochen …

Doch was ist das? Ein Knistern von der Tür ganz hinten im Gang. Nummer 45. Unsere Tür. Meine Tür. Ich schnappe nach Luft, stolpere und bleibe abrupt stehen. Ein widerlich knisterndes Geräusch wie von einem Kurzschluss oder einem Schweißgerät.

Eisblaues Licht flammt in einer aufspritzenden Funkenkaskade auf und blendet mich einen kurzen Augenblick lang. Dann wird es wieder stockdunkel, dunkler als zuvor.

Ich verharre in einer unmöglichen Stellung vollkommen reglos, wie mitten im Schritt versteinert. Ich wage nicht zu atmen, nicht zu blinzeln, nicht zu schlucken. Nur die Augen bewegen sich rasch und unruhig, suchen hilflos nach etwas in der Dunkelheit. Etwas nähert sich hastig, lautlos, aber deutlich spürbar. Als ich meinen starren Arm danach ausstrecke, berühre ich etwas Nasses.

Borderline … feels like I'm goin' to loose my mind.

Die Musik beginnt plötzlich, und obwohl sie aus einem der Zimmer kommt – *unserem Zimmer* – und von der geschlossenen Tür gedämpft wird, wirkt das Geräusch so laut und erschreckend in dem totenstillen Korridor, dass ich einen Schrei ausstoße.

You just keep on pushin' my love over the borderline.

Der Schrei reißt mich aus meinem tranceähnlichen Zustand. Mein Herz rast wie wild, aber ich nehme all meinen Mut zusammen, gehe mit großen Schritten zur Tür, drehe den Schlüssel um und trete ein.

Direkt hinter der Tür gehe ich in die Hocke, denn die Luft ist nahezu undurchdringlich, und ich kann kaum atmen. Ich habe Angst, das Bewusstsein zu verlieren, zu stürzen und mir den Kopf anzuschlagen. Ich beginne mich im Zimmer umzusehen. Keine Musik. Das Fenster ist immer noch offen, aber nur einen Spaltbreit. Nikitas Stiefel und Jacke sind fort, aber …

Im Badezimmer läuft das Wasser.

19. Kapitel

Statt aufzuspringen, umzudrehen, durch die Tür zu stürzen und Zimmer 45 so schnell wie möglich zu verlassen, bringe ich ein schwaches »Hallo« über die Lippen und bekomme, genau wie ich erwartet habe, keine Antwort.

Nur das Brausen des Wassers, das im Badezimmer läuft und läuft. Warum tue ich das? Welch unvernünftige, unsinnige Neugier treibt mich an? Ist es der irrwitzige Gedanke, dass ich mich trotz meines Schreckens jenseits aller wirklichen Gefahr befinde? Dass ich hier sein muss? Dass dort drinnen etwas auf mich wartet, dem ich mich zu stellen habe, weil es mich sonst weiter heimsucht? Dass es keinen Ort gibt, an den ich flüchten könnte?

Ich finde keine Antwort. Lautlos lasse ich die Einkaufstüte und meine Handtasche sinken, gehe auf die Badezimmertür zu und öffne sie.

Weißer Dampf schlägt mir entgegen, und eine Minute lang bin ich wie blind. Es riecht nicht nach Seife, Parfüm oder Shampoo, sondern nur nach warmem Wasser und nassen Handtüchern. Als sich der Wasserdampf verflüchtigt, wage ich einzutreten. Denn das Badezimmer ist leer. Aber der Hahn am Waschbecken ist aufgedreht, und Wasser strömt heraus, brennend heiße Tropfen spritzen mir entgegen. Der Fußboden ist ganz glitschig von der Feuchtigkeit.

Ich nehme ein Handtuch und wickele es mir um die Hand, bevor ich den glühend heißen Kran zudrehe. Schlagartig wird es seltsam still, ebenso still wie in dem dunklen Gang draußen.

In diesem Augenblick bemerke ich etwas aus den Augenwinkeln. Eine winzige Veränderung. Einen Schimmer, nein, mehr ein Flimmern. Eine stille Wellenbewegung. Ich schaue auf die Badewanne und sehe, was mir vorher nicht aufgefallen war. Sie ist mit weißem Wasser gefüllt.

Undurchsichtig und grauweiß wie schmutzige Milch. Die Oberfläche kräuselt sich fast unmerklich. Als ich mich über die Wanne beuge, sehe ich Haare unter der Wasseroberfläche.

Grauen packt mich, und ich presse die Hände an den Mund. Die Finger verkrallen sich in meinen Lippen. Mama?

Die Gestalt in dem trüben Wasser dreht sich, und das bleiche Oval des Gesichts wird einen Augenblick lang sichtbar, ehe das Haar in fließender Bewegung über die Wange streift und die Gesichtszüge wieder verdeckt. Es ist nicht Mama. Das Haar ist zu lang und hat die falsche Farbe …

Nikita! Ich werfe mich nach vorne und strecke die Hände in das schmutzige Badewasser, obwohl ich noch meinen Mantel anhabe.

Eine Welle schwappt über den Rand der Wanne, und meine Hosen werden schwer vor Nässe. Das Wasser ist warm, aber nicht heiß. Nikitas Körper unter der Oberfläche fühlt sich glatt und kalt an. Ich mühe mich damit ab, ihr meine Arme unter die Achselhöhlen zu schieben, um sie hinter ihrem glatten Rücken zu umfassen. Wie weich sie ist, fast wie ein Schwamm …

Dann richte ich ihren Oberkörper auf. Er hängt kraftlos nach vorn über meine Schulter gelehnt, das Haar ist ein dicker nasser Zipfel, und ihr Mund ruht an meinem Hals. Ich sitze halb auf dem glatten Fußboden in einer unmöglich verdrehten Stellung und muss mit den Absätzen Halt suchen, um nicht wegzurutschen. Ich kämpfe mit diesem Körper, bekomme ihn nicht in den Griff, kein Lebenszeichen, ich klopfe ihm auf den Rücken, nein, ich hämmere, ich schlage.

»So schön«, flüstert das tropfende Wesen tonlos an meinem Ohr. Der kalte Mund berührt meinen Hals. Das hier ist nicht Nikita.

Ich lasse los und schiebe sie von mir weg, es ist ein Impuls, ich will sie nicht verletzen. Als ihre starren Glieder auf das Emaille der Badewanne prallen, kneife ich die Augen zusammen, um mich gegen ihre Schmerzen zu wehren. Das weißgraue Wasser schlägt um sie herum Wellen, aber es ist zu wenig übrig, um über den Rand schwappen zu können. Ihr Kopf sinkt nach unten und wird wieder unsichtbar, aber die Arme treiben nach oben. Sie streckt ihre gekrümmten Finger zur Decke, starr, bläulich und fleckig.

Und etwas anderes ragt über die Wasseroberfläche. Der runde Bauch einer Schwangeren. Eine perfekte Wölbung, kompakt und am Ende der Schwangerschaft. Eine pralle Kugel mit gespannter streifiger Haut.

Sie versucht noch etwas zu sagen, aber ich höre nur ein diffuses, gurgelndes Geräusch unter Wasser. Ich muss angewidert den Kopf abwenden, als ich vor der Wanne auf die Knie falle, mich über sie beuge und den Arm in die graue trübe Brühe tauche. Ich schiebe die Hand unter ihren Nacken, helfe ihr, nein, zerre sie in eine sitzende Stellung hoch.

Ich will nichts sehen. Will diesen von Wasser aufgedunsenen, fleckigen …

»Dass ihr mittlerweile Bäder auf dem Zimmer habt«, sagt die tonlose Stimme, die gleichzeitig so anrührend normal klingt, dass ich meinen Schrecken vergesse. Ich drehe den Kopf herum und sehe sie direkt an.

Sie ist nur einige Handbreit von meinem Gesicht entfernt. Die Arme hält sie immer noch starr von sich gestreckt. Die Nägel sind blauviolett. Ich zwinge mich, nicht auf die Stellen zu schauen, an denen ihre Haut so aufgeweicht ist, dass sie sich löst.

Das herzförmige Gesicht kommt mir sehr bekannt vor, es hat etwas Niedliches, Unschuldiges. Geschwungene Brauen, dichte, dunkle Wimpern und noch ein Hauch von Rosa auf den Lippen. Aber sie ist müde, sehr müde. Die Ringe um ihre Augen haben denselben Farbton wie alte blaue Flecken. Ich habe solche von Müdigkeit verursachten Ringe schon woanders gesehen.

Sie verzieht die Lippen und lächelt mich an. Ihre Zähne sind schwarz.

Das sieht ekelerregend aus. Ekelerregend und … auch wieder vertraut. Ich lasse sie nicht los. Ich lächele manisch zurück. Es ist nicht gefährlich, sage ich mir immer wieder vor, überhaupt nicht gefährlich, sie weiß selbst nicht, wie sie aussieht. Die Zähne sind einfach auf die Art schwarz, wie Zähne auf einem Negativ schwarz sind, auf alten Kleinbildfilmen.

Eine Fotografie. Ich kann diesem Gedanken nicht folgen, da im Zimmer die Musik wieder beginnt.

Borderline … feels like I'm goin' to loose my mind.

Sie hat die Augen verdreht, so dass man nur noch das Weiß sehen kann, und hängt bleischwer auf meinem Arm. Es zieht sie nach unten, ins Wasser.

»In welchem Jahr befinden wir uns?«, flüstere ich rasch. Keine Antwort. Ich muss die Stellung ändern und schiebe meine andere Hand unter ihren Kopf, um sie zu stützen. Keine Reaktion. Sie ist starr, sie ist bereits auf dem Weg an einen anderen Ort. Ich überwinde meinen Ekel und tätschele ihr leicht die Wange, streiche ihr übers Haar. Eine nasse Strähne bleibt an meiner Hand kleben, verfängt sich zwischen meinen Fingern. Ich schüttele sie, und das Haarbüschel löst sich, verschwindet im Wasser. Wieder tätschele ich ihre Wange. Ich werde nicht die Kraft aufbringen, sie über Wasser zu halten.

Sie ist bereits so weit untergetaucht, dass die Ohren unter der Oberfläche sind.

»In welchem Jahr befinden wir uns?« Ich schreie fast. Sie dreht die Pupillen in meine Richtung, und ich finde, dass sie unendlich traurig aussieht.

»1984«, flüstert sie und schließt die Augen. Plötzlich zuckt der kraftlose Körper, setzt sich in der Wanne kerzengerade auf und ruft:

»Harriet! Dreh lauter, mach Wein auf, jetzt kann's losgehen!«

Ich sitze auf dem nassen Badezimmerfußboden und versuche rückwärts zu entkommen, als sie ihren Oberkörper und ihre gespreizten Arme zu mir herumdreht.

»Du bleibst doch?«, haucht die monotone Stimme. Die Augen bewegen sich hinter geschlossenen Lidern. »Du kommst doch zu unserer Party? Ich glaube, sie wird etwas ganz Besonderes.«

»Danke, Emma«, flüstere ich so leise, dass es kaum zu hören ist. »Emma Isherwood?«

Sie nickt fast unmerklich und verzieht die Lippen. Diese Zähne.

»Ich kann leider nicht bleiben«, sage ich, während ich mich stolpernd erhebe und rückwärts das Badezimmer verlasse.

Das Schlafzimmer wirkt still und leer, aber ich habe nicht die Absicht, mich näher umzusehen. Mein Mantelsaum ist klitschnass, und die Tropfen hinterlassen ein gesprenkeltes Muster auf dem Fußboden. Ich taste wie eine Blinde herum, und gerade als ich mit meinen Fingern den vertraut-verschlissenen Schulterriemen meiner Tasche zu fassen bekomme, höre ich, wie sie keucht:

»Schade.«

Dann schlägt die Türe zu.

20. Kapitel

»Aber wie traust du dich nur, dort zu schlafen, Maja? Wie traust du dich überhaupt noch, dort allein hineinzugehen?«

Ashley reinigt seine teuren Pinsel in einem mit Wasser gefüllten, alten Marmeladenglas. Er schüttelt sie und trocknet die Marderborsten mit etwas Küchenkrepp, ohne sie dabei mit den Fingern zu berühren. Denn das Hautfett könnte die Saugkraft der Pinsel vermindern.

»Weiß nicht. So ist das wohl mit unheimlichen Ereignissen, sie verblassen in der Erinnerung manchmal rasch. Aber erzähl Nikita nichts davon«, bitte ich und umklammere meine Knie. Ich sitze auf seinem Bett.

»Natürlich nicht, das ist doch logisch«, sagt Ash und legt sich seinen langen Schal um den Hals. »Aber findest du nicht, dass …«

»Ich bin mir nicht einmal sicher, ob da wirklich etwas war«, unterbreche ich ihn und fasse mir an die Stirn. Sie ist etwas feucht und ziemlich heiß. Die Jacke kratzt stark. Ich kann mich nicht erinnern, dass sie das je zuvor getan hat. Ich habe das Gefühl, als würde ich Fieber bekommen.

»Es war irgendwie so unwirklich. Ich bin empfindsam, das weißt du ja. Ich habe manchmal Halluzinationen.«

»Hm«, sagt Ash. »Das gefällt mir überhaupt nicht. Ganz ehrlich! Bist du sicher, dass du nicht mit ins Kino willst?«

Ich recke den Hals und betrachte einen zum Trocknen aufgehängten Papierbogen, ein Stillleben, zarte Schnittblumen und diamantfarbene Früchte. Er ist mit der Aufgabe für diese

Woche bereits fertig. Ich habe noch nicht einmal angefangen. Mir wird leicht übel, als ich mich erhebe.

»Nein, ich habe keine Zeit. Danke fürs Zuhören«, sage ich leise. »Ich muss jetzt hoch zu mir.«

»Bis Weihnachten solltet ihr mindestens ein ganzes Skizzenbuch gefüllt haben.«

Aha. Chesterfields Worte hallen mir noch in den Ohren, als ich die Umrisse der drei Zwiebeln zeichne, die vor mir auf dem Schreibtisch liegen. Das wird nichts. Zu banal, zu starr. Eher willkürlich beginne ich nun mit meinem etwas zu weichen Bleistift, die Formen zu schattieren. Immerhin macht es mir Spaß, das Papier zu tönen, die Flächen zu füllen. Aber es ist zu viel, ich sehe es, ich höre jedoch erst auf, als der Stift zu stumpf ist, um weiter zu schattieren. Ein feiner grauer Staub hat sich in die Hautporen an der Seite meines kleinen Fingers und meines Handballens gesetzt. Ich seufze, lege den Bleistift beiseite und schlage ein frisches Blatt auf.

Aus der Erinnerung zeichne ich einen kleinen schwarzen Schuh. Ich weiß nicht, warum. Es ist ein hässlicher, lustiger kleiner Schuh mit geschwungenem Absatz. Er erinnert an ein Paar, das ich in einem Secondhandladen in der Stadt gesehen habe. Ich zeichne die Kurven prägnanter und die Schnürsenkel kräftiger, als sie eigentlich sein sollen. Ich bringe auch eine große, verschnörkelte Schleife unter. Das eine Ende ringelt sich ein Stück hinter den Schuh. Wie kindisch. Aber es macht mir Spaß. Ich vergesse, dass die Jacke kratzt. Dann zeichne ich noch einen Schuh, dieses Mal einen spitzen Stulpenstiefel. Den Stiefel einer Hexe. Und noch einen, einen gepunkteten Ballettschuh. Den zeichne ich von oben, so dass man die abgeflachte Spitze sehen kann. Anschließend ist eine sommerliche Espadrille mit Keilabsatz an der Reihe.

Als ich eine ganze Seite mit verschiedenen Schuhen gefüllt habe, blättere ich um und beginne mit Süßspeisen. Puddings, Torten, zierliche Hörnchen und Muffins mit Glasur. Es ist, als würde ich mit einer Puppenstube spielen. Oder mit Anziehpuppen. Dann greife ich zu den billigen, dünnen Filzstiften. Nikita und ich haben die Stifte im »One Pound Shop« gekauft, in dem alles genau ein Pfund kostet. Eigentlich nur zum Spaß. Um Zettel mit lustigen Nachrichten und humoristischen Zeichnungen füreinander anzufertigen.

Eilig ziehe ich die Stifte aus dem weichen, durchsichtigen Etui und schiebe sie eine Weile hin und her, bis ich einige Farben habe, die gut zusammenpassen. Weihnachtsmannrot, Kaugummirosa, Klementinenorange und Zitronengelb. Ich koloriere meine Schuhe und mein Gebäck mit grellen Süßigkeitenfarben und schiebe wie ein kleines Kind die Zungenspitze in den Mundwinkel.

Anschließend will ich nur weinen. Was tue ich da? Wegen solchem Unsinn bin ich wirklich nicht hier. Das sind Teenagerkritzeleien, wie man sie beim Telefonieren auf einen Zettel malt. Das kann ich wirklich niemandem zeigen. Ich will gerade die beiden Seiten aus der Spiralbindung meines Skizzenblocks reißen und in den Papierkorb werfen, als die Deckenlampe mit einem lauten Knall zerspringt.

Im selben Augenblick klopft es barsch an die Tür. Vor Schreck setzt mein Herz einen Schlag lang aus. Dann beginnt es so schnell zu rasen, dass es schmerzt und ich nach Luft schnappen muss. Mein Atem ist kurz und flach. Lautlos stehe ich auf und öffne die Tür. Der Korridor ist leer.

Ich stecke den Kopf nach draußen und schaue finster die Reihe der nummerierten Türen entlang. Nichts. Vollkommene Stille. Nur das leise Sausen des Oktoberwinds, der sich unter dem Dach verfängt und bei Raymonds Astern für Unordnung sorgt. Ein paar Regentropfen schlagen im Stakkato gegen die Fensterscheibe.

Mill Creek Manor ist kein Sommercamp. Hier verknotet man einander nicht die Laken, hier wird nicht Flaschendrehen gespielt oder Stille Post, hier macht man nachts keinen Lärm, um andere Leute zu erschrecken. Einige der Doktoranden sind Anfang dreißig, einer hat sogar bereits Familie. Der Einzige, bei dem ich mir vorstellen könnte, dass er andern gerne Streiche spielt, ist Ashley, aber der ist gerade ins Kino gegangen.

Ich schließe die schwere Tür mit einem lauten Knall, um meine Nervosität zu übertönen. Der Lärm ist fürchterlich, und ich schäme mich. Wenn meine Nachbarn jetzt an einem wichtigen Projekt arbeiten oder für eine Prüfung lernen? Reuevoll drehe ich mich zu unserem halbdunklen Zimmer um und kneife die Augen zusammen. Etwas hat sich verändert.

Die Luft ist irgendwie schwer. Es riecht betäubend stark nach Duschseife, warum habe ich das eben nicht bemerkt? Ich laufe auf Socken ein paar Schritte in Richtung Badezimmer, um nachzusehen, ob Nikita ihr Shampoo ausgegossen hat oder etwas dergleichen. Da bemerke ich, dass die kleine Lampe im Fenster brennt. Ein Schauder überkommt mich. Eben war sie noch nicht an. Dessen bin ich mir nahezu sicher.

Bei dem Geruch welker Maiglöckchen wird mir schwindlig. Das Badezimmer ist vollkommen von Dampf erfüllt, und das Kondenswasser läuft die Fliesen hinunter.

Hilf mir, Mama. Bitte, Mama. Komm und hilf mir. Sag mir, was ich tun soll.

Der Spiegel über dem Waschbecken ist beschlagen. Ich strecke eine Hand aus, um die Feuchtigkeit wegzuwischen. Das Spiegelglas fühlt sich unter meiner Handfläche seifig glatt an. In diesem Augenblick sehe ich es: abstoßend und grauenhaft.

Das sind gar nicht meine Finger, die ich dort ausstrecke. Die Hand vor dem Spiegel ist ein Bündel magerer Klauen. Dunkelgrüne Adern schlängeln sich unter der verschrumpelten Haut auf dem Handrücken. Blaurote Flecken leuchten zwischen den Knöcheln. Die Nägel haben Trauerränder, und schmutzig rosafarbener Lack blättert ab. Sie sind etwas zu lang und zu einem spitzen Oval gefeilt, eine Form, die mir sehr vertraut ist. Zwei Nägel sind abgebrochen.

Ich beginne zu würgen. Das hier kann gar nicht wahr sein.

Als ich in den Spiegelstreifen blicke, den die Totenhand freigewischt hat, sind dort nicht meine Augen. Ein wässriger, hellblauer Blick, ohne Glanz, ohne Leben. Ich blinzele ein paarmal. Mein Spiegelbild tut das nicht.

Durch den nassen Wasserdampf sehe ich einen gekrümmten Zeigefinger, der sich streckt. Ich recke den Arm, will diese Gespensterhand möglichst weit von mir weg halten.

Der klauenförmige Finger beginnt etwas auf den beschlagenen Spiegel zu schreiben. Unendlich langsam bilden sich Linien. Manchmal zuckt die Hand, diese klägliche alte Hand, die nicht meine ist, obwohl sie am äußersten Ende meines Armes sitzt. Kleine, ruckartige Bewegungen, als sei sie starr und kalt. Als hätte sie sich lange nicht bewegt. Schwere Wassertropfen sammeln sich am unteren Ende jedes Strichs und sickern in vertikalen Streifen Richtung Waschbecken.

45 schreibt die Hand. Unsere Zimmernummer.

Dann streckt sich der verkrümmte Zeigefinger wieder. Ich zittere und bebe am ganzen Körper, aber der Finger mit dem ovalen Nagel ist ruhig, als er sich erneut der Ziffer fünf nähert.

Er ändert die Zahl, langsam und bedächtig, aber das weiß ich bereits, ehe er fertig ist. Die Fünf wird zu einer Sechs, so dass die Nummer im Spiegel … die des Zimmers im Nordflügel ist, das es nicht gibt. Der Ort des Massakers von Mill Creek Manor. Das Zimmer des toten Mädchens in der Badewanne. Emma Isherwoods Zimmer.

Nummer *46*.

21. Kapitel

Irgendetwas stimmt mit meinen Augen nicht. Ich habe den Eindruck, durch eine halb durchsichtige, milchweiße Membran zu sehen oder durch Transparentpapier, genau solches Papier, wie wir es im Unterricht benutzen. Auch Architekten verwenden es manchmal für ihre Entwürfe. Die Kanten werden hell, wenn man es zerreißt.

Ein scharrendes Geräusch dringt durch meinen Kopf, sobald ich die Augenlider bewege und meine Wimpern an dieses Sichthindernis stoßen.

Irgendetwas ist mit meiner Wahrnehmung geschehen. Auf einer rationalen und nüchternen Ebene sehe ich das vollkommen ein. Gleichzeitig befinde ich mich in einem Chaos. Ich taste unbeholfen. Die Hände sind wie hilflose Pfoten, geschwächt. Finden nicht hinaus. Die Umgebung wirkt schief, verschoben und unzuverlässig. Dieses Papier vor den Augen. Das ist alles, woran ich mich halten kann.

Nach einigen Minuten, vielleicht auch länger, wird mir klar, dass ich unter Nikitas und meinem kleinen Schreibtisch auf dem Boden liege. Jemand von uns hat das grauweiße Papier fallen lassen, und es ist dort liegengeblieben. Ich habe mit der Wange darauf gelegen, und nun haftet es an meiner Haut. Ich bin in unserem Zimmer. Ich bin allein. Irgendwo über mir rauscht es in einer Wasserleitung. Mein Blick kriecht wie eine müde Fliege an einem weißlackierten Rohr entlang, das von der Decke zum Boden verläuft. Immerzu dieses Wasser. Spuren, die sich im Wasser verbergen, oder wie war das gleich?

Wasser, das Spuren verbirgt? Nein. Das alle Spuren fortspült. Was versuchst du mir zu sagen, Mama? Was geschah mit dir? Und was weißt du? Was kannst du in diesem Zimmer und im Wasser sehen? Weißt du, wie es mir geht? Verstehst du, dass ich kaum noch Kraft habe? Kümmert dich das?

Es dauert noch einige Minuten, bis ich es schaffe, mich aufzusetzen.

»Der Kampf ums Publikum ist ein Kampf auf Leben und Tod«, sagt Professor Chesterfield und legt sein Gesicht in joviale Falten, um seine Worte weniger unbehaglich klingen zu lassen.

»So ist es nun einmal. Wir müssen ein Auskommen finden und in einer Gesellschaft überleben, in der bereits ein großes Potential an Begabung vorhanden ist. Aber«, fährt er fort, »in unserer Zunft ist es die Gabe, sich über dieses Wissen zu stellen, die die Spreu vom Weizen trennt. Wir spüren, dass das so ist – aber wir lassen uns deswegen nicht kastrieren.«

Er verschränkt seine Arme über dem Jackett, so dass es fast aussieht, als würde er sich selbst umarmen. Sein Blick ist auf einen Punkt hinter seinen Schülern gerichtet, auf einen Punkt jenseits des Zeichensaals, einen Punkt auf dem Quad, dessen grünes Viereck gerade noch durch die regennasse Fensterscheibe zu sehen ist.

»Manchmal werden nicht diejenigen am deutlichsten vernommen, die am lautesten schreien, sondern diejenigen, die flüstern«, sagt er. »Ich versuche, Folgendes zu vermitteln: Finde deine Eigenart, und das Ziel ist schon halb erreicht.«

Ich habe mich auf meine Hände gesetzt und versuche, sie aufzuwärmen. Ich sehe, dass Nikita es genauso gemacht hat. Es riecht nach feuchten Kleidern und Heizkörpern im Saal, aber die Fenster sind zugig, und die Wärme verschwindet, bevor sie uns erreicht.

Yasus regennasse Frisur ist in breiten schwarzen Strähnen um ihr Gesicht herum getrocknet, während Jacks Haar aussieht wie ein ziemlich großes Vogelnest vom Vorjahr. Ich glaube, wir sind alle etwas mitgenommen, weil Chesterfields Worte so authentisch klingen. Bislang haben einige von uns den Ernst des Kurses vermutlich noch gar nicht richtig erfasst und nicht in Betracht gezogen, dass dieser Herbst Möglichkeiten bieten kann, wie sie einem nur selten im Leben begegnen.

»Sie haben alle ein hohes Niveau erreicht und sind begabt. Alle geben ihr Bestes. Ich will nicht zu irgendeiner Wettkampfmentalität oder zu Missgunst aufrufen, aber es schadet auch nicht, sich bewusst zu werden, was einen erwartet«, fährt Chesterfield fort. »Der Schlüssel zum Erfolg liegt darin, seine Eigenart zu finden und diese weiterzuentwickeln, und nicht etwa darin, etwas zu kopieren, das andere bereits geschaffen haben. Es geht nicht darum, ein Hansdampf in allen Gassen zu werden, oder wie wir so schön sagen, ein *Jack of all trades but a master of none*, also jemand, der zwar alles kann, aber eben nichts richtig.«

Ich schiele auf Jack, der mit einem Stift in der Hand über seinen Zeichenblock gebeugt dasitzt. Die Spitze schwebt wenige Millimeter über dem Papier, berührt es aber nicht.

»Mit *Jack of all trades* meine ich«, sagt Chesterfield und nickt in die Richtung von Yasu und mir, »dass Sie alle ganz gut mit Aquarellfarbe, Öl und Bleistift umgehen können und auch eine nette Collage hinbekommen. Das können alle auf Ihrem Niveau. Aber jetzt gilt es für jeden, sich von den anderen zu unterscheiden, seine eigenen Ausdrucksformen, die richtige Methode zu finden. Der Anfängerfehler, den ich bei Probearbeiten und in Mappen am häufigsten entdecke, besteht darin zu sagen: Schaut her, ich kann alles Mögliche, Kinderbuchillustrationen, Modezeichnungen und auch ein nettes

Aquarell. Tun Sie das nicht. Spezialisieren Sie sich. Eine ganze Mappe mit mangainspirierten Illustrationen in Tusche und mit einer begrenzten Farbpalette beispielsweise, die förmlich Yasu ruft. Das wollen Galeristen oder Bildredakteure sehen. Etwas Neues, Einzigartiges, eine Mappe mit dem gewissen Etwas.«

Einige meiner Mitstudenten schreiben eifrig mit, andere nicken nachdenklich.

»Warum diese Rede?«, sagt der Professor. »Nun, weil es bereits jetzt darauf ankommt. Die Winterausstellung der Abschlussklasse steht bevor, und wie immer besteht für einige wenige glückliche Studenten anderer Semester die Möglichkeit, im Foyer der Ausstellungshalle ein eigenes Werk zu zeigen. Für Sie beispielsweise. Ich sitze in der Jury, und es würde mich sehr freuen, wenn einige von Ihnen eine Arbeit einreichen würden.«

Er sieht sich erwartungsvoll im Saal um. Nikita sitzt immer noch auf ihren Händen, und ich bemerke, dass sie lächelt und eifrig nickt, als der Professor sie anschaut.

»Ich kann Ihnen nichts versprechen, aber ich werde mich nach besten Kräften für Sie einsetzen. Natürlich nur, wenn Sie außerordentliche Werke einreichen. Unsere Ausstellungen ziehen schließlich die besten Londoner Galeristen, Bildredakteure und Talentscouts an, wie Sie sicher wissen. Der Kampf, gesehen zu werden, nimmt also bereits seinen erbarmungslosen Lauf.«

Ashley fährt sich mit einem Finger wie mit einem Messer die Kehle entlang und sieht mich mit großen Augen an. Diese drastische Geste durchbricht meinen Eispanzer und wärmt mich irgendwie innerlich. Ich werde ganz froh. Dass man doch noch so scherzen kann. Obwohl er über mich und das, was meiner Mutter zugestoßen ist, Bescheid weiß, behandelt er mich ganz normal. Ashley findet, dass ich normal bin.

»Weiterhin«, sagt Chesterfield, »brauchen wir Freiwillige, die beim Aufhängen der Bilder helfen und am Abend der Vernissage die Gäste empfangen, Wein servieren und dergleichen. Übrigens eine sehr gute Gelegenheit, wertvolle Kontakte zu knüpfen.«

Jack und ich heben sofort unabhängig voneinander den Arm, um uns freiwillig zu melden.

Als ich den Saal verlasse, sehe ich einen flüchtigen Schatten zwischen ein paar hohen Ausstellungsvitrinen auf dem Korridor. Ich kann die Züge der Gestalt nicht erkennen, aber der flüchtige Anblick heller Kleider und einer Kurzhaarfrisur sagt mir, dass Arabella Chesterfield dort wartet. Sie macht keine Anstalten, irgendeinen von uns Studenten zu begrüßen, und ich bin mir nicht einmal sicher, ob sie außer mir überhaupt jemanden gesehen hat. Sie hält etwas in der Hand, das ich nicht richtig erkennen kann, vielleicht ein in Folie verpacktes, belegtes Brot oder ein Stück Kuchen. Sie lehnt mit dem Rücken an der Wand. Ich werfe einen Blick über die Schulter und sehe gerade noch Professor Chesterfield, der den Saal, in dem alle Lampen gelöscht sind, als Letzter verlässt.

In diesem Augenblick tritt Arabella vor. Ich sehe, wie sie ihrem Vater mit einem strahlenden Lächeln das belegte Brot hinhält. Aber er scheint ihr Lächeln nicht zu erwidern. Er schaut eher verwundert drein, fast verängstigt, finde ich. Als sie ihn an der Hand nimmt und hinter sich herzieht, bewegt er sich zögernd und steif.

»Habt ihr vor, etwas für die Ausstellung einzureichen?«, fragt Ashley und hakt sich bei Nikita ein. Sie kaut nachdenklich auf einer Haarsträhne und winkt abwägend mit der Hand: vielleicht. Ich halte die Gitterpforte zu dem schmalen Kiesweg auf, der um den Hirschgarten herumführt. Schlanke Bäume wölben ihre Kronen über uns und verwandeln den Weg in einen Tunnel aus glänzendem gelbem Laub.

Der Regen hat nachgelassen, und der graue Nachmittag ist einem zarten Sonnenuntergang gewichen. Hier und dort schafft es die Sonne, die dünne Wolkendecke zu durchbrechen. Die Natur kommt einem vor wie frisch geduscht. Es duftet nach Moos, ein Duft, der ein wenig an einen Badeschwamm erinnert. Ein paar Herbstkräuter lugen zaghaft zwischen den Grasbüscheln hervor. Im Hirschgarten steigt leichter Nebel von der zertrampelten Erde auf. Die wachsamen Tiere wirken aus der Nähe viel größer und kräftiger. Die vom Regen gestriegelten, dunklen Körper bewegen sich behutsam umeinander herum.

Es knackt, als eine Hirschkuh in der Nähe des Zauns mit ihrem Huf auf einen trockenen Zweig tritt. Ich schaue auf und sehe direkt in ihre onyxschwarzen Augen. Das Fell ist vom Regen verklebt und bildet eine Art Zackenmuster. Ich bin erstaunt, wie dick dieser Pelz ist.

Eine Joggerin taucht mit schwerem Schritt hinter uns auf und umrundet uns. Die Hirschkuh zuckt erschrocken zusammen und verlässt den Zaun, um zwischen ihren Artgenossen eine sicherere Position einzunehmen.

»Ich glaube nicht, dass ich etwas einreiche«, sage ich. »Ich habe nichts auf Lager, nichts, was das richtige Kaliber für so eine Ausstellung hätte. Und etwas Neues würde ich nicht rechtzeitig fertig bekommen.«

»Sag das nicht«, meint Ash. »Du weißt gar nicht, wie viel man bewerkstelligen kann, wenn man nur richtig motiviert ist. Die Winterausstellung ist wirklich eine absolut gute Gelegenheit. Die darf man sich nicht entgehen lassen.«

Nikita löst ihr Haarband, um das volle Haar zu schütteln. Die Bewegung wirkt irgendwie absichtlich, und aus einem Impuls heraus schaue ich zum Gebäude der Professoren hinüber. Die efeubedeckte Rückseite liegt zum Tiergehege hin. Schaut etwa von dort oben jemand auf uns herab?

»Stimmt«, sagt sie. »Ich kenne ein Mädchen, die dasselbe studiert hat wie wir und die im Foyer ausstellen durfte. Sie wurde sofort von einem amerikanischen Verleger entdeckt, und der hat gerade ihren ersten Bildroman veröffentlicht.«

Ich bleibe stehen, um meine Socke hochzuziehen, die mir unter die Ferse gerutscht ist. Ash und Nikita merken es nicht und gehen ins Gespräch vertieft ohne mich weiter.

Die Sonne ist verschwunden, und das Haus der Professoren liegt bereits im Schatten, der Park und der Weg, auf dem ich stehe, ebenfalls. Der Abend hat es jetzt eilig.

Plötzlich zieht etwas im Park meine Aufmerksamkeit auf sich. Ein schöner und gleichzeitig seltsam unbehaglicher Anblick. Ganz in der Nähe des Professorengebäudes, und wenn ich mich nicht irre genau auf der Höhe von Chesterfields französischem Balkon.

Ich trete ein paar Schritte näher an den Zaun und spähe durch einige dünne Zweige, die bis auf den Boden herabhängen. Eine lähmende Kälte breitet sich in mir aus.

Ich habe keine Ahnung, was ich sehe, kann die Augen aber nicht von der seltsamen Erscheinung losreißen. Es sind zwei schwache Lichter ein Stück über der Erde. Vielleicht acht oder zehn Meter vom nächsten Hirsch entfernt. Die Tiere scheinen nichts zu bemerken. Ich kann nicht erkennen, welchen Ursprung die Lichter haben. Ich sehe weder irgendwelche Metallbehälter, in denen jemand Feuer angezündet haben könnte, noch irgendwelche Partyfackeln auf der Erde.

Ich zwinge mich, auf den Weg zurückzuschauen, aber Nikita und Ashley sind bereits hinter einer Wegbiegung verschwunden. Ich kann sie nicht mehr sehen und auch nicht mehr hören. Ich höre nur die schnaubenden Geräusche hinter dem Zaun, den lauten Atem der Hirsche.

Als ich wieder in das Gehege schaue, sind die Lichter immer noch da, ein wenig heller fast und auch etwas höher, als würden sie in der Luft schweben. Sie haben etwas Ungesundes und flackern rastlos in der abendlichen Brise. Der von der Erde aufsteigende Dunst lässt den Eindruck entstehen, als seien die beiden Flammen von einem unnatürlichen Schimmer, von einer eiterfarbenen Glorie umgeben. Je länger ich dorthin schaue, desto stärker habe ich das Gefühl, dass sich die Flammen bewegen, als würden sie Pirouetten drehen, langsam, immer um die eigene Achse herum.

Ich fühle mich elend. Als würde mir eine große Hand den Hals zudrücken. Ich reiße die Augen von dem Traumbild los und stolpere den Weg weiter, bis ich Ashley und Nikita eingeholt habe.

Ich habe den Geschmack von Blut im Mund und lehne mich, auf meine Freunde gestützt, gegen einen glatten Baumstamm. Ich fange an zu husten, ein unangenehmer Husten, der nicht aufhören will. Es dauert eine Weile, bis ich wieder Luft bekomme. Ich versuche zu erklären, warum ich zurückgeblieben bin. Und was ich gesehen habe.

Als Ashley und Nikita an den Zaun treten, die Büsche beiseiteschieben und in das Hirschgehege blicken, sind die seltsamen Lichter verschwunden.

Ashley wickelt sich seinen langen Schal vom Hals und gibt ihn mir. Dann legt er einen Arm um meine Schultern.

»Komm. Jetzt gehen wir nach Hause«, sagt er mit ungewohnt fester Stimme und schiebt mich fast vor sich her. Er ist weiß im Gesicht.

Die Feuchtigkeit hat sich an den Grashalmen und auf dem braunen Laub in Eiskristalle verwandelt. Während wir durch die Dämmerung auf Mill Creek Manor zusteuern, murmelt Ashley:

»Nicht gut… überhaupt nicht gut.«

»Was?«, fragt Nikita. »Was ist nicht gut?«

Erst will er nichts sagen, aber nachdem wir ihn zum Aufwärmen mit etwas Alkoholischem in der Bar des Mill Creek Manor bestochen haben, werden seine Wangen langsam wieder rosig, und seine normale Unbeschwertheit kehrt ein Stück weit zurück. Auch ich taue innerlich auf, und vom Alkohol werde ich angenehm schwer und schläfrig. Stumpf.

»Komm schon, Ash«, drängt Nikita. »Weißt du, was Maja gesehen hat?«

»Ach, wahrscheinlich war es nur Einbildung«, werfe ich ein. »Ich bin einfach etwas übermüdet. Außerdem ist es so komisches, diesiges Wetter.«

Aber Ash schüttelt langsam den Kopf.

»Das waren Totenlichter.«

Seine Stimme klingt mit einem Mal ganz klein und schwach. Und verängstigt.

»Meine Mutter sieht sie manchmal«, fährt er fort. »Manche glauben, es sei ein geologisches Phänomen, ein Gas, das aus bestimmten Erdschichten entweicht oder etwas in dieser Art. Sümpfe und Morast und so. Aber meine Mutter ist sich ganz sicher, dass…«

»Aha«, unterbricht ihn Nikita und beugt sich vor. »Also ein Irrlicht? Ein mystischer Lichtschein, der einen plötzlichen, gewaltsamen Todesfall vorhersagt?«

Ashley nickt stumm. Er ist wieder weiß geworden.

22. Kapitel

Unser Dozent für Aktmalerei ist ein bärtiger, kleiner Wichtel mit Star-Wars-T-Shirt und gichtknotigen Händen. Er heißt Phil Potterton, wird aber scherzhaft Pol Pot genannt, obwohl oder gerade weil er so lieb ist.

Bereits während der ersten Unterrichtsstunden wird Pol Pot und mir klar, dass ich zum Aktzeichnen vollkommen ungeeignet bin. Es spielt keine Rolle, ob das Modell ein Mann oder eine Frau ist, ob jung, alt, stark behaart, dick oder umwerfend schön. Mein Kopf ist offenbar nicht dafür geschaffen, die menschlichen Formen, die auf dem Podest zu sehen sind, in Linien und Kurven, Licht und Schatten zu zerlegen und diese visuellen Informationen an die Hand zu senden, um auf diese Weise die sinnlichen Eindrücke auf die Motorik der Finger zu übertragen. Dabei spielt es für mich keine Rolle, ob es sich um einfache, in einer Minute zu bewältigende Aufgaben handelt oder um Arbeiten von einer Stunde mit komplizierten, ungewöhnlichen Stellungen und schwierigen Perspektiven.

Pol Pot hat schon mehr als einmal die verwachsenen Hände gerungen, mir andere Arbeitshaltungen vorgeschlagen und mich aufgefordert, seine eigene Staffelei mit verschiedenen Einstellungen auszuprobieren. Er hat mir inspirierende Bücher geliehen und neue Materialien empfohlen. Ich habe Stunden damit verbracht, auf die Handbewegungen und die freudige Konzentration meiner Mitstudenten zu schielen. Eifersüchtig habe ich zugesehen, wie sich ihre gekonnten Linien auf dem Papier zu Gestalten formten.

Einer arbeitet großformatig, mit ausholender Geste in klassischem Stil. Gesicht und Geschlecht des Modells sind kaschiert, teilweise ist die Darstellung etwas beschönigend. Ein anderer bevorzugt kleinere Formate, zeichnet pedantisch, hyperrealistisch mit einem dünnen Filzstift. Unser behaartes männliches Modell bekommt dicke, kleine Borsten auf Rücken und Schultern. Die fertigen Skizzen wirken lebensnah, modern und auf faszinierende Art beklemmend. Ein dritter Mitstudent tönt erst einmal das ganze Blatt bleistiftgrau und arbeitet dann mit Hilfe eines Radiergummis die Muskeln, Sehnen und Glieder des Modells mit gespenstischen, breiten, weißen Strichen heraus. Die Figur scheint aus dem Schatten auf den Betrachter zuzutreten.

Ich habe versucht, ihre Methoden zu kopieren, zu experimentieren, spielerisch weiterzukommen, immer mit demselben, frustrierenden Ergebnis: Kopfschmerzen, Kribbeln in den Schultern, trockene Augen von dem kleinen Heizlüfter des Modells und ein angeschlagenes Selbstbewusstsein. Schon oft wäre ich am liebsten hinter dem Wandschirm des Modells in der Ecke verschwunden, um mich unter den karierten Decken, die dort liegen, zu verstecken. Manchmal verwendet Pol Pot diese Decken als Referenzpunkte für uns Studenten.

Es ist wirklich nicht übertrieben zu sagen, dass ich kaum etwas zustande bekomme. Meine Skizzen sind zwar nicht vollkommen inkorrekt, aber Winkel, Rundungen und Schatten haben immer etwas Übertriebenes, Steifes, fast Furchteinflößendes. Als würde ich eine Wachsfigur und keinen lebendigen, warmen Körper zeichnen.

Als das halbe Semester vorüber ist, gehen Pol Pot und ich gemeinsam meine gesamte Produktion durch. Ein trauriger Stapel Skizzen in einer fleckigen Plastikhülle. Eine mittelmäßig begabte Elfjährige würde es besser hinkriegen.

Pol Pot kratzt sich den Bart und nimmt mich mit auf den Korridor, der an einem Ende auf einen windigen Absatz und von dort auf eine Feuertreppe führt. Er öffnet die Tür und schiebt sich mit unerwarteter Geschmeidigkeit hinaus in den pfeifenden Wind. Ich folge ihm. Draußen im Schneeregen, im Schutz des Dachfirsts, rollt sich mein Lehrer ein wenig umständlich eine Zigarette. Ich lehne mich an das verzinkte Geländer und schaue auf einen heruntergekommenen Pub und hinter einer Mauer mit Stacheldraht auf eine Privatschule. Trotz des Abstands und des starken Winds meine ich, das abgestandene Bier der leeren Bierfässer unter mir zu riechen. Pol Pot schüttelt bekümmert den Kopf und sagt:

»Das ist ganz einfach nicht Ihre Disziplin. Niemand kann Ihnen den Vorwurf machen, es nicht versucht zu haben. Aber mittlerweile bin ich zu der Überzeugung gelangt, dass wir einfach nur Ihre Zeit verschwenden, wenn wir es weiter versuchen. Denn Sie finden doch wohl auch nicht, dass das hier sonderlichen Spaß macht?«

Ich sehe vermutlich genauso verwirrt und enttäuscht aus, wie ich mich fühle. Nein, es macht keinen Spaß, aber schließlich kann nicht alles Spaß machen, oder?

Pol Pots Augen funkeln, als hätte er gerade einen Einfall. Er sieht mich verschmitzt an, klemmt sich die Zigarette zwischen die Lippen und zieht einen Bleistiftstummel und ein Stück zusammengefaltetes Pauspapier aus der Gesäßtasche.

»Maja«, sagt er. »Tun Sie mir einen Gefallen. Zeichnen Sie ein Fahrrad. Aus dem Gedächtnis.«

Ich brauche genauso lang wie er zum Rollen, Anzünden und Rauchen einer weiteren Zigarette. Einige Male muss ich innehalten und mir ein Fahrrad vorstellen, die Konstruktion, wie der Rahmen mit der Kette und den Rädern verbunden ist. Die Zeichnung wird recht einfach und recht schief. Ich weiß nicht genau, wie eine Fahrradkette aussieht, und zeichne eine stilisierte Zickzackschleife, die, wie ich finde, halbwegs glaubwürdig wirkt.

Pol Pot streckt die Hand aus, bekommt sein Papier zurück und betrachtet mein Gekritzel eingehend.

»Hm … jaha, ja«, sagt er dann. »Wie ich es mir gedacht hab.«

»Entschuldigen Sie, aber ich verstehe nicht«, erwidere ich und widerstehe dem Impuls, an seinem Bleistiftstummel zu kauen.

»Es verhält sich folgendermaßen. Meiner Erfahrung nach gibt es zwei Arten von Illustratoren«, erklärt Pol Pot. »Diejenigen, die lieber nach Modell oder sogar nach Fotos zeichnen, zumindest nach einer konkreten Vorlage, und diejenigen, die lieber aus dem Gedächtnis arbeiten. Die Werke der zweiten Gruppe sind selten ganz korrekt«, fügt er hinzu und betont das letzte Wort so, dass ich die Anführungsstriche förmlich in der Luft sehen kann. »Paradoxerweise ist die zweite Gruppe rein beruflich meist erfolgreicher. Ich wünschte mir, ich würde auch zu ihr gehören. Sie haben Fantasie, verstehen Sie. Ein ausgeprägtes Bildgedächtnis. Ich meine, schauen Sie sich dieses Fahrrad an. Es stimmt daran zwar irgendwie nichts, aber trotzdem hat es mehr Leben und Charakter als alle Skizzen im Aktsaal zusammen.«

Mir fehlen die Worte.

»Schauen Sie«, beginnt Pol Pot erneut und misst mit dem Daumennagel die Größenverhältnisse meiner Zeichnung. Unsere Köpfe stoßen über dem kleinen Papier beinahe zusammen. Ich spüre den eisigen Regen nicht mehr.

»Das ist ganz offensichtlich ein altes, ramponiertes Fahrrad«, fährt er fort. »Aber es ist ein fröhliches Fahrrad, nicht wahr? Man könnte fast sagen, ein Fahrrad, das geliebt wird. Ich meine, Sie haben so viel Information mit so einfachen Mitteln rübergebracht, alle Details, den kleinen Fahrradkorb, den geflickten Reifen … man sieht den Besitzer förmlich vor sich. Das ist gut gemacht.«

»Aber …«, stottere ich. »Das ist doch so … kindisch.«

»Tja. Und wie heißt der Studiengang, den Sie belegen?«, fragt er mit gespielter Strenge. Vielleicht spielt er aber auch nicht.

»Buchillustration«, sage ich etwas dumm.

»Genau«, erwidert Pol Pot und verschränkt seine kurzen braunen Arme auf seinem Bauch. »Es geht um die Illustration von Texten, von Geschichten, um erzählende Bilder. Und wer, glauben Sie, wird vornehmlich Ihr zukünftiger Arbeitgeber sein?«

Ich schüttele den Kopf und zucke mit den Achseln.

»Kinderbuchverlage«, sagt er mit Nachdruck. »Es gibt Schlimmeres, das kann ich Ihnen versichern. Sie werden sich doch hoffentlich für den Bilderbuchlehrgang nächstes Jahr hier am Institut bewerben? Das ist einer der besten des Landes, und mir ist nur selten eine geeignetere Kandidatin untergekommen. Die Einfachheit Ihrer Linienführung kann man nicht anders als raffiniert nennen.«

»Nein, ich weiß nicht … ob ich mir das leisten kann«, sage ich.

»Leisten können? Unsinn!«, ruft Pol Pot. »Wenn ich nur halb so begabt wäre wie Sie, würde ich mir das Geld zusammenborgen, betteln oder stehlen, um diesen Kurs besuchen zu können. Übrigens, sind Sie wirklich der Meinung, dass Sie kindisch zeichnen?«

Ich nicke wortlos und schaue auf meine Zehen. Pol Pot lacht heiser.

»›Ich konnte schon früh zeichnen wie Raffael, aber ich habe ein Leben lang dazu gebraucht, wieder zeichnen zu lernen wie ein Kind.‹ Wer hat das gesagt?«, fragt er.

»Picasso …«, sage ich zögernd.

Er klopft mir auf die Schulter.

»Genau. Pablo Picasso. Jetzt verzichten wir auf diese Aktmalerei, zumindest was Sie betrifft. Es wird höchste Zeit, dass wir Ihre wahren Talente perfektionieren.«

23. Kapitel

Der November fegt das letzte schwarze Laub von den Bäumen. Kein Sonnenstrahl verirrt sich in den Innenhof von Mill Creek Manor, und die Kälte durchdringt mich mit solcher Macht, dass ich nach Atem ringe. Trotzdem bleibe ich sitzen und schaue wie gebannt zu Zimmer 45 hinauf. Was erwarte ich dort zu sehen? Vier runde weiße Frauengesichter, die sich gegen die Scheibe drücken und freudlos lächeln? Unsichtbar für alle, außer für mich?

Nikita arbeitet den ganzen Tag im Zeichensaal an einem Bild, von dem sie hofft, dass es zur Winterausstellung der Abschlussklasse angenommen wird. Ich frage mich, ob die Akademie einen Psychologen hat, mit dem man über seine Probleme reden kann. Ich verliere langsam den Verstand. Am liebsten würde ich über meine abwegigen Überlegungen mit Nikita reden, aber ich will sie nicht unnötig in Angst versetzen. Habe ich selbst Angst? Ich reibe mir mit den Handballen die Augen. Gesprächsfetzen dringen aus dem Gebäude zu mir herüber, jemand hat die Türen zum Hof geöffnet.

Nein, ich habe keine Angst, beschließe ich. Ich bin wütend. Wütend auf mein Schicksal und wütend auf das, was mit Mama und mit den vier jungen Frauen aus dem Wohnheim geschehen ist.

»Hallo«, sagt eine leise Stimme. Ashley tritt mit zwei dampfenden Pappbechern aus der Studentenbar zu mir heran. »Schöner Tag zum Draußensitzen«, sagt er ironisch. »Ein Tee für die Masochistin gefällig?«

Dankbar strecke ich die Hand nach dem dampfenden Becher aus. Ein Ritual, das so eingefleischt ist in diesem Land, dass man meint, die ganze Bevölkerung müsse nach Tee duften, Tee weinen, Tee schwitzen und Tee bluten.

»Oh ja, vielen Dank«, sage ich und nippe an dem heißen Getränk. Dennoch muss ich immer wieder zu Zimmer 45 hochschauen. Ash entgeht das nicht.

»War da noch mehr? Von … ihr?«, will er wissen.

»Oh Ash. Weiß der Teufel, was los ist«, seufze ich und werde im selben Moment von einer quälenden Rastlosigkeit ergriffen.

»Komm«, sage ich dann und stehe abrupt auf. »Kommst du mit in die Stadt? Dann erzähle ich dir alles.«

Die Oxforder Markthalle ist in schwefelfarbenes Halblicht getaucht. Die größeren Stände haben Strahler, die Würste, Pies und Hummer in künstlichen Sonnenschein tauchen. Beim Metzger hängen – geköpft und tropfend – ein Wildschwein, zwei Fasane und drei Kaninchen von der Decke. Eine Touristin bleibt stehen und verzieht angeekelt das Gesicht, während ihr Freund mit seinem riesigen Kameraobjektiv den Durchgang versperrt und sich kein bisschen darum schert, dass er alle am Weiterkommen hindert. Die stämmigen Frauen der Stadt bahnen sich routiniert ihren Weg durch das Gedränge, vorbei an den schönen, altertümlichen Ladenschildern und der Goldbrezel des Bäckers.

Ein Gemüsehändler streicht über seine Birnen, als wären es die Wangen seiner neugeborenen Tochter. Er rückt eine Kiste mit Obst und ein paar Sträuße glatter Petersilie zurecht. Alle Preise beziehen sich auf das englische Pfund oder Unzen. Diese sturen Inselbewohner weigern sich, das metrische Einheitssystem zu verwenden, obwohl das Gesetz es vorschreibt.

Ein wenig abseits der Lebensmittel und der Blumen gibt es

einen Schuster, ein Reformhaus und ein paar exklusive Boutiquen. Im Vorbeigehen sehen wir die Markennamen in den Schaufenstern. Hunter, Barbour, Henri Lloyd. Seidentücher mit Steigbügelmuster.

Ich bilde mir ein, Rupert Davenport-Smythes sonnengebleichtes Nackenhaar in einem der Läden zu sehen. Ich habe den Eindruck, dass er mich ebenfalls sieht, zusammenzuckt und eilig wegschaut.

Ashley kauft einen kleinen Pie mit Makrelenfüllung, und ich darf abbeißen. Es schmeckt rauchig, mehlig und angenehm. Er deutet auf den rotweiß gestreiften Stab über der Ladentür eines Barbiers, der so dick ist wie mein Arm.

»Weißt du eigentlich, warum die Friseure diese Erkennungsfarben haben?«, fragt Ash.

Ich schüttele den Kopf.

»Früher waren die Barbiere auch die Chirurgen der Stadt«, antwortet er. »Rot und weiß im Wechsel. Blut und Verband.«

Eine Weile lang laufen wir schweigend und jeder in seine Gedanken versunken weiter.

Schließlich gebe ich mir einen Ruck. »Du«, sage ich und schlucke, »ich wollte dir doch etwas erzählen. Da war noch mehr.«

»Noch mehr als diese Irrlichter?«, fragt Ashley. »Hat es wieder was mit deiner Mutter zu tun?«

»Ich glaube schon«, sage ich. »Ich glaube, das ist sie wieder.«

»Hast du sie etwas gefragt?«, will Ash mit großen Augen wissen.

»Nein«, sage ich und bleibe stehen. Ein Passant stößt beinahe mit mir zusammen, und jemand flucht in meine Richtung, als er an mir vorbeieilt.

»Aber da du mich jetzt auf die Idee gebracht hast, will ich es nächstes Mal versuchen.«

In der darauffolgenden Woche mache ich eine Entdeckung, die mein Leben verändert: Von nun an werde ich mit Tuschfeder zeichnen. Immer. All meine Bleistifte, Kreiden und Filzstifte kann ich guten Gewissens in den Papierkorb werfen, denn es zeigt sich, dass nur hauchfeine, empfindliche Federn in Kombination mit wasserfester Kandahar-Tusche meinen Figuren jenes wilde Temperament verleihen, das sie von Kritzeleien in etwas Außergewöhnliches, Lebendiges und sofort als mein Werk Identifizierbares verwandelt.

Professor Chesterfield wird mein Mentor. Denn er ist es, der sich an einem grauen Tag im Zeichensaal über meine Bank beugt und einen Laut des Entzückens ausstößt. Der Professor deutet aufgeregt auf einen winzigen, runden Satyr mit nacktem Po am Rand eines großen Blatts. Eigentlich gehört diese Figur gar nicht dort hin. Auf dem Bogen finden sich einige ehrgeizige Versuche zu drei Vignetten. Von Luft umrahmte Skizzen ohne Hintergrund, die nur von ihren eigenen Außenlinien begrenzt werden. Unsere Aufgabe war, uns etwas zum Thema Märchen einfallen zu lassen.

Bei dem kleinen Dämonen am Rand handelt es sich nur um ein Formexperiment, eine Aufwärmübung, wie der Professor sagen würde. Eine Kritzelei würde ich es nennen. Chesterfield schließt mein kindisches Männchen, das ich eigentlich wegradieren wollte, jedoch sofort ins Herz. Er zieht sich einen Stuhl heran, setzt sich zu mir und nimmt die anderen Studenten im Zeichensaal gar nicht mehr wahr.

»Die sind jetzt egal«, meint er und deutet auf meine Märchenvignetten. »Jetzt kümmern wir uns mal um diesen Burschen. Er hat echtes Charisma, sehen Sie das denn nicht?« Chesterfield klopft vorsichtig mit dem Zeigefinger aufs Papier, darauf bedacht, meine Linien nicht zu berühren und versehentlich zu verwischen.

Unter der aufmerksamen Anleitung des Professors muss ich die Figur immer wieder zeichnen. Er sagt, ich solle so lange üben, bis ich einen fast unbewussten Zustand erreicht hätte, in dem ich die Figur gewissermaßen automatisch zeichnen könnte.

Ich fülle einen großen Bogen mit immer derselben kleinen Figur, und er zeigt mir besonders geglückte Striche, die mir oft rein zufällig gelungen sind. Ein besonderer Winkel des einen Beines dort, ein schöner Schwung des Schwanzes dort.

»Versuchen Sie, den Blick wieder so schelmisch zu zeichnen, ich glaube, das hat etwas mit dem Augenwinkel bei der Figur rechts oben in der Ecke zu tun. Wissen Sie, dieses kleine teuflische Wesen hat wirklich das gewisse Etwas. Sie sind, was die Charakterisierung betrifft, unglaublich begabt.«

Mir wird bewusst, wie wichtig bei meinem minimalistischen Zeichenstil jedes Detail ist. Jede Linie, jeder winzige Strich muss sehr viel zum Ausdruck bringen. Ich verstehe nun auch, wie ein hauchfeiner Federstrich oder die Position des Auges den Charakter eines Gesichts vollkommen verändern kann: Mal wirkt es frech auf den Betrachter, mal nachdenklich, mal gemein.

Chesterfield stellt mir verschiedene Zeichengeräte zur Verfügung, mit denen ich experimentieren soll. Er ist ganz entzückt, als sich zeigt, dass ich eine instinktive Begabung für Feder und Tusche besitze. Sieh mal an. Plötzlich gehorcht die Hand.

Die Finger verstehen, was der Kopf will. Nein, mehr als das, die Finger veredeln die Vision des Gedankens. Ich bin Herrscherin über eine Feder. Der dünne Stahl will sich von mir kontrollieren lassen. Jede Faser des Papiers ist auf meiner Seite. Die Tusche im Fass scheint von vornherein zu wissen, wie lang und dick die Linie werden soll, die ich zeichnen will. Die richtige Anzahl Tropfen sammelt sich in der Vertiefung der Feder. Ich bin hier und gleichzeitig auch wieder nicht. Ich verschmelze mit der Linie, dem Papier, mit meiner Figur.

Dort, wo die Feder auf besonders viel Widerstand stößt, gerät das Schwarz der Tusche zu ausdrucksvollen kleinen Spritzern. Es ist ein phänomenaler Zeichengrund, den ich Nikita zu verdanken habe. Sie hat mir genau dieses Papier empfohlen, eine Qualität und Preisklasse, die ich mir nie zuvor gegönnt hatte, die aber, das verstehe ich jetzt, entscheidend zum Ergebnis beiträgt. Die Technik ist mit einem gewissen Nervenkitzel verbunden, sie ist unkontrollierbar und lebendig, etwas, was ich von Ashleys Beschreibung seiner Arbeit mit Aquarellfarben kenne.

Während wir uns derart konzentrieren, verschwimmt alles um uns herum, nur Chesterfield, ich und meine Hand, die das ungewohnte Werkzeug immer sicherer hält, sind gegenwärtig. Meine kleine Figur erwacht nach und nach zu einer richtigen Persönlichkeit.

»Hier«, sagt er und deutet auf zwei kleine Dämonen unter etwa fünfzig weiteren Figuren. Er wirkt froh und glücklich, genau so, wie ich mich fühle.

»Und dort. Sehen Sie? Dieser hier hat etwas Besonderes, Maja. Es gefällt mir, dass Sie den Fuß so klein und rund gezeichnet haben im Unterschied zu dem kräftigen Bein. Das lässt ihn wie ein zu Streichen aufgelegtes Kind erscheinen. Verstehen Sie jetzt, wie Sie arbeiten müssen? Aktiv, so dass Sie Ihre gesamte Energie in diesen kleinen Körper packen und sich vollkommen in ihn hineinleben. Denn nur dann löst er Gefühle beim Betrachter aus. Geben Sie sich nie zufrieden, zeichnen Sie, und zeichnen Sie wieder, bis es Ihnen gelingt. Und damit meine ich nicht, anatomisch gelingt, sondern ich meine dieses magische fünfte Element, das sich nicht beschreiben lässt: dieses gewisse Etwas, wenn eine richtig gute Illustration einfach … stimmt.«

Ich würde ihn am liebsten umarmen, begnüge mich aber damit, ihn breit anzulächeln. Fühlt sich ein Durchbruch so an? Meine Zeichenhand verkrampft sich vor Anspannung, und ich versuche sie mit kleinen, rollenden Bewegungen zu lockern.

»Jaja«, sagt der Professor. »Manchmal tut es weh. Aber was von Wert sein soll, kostet eben etwas Mühe. Könnten Sie einen Augenblick mitkommen?«

Ich erhebe mich erstaunt und folge ihm in ein kleines Nebenzimmer, zu dem nur er einen Schlüssel besitzt. Dort steht ein Schreibtisch mit einem Telefon, an der Wand hängen ein Haken mit einem Kleiderbügel für seinen Mantel und eine Pinnwand.

»Setzen Sie sich«, sagt er und deutet auf einen kleinen Hocker. »Ich wollte Ihnen nur ein paar Worte unter vier Augen sagen, außer Hörweite Ihrer Kommilitonen. Ich freue mich sehr über Ihren Durchbruch. Ich war etwas besorgt, verstehen Sie, schließlich haben Sie im Herbst sehr vorsichtig angefangen …«

Er unterbricht sich plötzlich und fasst mich an der Schulter.

»Alles in Ordnung? Maja, was ist los, wollen Sie sich einen Augenblick hinlegen? Soll ich ein Glas Wasser holen?«

Aber ich kann nicht antworten. Ich habe kaum gehört, was er gesagt hat. Wie gebannt starre ich auf zwei kleine Dinge, die an der Pinnwand über dem Schreibtisch des Professors hängen. Ich bin schockiert.

Dunkle Schatten tanzen vor meinen Augen, und ich presse meine Hand an den Mund. An seiner Pinnwand hängt ein kleines Foto, kaum größer als eine Briefmarke. Es ist aus einem größeren Foto herausgeschnitten worden, einem Foto, das ich schon einmal gesehen habe. Jenes Foto der vier lächelnden jungen Frauen, die beim Massaker von Mill Creek Manor ums Leben kamen.

Obwohl ich schwanke, gelingt es mir doch, mich zu erheben. Mit meiner freien Hand halte ich den Professor auf Abstand. Aus dem Augenwinkel sehe ich noch, wie er versucht, mir den Papierkorb hinzuhalten. Er scheint zu glauben, ich müsse mich übergeben. Ich sehe ihn nur undeutlich wie hinter einer Glasglocke. Er sagt etwas, aber ich sehe bloß, wie sich die dunkle Öffnung seines Mundes bewegt, höre nichts als ein gedämpftes Murmeln.

Die Frau auf dem Foto ist die tote Frau in meiner Badewanne. Emma Isherwood.

Der andere Gegenstand ist eine Miniatur, die direkt auf ein Stück Holz gemalt ist. Ein Stück Treibholz. Es lehnt, auf zwei lange Reißnägel gestützt, neben dem Foto an der Pinnwand. Wie eine Reliquie.

Die Frau auf diesem Porträt bin ich. Genauer gesagt eine fünfundzwanzig Jahre ältere Version meiner selbst. Ich taumele gegen die Tür, flüchte vor Chesterfields ausgestreckten Händen, die nach mir greifen wollen. Ich begreife eigentlich nur, dass ich von ihm fortmuss und dass ich sie jetzt gefunden habe. Ich habe die Verbindung zu Mama gefunden.

24. Kapitel

Am einzigen Studientag des Herbstsemesters fahren Nikita, Ashley und ich mit dem Zug nach London, um uns ein paar Kunstwerke anzuschauen. Ich verkrieche mich in meinem Sitz, den Kopf gesenkt und den Kragen hochgeklappt, so dass die Hälfte meines Gesichts verdeckt ist. Nikita und Ash glauben vermutlich, dass ich die halbe Fahrt verschlafe, da ich sehr wenig sage. Dafür denke ich umso mehr nach. Es sind sorgenvolle, ängstliche Gedanken, die herumirren, miteinander kollidieren.

Wo kommt all die Dunkelheit her, und wer verbirgt sich darin? Diese entsetzlichen Schattenwesen, die mich nicht in Frieden lassen, die sich an mich klammern, mir alte Geheimnisse zuflüstern, von denen sie selbst kaum wissen?

Was sind das für Ströme und Kräfte, die mich hierher getragen haben und die mich mit diesen Schattenwesen allein lassen?

Und wer ist dieser lebendige Schatten, der mir ständig ausweicht? Den ich nicht zu fassen bekomme? Der um eine Ecke verschwindet und mit seinem scharfen Messer vom Dunkel verschluckt wird.

Ein Minibarverkäufer schiebt seinen klappernden Wagen durch den Mittelgang und unterbricht meinen wirren Gedankenstrom. Ashley hält ihn an und kauft Tee in einem Styroporbecher. Ich schaue aus dem Fenster und blinzele hinüber zu den Ufo-ähnlichen Betontürmen eines Kraftwerkes, das mitten in die idyllische Landschaft rings um Oxford gebaut ist.

Auf dem Platz neben mir, tief vergraben in meiner Tasche,

liegt immer noch das in einen Slip gewickelte Messer. Ist es dasselbe Messer, mit dem Mama getötet wurde? Ist es das Messer, das die Wahrheit kennt? Oder ist es nur … irgendein Messer? Nachlässig in der Wäsche meiner Zimmergenossin versteckt? Ist es das scharfe Messer, das Jack Winter verloren hat? Ein stechendes Unbehagen überkommt mich. Wenn ich an Jack denke, habe ich das Gefühl zu fallen, obwohl ich sitze.

Vielleicht nicke ich ja doch eine Weile ein. Ich sehe einen Mann vor mir, wenn ich die Augen schließe. Einen Mann, der in einem Meer aus Frauenkörpern ertrinkt. Runde Hüften wogen um ihn herum. Ein starker Schenkel umschlingt seine Taille. Ich sehe keine Gesichter, nur das wirre Haar verschiedener Frauen. Kastanienfarbene Locken, hennarote Wellen und kurzes, zerzaustes Platinblond. Der Mann ist Leopold Chesterfield.

Meine Mutter. Sie besitzen das Porträt meiner Mutter. Woher kannten Sie meine Mutter?

Im Traum kann ich ihn fragen, was ich in seinem kleinen Büro nicht über die Lippen brachte. Der Schock, mit den Bildern über seinem Schreibtisch konfrontiert zu werden, war zu groß, mein Bewusstsein entgleiste, und ich ergriff die Flucht.

Jetzt sieht er mir starr und hilflos in die Augen, aber er scheint mich nicht zu hören. Um ihn herum nackte, sich regende Frauenglieder.

Und Emma Isherwood? Sie besitzen ein Bild von Emma Isherwood? Die 1984 im Mill Creek Manor gestorben ist, sie und ihre drei Freundinnen.
Emma war schwanger. Warum haben Sie ein Bild von ihr aufgehängt, das Sie jeden Tag sehen?

Jetzt hört er mich. Jetzt versucht er, etwas zu sagen. Schmale, gespreizte Hexenfinger heben sich und packen sein Gesicht. Wollen ihn nach unten ziehen. Er spricht mit schwacher, angestrengter Stimme.

»Emma und ich waren zusammen. Sie ist Arabellas Mutter… oder… hätte es werden sollen… es war Emmas Abschiedsfest… wir wollten zusammenziehen… Kinder haben… sie hatten unser kleines Mädchen retten können… Aber Emma war bereits tot.«

Was geschah? War es Gift? Wer hat die Flasche geöffnet?

»Das war nur zum Spaß… hatten Absinth in die Flasche gefüllt… ich trank auch und die anderen Jungs… Emma war die erste, der es schlecht ging… Krankenwagen, ich hielt ihre Hand… zwei weitere Mädchen im Laufe der Nacht, in ihren Betten… die letzte im Frühstückssaal am nächsten Morgen… niemand konnte etwas dagegen tun…«

Seine Stimme entfernt sich immer weiter, und ich kann nicht mehr erkennen, ob sich seine Lippen bewegen.

Was geschah? War es Gift? Sie müssen es mir sagen, wenn Sie es wissen.

»Weiß nicht… fast so wie eine… Kontamination… einer der Medizinstudenten hatte eine Theorie… aber wir haben nie etwas erfahren…«

Und meine Mutter? Woher kannten Sie meine Mutter?

Eine der gesichtslosen Frauen versucht Chesterfield zu küssen, und ihr Mund verschluckt das meiste von dem, was er sagen will, aber ich schnappe ein paar Brocken auf, die klingen wie:

»Nicht hier. Nicht jetzt.«

Ich schrecke auf. Nikitas Hand liegt auf meinem Arm. Der Zug wird langsamer.

»Wieder Albträume«, murmelt sie.

Ich nicke nur.

London ist bereits weihnachtlich geschmückt, und ein kühler Wind, der nach Schnee riecht, dringt durch die Abgase. Die Bäume der Exhibition Road, der Allee, an der die prächtigen Nationalmuseen Seite an Seite liegen, sind mit Tausenden von kleinen Lampen dekoriert, die wie Goldpailletten in den nackten schwarzen Ästen funkeln.

Vor dem Science Museum hat man eine Schlittschuhbahn aufgebaut, auf der Paare zu klassischer Musik ihre Kreise drehen. Die roten Doppelstockbusse, die mit ziemlichem Tempo die Straße entlang brausen, sind voller Touristen, die staunend die Augen aufreißen. Sie deuten aus den Fenstern und rufen vermutlich »Schau mal«, »Super« und »Irre!« in ihren verschiedenen Sprachen.

Wohlhabende ältere Damen schieben sich in geräumige schwarze Taxis. Sie haben exklusive Einkaufstüten aus Papier mit geflochtenen Tragegriffen von Harrods und Harvey Nichols oder – in leuchtendem Gelb – von Selfridges.

Wir schlendern durch die winterblaue Luft am Natural History Museum vorbei. Auf dem schönen Innenhof gibt es einen Weihnachtsmarkt, dem wir nicht widerstehen können. Es riecht nach gerösteten Maroni, und die Hitze schlägt uns ins Gesicht, obwohl wir noch mehrere Meter entfernt sind. Kinder mit vom Frost rosigen Wangen lutschen genussvoll an Pfefferminzstangen. Der süß-würzige Duft von Glühwein breitet sich über dem Bürgersteig aus, und Nikita schnuppert wie ein fröhlicher kleiner Hund.

Das Victoria & Albert Museum hat hübsche Plakate an jeden Laternenpfahl vor dem Eingang gehängt, mit denen es für eine Sonderausstellung zum Thema festliche Kleidung in früheren Zeiten wirbt. Als wir vorbeigehen, werfe ich einen Blick hinein. Im Entree steht ein tiefgrüner, drei Meter hoher Weihnachtsbaum, der mit Prismen und Schneekristallen aus Glas behängt ist. Wenn wir mehr Zeit hätten, würde ich gerne hineingehen.

Ich muss Tate Britain und Tate Modern verwechselt haben, vielleicht war mir auch gar nicht klar, dass es sich um zwei Museen in verschiedenen Stadtteilen handelt. Wir wollen uns die klassischen Gemälde ansehen, müssen also in die Tate Britain. Ich kann mir nicht helfen, aber ich befürchte, dass es recht langweilig wird. Das Museum ist ein gediegenes Bauwerk, es kommt mir fast skandinavisch vor. Nikita will sich mit ihrem Skizzenblock auf eigene Faust auf den Weg machen und sich eine Sammlung vornehmer Van-Dyck-Porträts näher ansehen, die hier als vorübergehende Leihgaben aus anderen Museen zu sehen sind. Sie ist in ihrem Element, das ist deutlich zu spüren.

»Van Dyck ist wirklich ein Meister«, sagt sie und lächelt übers ganze Gesicht. »Technisch ist er einfach brillant, was man allein schon an dem funkelnden Brokat und den Spitzenkragen sieht, die irgendwie an staubige Spinnweben erinnern. Aber darüber hinaus ist er auch ein Spaßvogel. Ich glaube, das begreifen viele gar nicht.«

Sie blättert eifrig in ihrem Skizzenblock bis zu einem bestimmten Blatt, auf das sie einige Van-Dyck-Kunstpostkarten neben ein paar Farbproben geklebt hat, die repräsentativ für die Palette des Meisters sind: bleichrosa Hauttöne, leuchtendes

Kornblumenblau und sattes Weinrot. Sie hat sogar ein ausgefranstes Stück Brokat auf dem Papier befestigt.

»Schau mal«, sagt Nikita und deutet auf eine kleine Reproduktion einer grimmigen Dame, die sie ebenfalls in ihren Block geklebt hat. Die Dame trägt Witwenschwarz und einen Mühlsteinkragen. Eine Perücke mit unzähligen Löckchen thront auf ihrem Schädel, und sie sieht beinahe aus wie Frankensteins Braut. Aber etwas will nicht so recht zu der historischen Steifheit passen: Ihr elisabethanisches Kleid ist so lustvoll ausgeschnitten, dass man sich wundert, ihre Brustwarzen nicht sehen zu können. Vielleicht waren sie aber auch zu sehen, und der Künstler hat sie taktvoll wegretuschiert. Schaut man genauer hin, hat die Dame fast so etwas wie einen … flirtenden Gesichtsausdruck.

»Das kann doch nur humoristisch gemeint sein«, meint Nikita. »Er malte die großen britischen Exzentriker, so wie nur ein Ausländer uns sehen konnte. Davon bin ich überzeugt.«

»Wird schon stimmen, wenn du es sagst«, erwidert Ash. »Ich würde gern erst mal in den Turner-Saal und dann weitersehen. Kommst du mit, Maja?«

Einige spanische Teenager, alle mit denselben Baseballmützen und Rucksäcken, wuseln vor den größten und wichtigsten Turner-Gemälden herum, da ihr Lehrer sie aufgefordert hat, sich damit auseinanderzusetzen.

Ash hat sich auf eine breite Bank mitten im Saal gesetzt und ist ganz in eine Skizze versunken. Ich weiß nicht, ob es die berühmten Motive sind, die er abmalt, oder die anderen Besucher oder gar der in eine Art Schlummer versunkene Aufseher. Ich schlendere weiter in einen kleineren Raum, in dem weniger Leute sind.

Das Bild hängt etwas abseits hinter einem Wandschirm, irgendwie versteckt hinter den traditionelleren Motiven, die Turner zu einem der ganz großen Landschaftsmaler haben werden lassen. Das zerkratzte Eichenparkett ist stumm unter meinen Füßen, aber ich habe das Gefühl, dass der Fußboden genau vor diesem Gemälde weniger abgetreten ist. Hier haben nicht viele Besucher verweilen wollen.

»Death on a Pale Horse.«

Tod auf einem fahlen Pferd. Das Gemälde setzt einen gekrümmten Finger direkt auf die schmerzende Wunde in meiner Brust, durch Mantel, Jacke und Unterhemd hindurch. Ein einziger Blick genügt. Der knochige Finger gräbt und bohrt in etwas herum, was ich für halbwegs geheilt gehalten habe, das aber sofort aufplatzt und zu brennen beginnt.

Das Gemälde wirkt auf den ersten Blick nicht gerade sensationell, es handelt sich eher um eine rätselhafte, etwas befremdliche Studie. Aber als es mich in seinen Bann gezogen hat, wächst es mit jeder Sekunde, die ich es betrachte, über sich hinaus. Auch die Leinwand scheint sich rein physisch auszudehnen, vielleicht weil ich mich weiter vorbeuge. Oder mich hineinziehen lasse.

Turner hat mit Nebelschleiern und Wolkenwirbeln gearbeitet, wie man es erwartet, wenn man seinen Namen hört. Aber im Übrigen weist das Bild nichts auf, was typisch für ihn wäre, die Farbskala hat nichts Einschmeichelnd-Ätherisches an sich. In der unteren Hälfte der Leinwand geht ein stürmisches Grau in einen Wirbel aus ungesundem Grünweiß über. Von der oberen linken Ecke strudelt Rostbraun auf die Bildmitte zu und verwandelt sich dort in schorfiges Schwarz. Das Werk wirkt bedrohlich und beklemmend und eignet sich keinesfalls für die massenhafte Vervielfältigung auf Sets oder Einkaufstaschen, die in dem gut sortierten Museumsshop verkauft werden.

Ein verkrümmter skelettartiger Toter liegt vornübergebeugt,

wie hingeworfen, auf etwas, das ein Pferd sein muss. Aber das dämonische Tier hat kein Gesicht, keine Augen. Es schaudert mich. Das Gemälde ist eine an Goya erinnernde albtraumartige Vision. Ich höre ein Wimmern und brauche ein paar Sekunden, um zu begreifen, dass ich das selbst bin.

Von den »anatomisch unkorrekten Strichmännchen«, die der Künstler, laut Ashley, manchmal in seine idyllischen Landschaften eingefügt hat, findet man hier keine Spur. Die Anatomie ist absolut ausgefeilt und abstoßend in ihrem Detailreichtum. Die Leiche – oder der Tod – auf dem Pferderücken ist bis in ihre kleinsten widerwärtigen Bestandteile modelliert. Auf dem Rücken ist offenbar keine Haut mehr, nur noch die Wirbel des Rückgrats, die Rippen, Sehnen und einige Muskeln sind zu sehen. Der eine Arm scheint aus der Leinwand heraus nach dem Betrachter zu greifen. Der Unterarm wirkt eher skizzenhaft, als habe sich der Maler nicht überwinden können, sein Werk zu vollenden. Aber der Mangel an Details lässt die Gespensterhand nur noch grauenvoller wirken, genauso wie das Nicht-Gesicht der Pferdeerscheinung. Die Finger der anderen Hand sind unverhältnismäßig groß und von einer hauchdünnen Membran umhüllt. Sie tasten blind und ohne Hoffnung nach dem Licht, dem kleinen Licht, das auf dem Gemälde schimmert, oder dem Licht der Welt draußen.

Ich bin so tief in die wortlose, überwältigende Verzweiflung des Bildes eingedrungen, dass ich die große, etwas gebeugte männliche Gestalt nicht bemerke, die ganz in meiner Nähe steht. Ich bemerke sie erst, als sie tief Atem holt.

25. Kapitel

Ein kalter Schauer jagt mir über den Rücken und gefriert auf meiner Kopfhaut zu einer Eisblume.

»Turner malte es, nachdem er einen Zusammenbruch erlitten hatte«, sagt Jack Winter gedämpft hinter mir. »Nachdem sein Vater gestorben war.«

Block und Griffelkasten gleiten mir aus den Händen. Lose Blätter, Stifte, Kreiden regnen auf unsere Füße herab.

»Es war nicht meine Absicht, dich zu erschrecken«, sagt Jack. Aber er macht mir Angst. Mit seiner Schwermut und seiner Rätselhaftigkeit bringt er mich aus dem Gleichgewicht. Und auch, weil ich ihm alles Mögliche zutraue wegen der Gefühle, die er in mir auslöst. Die dunkle Verlockung der Verletzlichkeit. Vielleicht auch eine Art verzerrte Spiegelung, ein Wiedererkennen im Außenseitertum?

Das Messer. Das Messer in meiner Tasche brennt an meiner Hüfte.

Ich verschanze mich hinter meinem Schweigen, gehe in Deckung vor dem Gefährlichen und Ungezügelten, das von Jack wie ein Geruch ausstrahlt. Mit unbeholfenen Händen raffe ich meine Sachen zusammen, rasch und nachlässig, einfach rein damit in die Tasche. Er ist wie immer gekleidet, als hätte er den Kleiderschrank seines Urgroßvaters geleert. Ausgebeulte Cordhosen guter Qualität, aber mit glänzenden Knien.

»Geht es wieder?«, fragt er.

»Ja, ja«, murmele ich. »Ich habe mich nur ein bisschen erschrocken.«

»Das wollte ich nicht«, sagt er und tut nun etwas vollkommen Unerwartetes. Ohne zu zögern, tritt er so nahe an mich heran, dass ich schon befürchte, er wolle mich umstoßen. Aber dann schlingt er seine langen Arme um mich. Ich kann seine Umarmung nicht erwidern, selbst wenn ich es wollte, weil ich ganz und gar an seine Schulter und in diverse Schichten zerschlissener Kleider gedrückt werde: Hemd, Pullunder, Jackett und Schal. Ich kann nichts sehen und bekomme kaum Luft. Er hält mich ganz fest. Es ist unbequem und warm, und widerstreitende Gedanken schießen mir durch den Kopf.

Teils finde ich sein Verhalten fast schon unverfroren, teils staune ich über all diese Kleider, seine Verfrorenheit – ist es in Jacks Zimmer in dem Haus in Jericho so fürchterlich kalt?

Ich habe jetzt zwei Alternativen, die aber eigentlich auf ein und dasselbe hinauslaufen. Ich kann stehenbleiben und mich beruhigen, während ich langsam in seiner Riesenumarmung ersticke, oder ich kann mich daraus befreien und ihm mein glühendes Gesicht zeigen.

Ehe ich noch Zeit habe, mich zu entscheiden, lässt er mich los und fletscht wie ein Wolf seine Zähne. Ich falle geradezu aus seiner Umarmung und muss ein paar Sekunden lang um mein Gleichgewicht kämpfen. Das ist also Jacks Art zu lächeln, denke ich. Wie ein Verrückter.

»So besser? Du, es tut mir wirklich leid«, sagt Jack, und sein verzerrtes Lächeln wirkt etwas weniger befremdlich.

»Was sollte das denn?«, frage ich atemlos.

»War nur eine Umarmung gegen den Schock«, antwortet er trocken. »Ich hätte dir stattdessen auch eine Ohrfeige geben können, aber du scheinst nicht der Typ zu sein, der damit sonderlich gut umgehen kann.«

Ich blicke auf, starre in sein grobknochiges Gesicht.

»Was du nicht sagst! Ich kenne eigentlich niemanden, der

sich sonderlich gerne ohrfeigen lässt, am allerwenigsten von so einem Ungeheuer wie dir«, fauche ich. »Ich will ein Stück Torte. Zucker ist gut gegen Schock.«

Ich habe keine Ahnung, wo ich das herhabe, aber etwas hat mir die Zunge gelöst, und ich fahre fort: »Und du lädst mich ein.«

Er sieht mich amüsiert an und weist mir den Weg zum Museumscafé.

Zumindest ist es das, was ich erwarte. Aber als wir die kleine Cafeteria mit ihren in Zellophan verpackten Blaubeermuffins und der hektisch dampfenden Espressomaschine links liegen lassen, geht mir auf, dass Jack andere Pläne hat.

Das Rex-Whistler-Restaurant liegt direkt neben der Cafeteria, hier ist die Stimmung jedoch eher feierlich. Auf den Tischen liegen richtige Tischdecken, an den Wänden hängen grüne Gemälde im Stil Whistlers, und am Eingang wartet ein adretter Ober.

»Nachmittagstee für zwei Personen, bitte«, sagt Jack, und der Kellner führt uns lächelnd zu einem der besseren kleinen Tische.

»Und zwei Gläser Champagner«, fügt Jack nach kurzer Pause hinzu.

Ich nehme meine Tasche von der Schulter und bin etwas ratlos, was ich mit ihr machen soll. Das Messer darin pulsiert nicht mehr, aber es fühlt sich unter meiner Hand immer noch heiß an. Jack rückt mir einen schwarzen, gepolsterten Stuhl zurecht und schiebt ihn dann unter den Tisch, so dass ich nahe und bequem sitze. Ich schaue mich verstohlen um. Ein elegantes Paar Anfang vierzig, Franzosen vielleicht oder auch Italiener, turtelt in einigen Metern Entfernung, die Köpfe über der kleinen Blumenvase auf dem Tisch zusammengesteckt. Der Abstand ist ausreichend, um die Unterhaltung der anderen nicht hören zu können, aber nahe genug, damit es gemütlich ist.

Ich schiele auf Jacks Hände, die unbekümmert auf dem Tisch ruhen, betrachte die Manschetten seines kleinkarierten Hemds und die Ärmel seines Jacketts, und plötzlich wird mir klar, wie gut sich sein zeitloser, wenn auch etwas verschlissener Kleiderstil in einem erwachsenen Rahmen macht. Er hat etwas Respekteinflößendes.

Ich habe mich in feineren Restaurants nie sonderlich wohl gefühlt, aber als ich die kleine, in Leder gebundene Nachmittagskarte überfliege, sehe ich, dass die Preise nicht viel höher sind als in einem normalen Fastfood-Restaurant. Ich ziehe meinen Jackenärmel etwas hoch, so dass mein schönes Geburtstagsarmband zum Vorschein kommt. Ein Glück, dass ich es am Morgen noch angelegt habe.

»Den Champagner zuerst, vermute ich?«, lächelt der Kellner, der zwei hohe Gläser auf einem Tablett bringt.

»Ja, danke. Es ist ja eigentlich noch ein bisschen früh, I know«, sagt Jack, und seine tiefliegenden Augen glänzen. Ich erhalte ein perlendes Glas, das auf einer kleinen Cocktailserviette steht. Wir stoßen mit einem leisen Klirren an, und Jack kann ein weiteres Wolfslächeln nicht unterdrücken.

»Nur Idioten lassen es nicht klirren«, sagt er entschuldigend, als befürchte er, ich könnte es geschmacklos finden. »Ich meine, warum sollte man es sich nehmen lassen?«, fährt er fort und lächelt erneut. Was ist nur mit ihm los? Ich habe ihn nie so ausgelassen erlebt. In den Unterrichtsstunden sitzt er für gewöhnlich schweigend vor sich hin brütend da wie ein schwarzes Loch, wie Antimaterie, und sagt nur etwas, wenn er direkt gefragt wird.

Ich nippe an meinem Glas und ziehe fragend eine Augenbraue hoch.

»Nicht, dass du denkst, ich würde so was öfters machen«, sagt er. »Aber ich habe gerade ein Gemälde verkauft und war auf der Suche nach jemandem, mit dem ich das feiern kann. Vielleicht habe ich mich ja deswegen … so zügellos benommen. Drüben, im Turner-Saal. Ich hab plötzlich so gute Laune bekommen, als ich dich sah. Ich dachte, dass ich heute alleine nach London fahren und herumlaufen würde, gewissermaßen als Belohnung. Ich habe nicht damit gerechnet, so erfreuliche Gesellschaft zu finden. Also, nochmals zum Wohl, Maja. Auf … ›Death on a pale horse‹.«

»Auf den Tod auf einem fahlen Pferd«, wiederhole ich.

Wir nehmen beide einen Schluck. Mein Puls beschleunigt sich, und mein Mut wächst allmählich. Aber genügt das? Wie soll ich ihn nach dem fragen, wonach ich ihn fragen muss?

»Was für ein Gemälde hast du denn verkauft?«, erkundige ich mich, um Zeit zu gewinnen.

»Ach, so ein fürchterliches Ding«, sagt Jack, und es kommt mir so vor, als würde er meiner Frage ausweichen.

»Und an wen?«, will ich wissen.

»Die Saatchi-Gallery. Kennst du die?«

Ich deute eine vage Handbewegung an, die so viel heißt wie: Schon mal gehört, aber erzähl mehr.

»Charles Saatchi«, fährt Jack fort, »ist ein Pionier der Werbebranche. Unglaublich reich. Kunstsammler. Er unterstützt junge, vielversprechende Künstler, kauft ihnen gerne etwas ab … groteske und gewagte Werke. Er ist mit dieser Fernsehköchin verheiratet, Nigella.«

»Gratuliere«, sage ich.

Jetzt, jetzt, jetzt,

wag es einfach!

»Du, Jack«, sage ich, »was ganz anderes. Ich habe etwas, was … dir gehört, glaube ich.«

Wag es jetzt.

Ihr seid an einem öffentlichen Ort.

Was könnte schlimmstenfalls passieren?

Ohne zu zittern, schiebe ich die Hand in meine Tasche und ziehe das Messer mit seiner fleckigen Bandage hervor. Ich lege es zwischen uns, und dort liegt es wie eine stumme Anklage.

»Mein Palettenmesser«, sagt Jack. In seinem Tonfall liegt eine Frage. Ich betrachte seine Reaktion genau, bevor ich wieder das Wort ergreife. Er hat die Hände gefaltet, presst sie aneinander. Ich reiße mich zusammen.

»Es ist ziemlich scharf«, sage ich. »Gehört es wirklich dir?«

»Ich glaube schon«, sagt er gedämpft.

»Und dieser … Lumpen, oder wie man das nennen soll?«, sage ich und deute mit meiner Gabel auf den Slip. »Wo hast du den her?«

Er sagt nichts.

»Ich habe diese Dinge gefunden und … weiß nicht recht, was ich davon halten soll«, sage ich und schlucke. Vergebens versuche ich, mein zunehmendes Unbehagen zu verdrängen. Dennoch fahre ich fort: »Warum warst du in unserem Zimmer? Was ging in dir vor, als du bei wehrlosen Mädchen eingebrochen bist und in unserer Wäsche herumgewühlt hast? Warum hast du gestohlen und randaliert? Du brauchst verdammt noch mal Hilfe.«

Jack sieht aus, als sei er in eine Schlägerei geraten, mit der er nichts zu tun hat. Dann fasst er sich.

Seine Hände entspannen sich, und er lässt die Schultern sinken. Seine Augen funkeln schwarz. »*Du* bist diejenige, die Hilfe braucht«, sagt er. »Was fällt dir ein, mir all diesen Unsinn zu unterstellen?«

Weiter kommen wir nicht, denn der Kellner kehrt zurück und schiebt einen vergoldeten Wagen vor sich her, beladen mit dampfendem roten Tee, Scones, Marmelade und Sahne, kleinen dreieckigen belegten Broten und einer Etagere mit Tortenstücken, Petits Fours und sicher noch einer Menge anderer leckerer Sachen. Aber die sehe ich nicht mehr, denn ich habe den Tisch bereits verlassen.

26. Kapitel

Nikita und ich sitzen in dem viel zu grell beleuchteten Abendzug zurück nach Oxford nebeneinander und schweigen ermattet. Ich habe nicht die Kraft, gegen die Müdigkeit anzukämpfen, und gestatte mir ein Schläfchen. Ich sinke in mich zusammen und lehne mich an sie. Nur ganz leicht, so dass ich die Fasern ihres Mantels an der Wange spüre. Ihre schweren Lider sind ebenfalls geschlossen, und ich glaube nicht, dass sie etwas merkt.

Uns gegenüber sitzt Ashley, der uns amüsiert zulächelt, aber mir ist nicht danach zumute, sein Lächeln zu erwidern oder auch nur eine Braue hochzuziehen. Ich habe niemandem von Jack erzählt und frage mich, ob er im selben Zug sitzt, der sich nun durch die dunkle Landschaft heimwärts schlängelt. Ich frage mich, was er sieht. Ich frage mich, was er denkt.

Als wir den glatten Bahnsteig in Oxford betreten, leuchtet uns eine verzauberte weiche Nachtwelt entgegen, bei deren Anblick Nikita und Ashley aus dem Häuschen geraten wie kleine Kinder. Es hat fünf Zentimeter geschneit. Ich kann es nicht lassen, die Schritte zu verlangsamen, mich umzudrehen und mehrere Male auf den stillstehenden Zug zurückzublicken. Ich suche nach Jack. Aber keiner der Fahrgäste, die in Oxford aussteigen, ähnelt ihm.

Als ich meinen Kopf auf das Kopfkissen im Mill Creek Manor lege, kommt es mir vor, als würde es um mich herum im Zimmer weiter schneien. Ein tröstlicher und schützender Schneefall, der alle Geräusche und alle Fragen in meinem Kopf einhüllt und dämpft.

Dann beginnen die unerbittlichen Hände des Schlafes an mir zu ziehen, mich abwärts zu geleiten. Es ist, als würde ein Tuch über mein Gesicht gelegt. Der Tag verblasst und verliert zeitweilig seine Bedeutung. Es ist schön, ausruhen zu können. Wäre da nicht das Geräusch von tropfendem Wasser, würde ich loslassen und jetzt einschlafen können, denke ich. Aber es geht nicht. Das Geräusch hält mich über der Oberfläche. Mein erster verschwommener Gedanke ist, dass der Schneefall in einen Wolkenbruch übergegangen ist, der gegen die Wände prasselt. Dann geht das Prasseln in ein Brausen über, das immer lauter wird und schließlich von einem kräftigen Spritzen abgelöst wird. Was machen die da?, frage ich mich verwirrt. Was soll das? Müssen die ausgerechnet jetzt duschen? Hier drin? Und was für ein starkes Parfüm die verwenden. Aber es ist mir nicht klar, wer »die« eigentlich sind.

Benommen von Müdigkeit drehe ich mich um, wühle mich unter die beiden Kissen und vergrabe die Nase in der Matratze. Dieser durchdringende, süßliche Geruch ist ziemlich unangenehm. Mein Kopf beginnt schmerzhaft zu pochen, und Wellen der Übelkeit breiten sich in mir aus. Wie kann Nikita dabei nur schlafen? Ich bin im Begriff, mich ein weiteres Mal umzudrehen, aufzustehen und herauszufinden, was los ist. In diesem Augenblick verstummt das Brausen, und ich halte mitten in der Bewegung inne. Aber etwas anderes ist, wie es nicht sein soll. Etwas ist auf fürchterliche Art und Weise falsch. Es gibt zu wenig Platz, ich kann mich gar nicht umdrehen. Etwas ist im Weg. Etwas von derselben Größe wie ich. Ein Bündel. Ein Mensch. Jemand liegt bei mir im Bett.

Jemand, der nicht hier sein soll, jemand, der mich so sehr

erschreckt, dass ich nicht denken, nicht sprechen kann. Jemand, der vielleicht vor einem Vierteljahrhundert gestorben ist. Blinde Panik ergreift von mir Besitz, und ich versuche verzweifelt, mich an die Wand zu drücken. Will nicht nahe sein, will nicht in Berührung kommen mit …

Ihr. Denn es ist eine Sie. Ich sehe das Haar und ahne, dass der Körper recht klein ist. Sie rückt näher. Ich spüre keine Wärme von den starren Gliedern ausgehen. Sie ist schwer, und ihr Körper klemmt meine Decke fest. Auf der anderen Seite ist die Wand, und dort scheint die Decke seltsamerweise unter der Matratze festgesteckt zu sein. Ich bin zwischen der Wand und einer Leiche gefangen.

Ihre leblose Stimme versucht etwas zu sagen. Es klingt, als würden zwei trockene Holzstücke aneinanderschaben. Ihr Mund ist viel zu nahe an meiner Schläfe, und ich verstehe die Worte nicht. Kalter Schweiß steht mir auf der Stirn und über der Lippe, als ich die winzige Bewegung wahrnehme, die das Kissen rascheln lässt. Es ist ihr starrer Kopf, der sich mir langsam zuwendet.

»Rieche ich?«, fragt eine keuchende Stimme.

Meine Atmung wird hektisch, ich beginne zu hyperventilieren. Mir wird schwarz vor Augen. Ich versuche mich an etwas festzuklammern, egal was. Meine Finger krallen sich in das gestraffte Bettzeug, und ich spüre, dass einige meiner Fingernägel umknicken.

Erst jetzt wird mir bewusst, dass ich noch einen weiteren Geruch wahrnehme, neben diesem wahnsinnig starken Parfüm, das mir jetzt eher wie irgendein chemischer Stoff vorkommt. Wie Nitroverdünnung oder ein industrielles Reinigungsmittel. Ammoniak. Bei jedem Atemzug ist es so, als würde der Geruch durch meine Nasenlöcher zwei weiße, ätzende Löcher in meinen Schädel brennen. Der andere Geruch ist schwerer, aber noch unangenehmer. Ein stickiger, schimmeliger Geruch. Nach welken Blumen, nasser Erde und geborstenem Sargdeckel.

»Nein«, flüstere ich schwach.

Ein leise rauschendes Ausatmen dringt von Nikitas Bett zu mir herüber, gefolgt von gleichmäßigen, ruhigen Atemzügen. Sie träumt sich sorglos durch das Grauen hindurch.

Weil es dieses Grauen gar nicht gibt, denke ich. Es existiert nur in mir. Ich entspanne mich ein ganz klein wenig und denke, dass auch diese ekelhaften Gerüche nicht existieren. Ich kann die Ereignisse nicht kontrollieren, aber ich habe meine Selbstbeherrschung wiedergewonnen.

Das Wesen neben mir merkt, dass meine Panik langsam abklingt. Es stößt ein gurgelndes Geräusch aus. In diesem Augenblick begreife ich. Ich weiß jetzt, wer neben mir liegt. Auch sie existiert nicht. Nicht mehr.

»Emma?«, flüstere ich leise.

Ein schwacher, bejahender Seufzer.

»Willst du mir zeigen, was geschehen ist?«

Eine Hand taucht aus dem Nichts in meinem Gesichtsfeld auf, schwarz vor dem Dunkel des Zimmers. Sie ist klein, aber kräftig, und sie landet auf meiner Stirn. Ich spüre, dass die Weichteile der Handfläche schwammig und in Auflösung begriffen sind. Trotzdem habe ich nichts gegen diese Berührung und ziehe meinen Kopf nicht weg. Ich muss es wissen. Die nasse Kälte der Hand lähmt meine Gedanken. Ich bewege mich, ich bin dort. Es geschieht nicht nach und nach, sondern in einem Augenblick.

Borderline

Feels like I'm goin' to loose my mind

Jemand hat ein rotes Tuch über eine Schreibtischlampe gelegt. Das ist das erste, was ich sehe. Ich sitze auf einem Bett in einem Zimmer, das eines des Studentenheims sein könnte. Es riecht nach billigem Parfüm und dem süßen Schweiß junger Menschen. Meine Hände gehören zu mir. Niemand beachtet mich. Ich bin ein Geist.

Auf dem anderen Bett sitzt Emma Isherwood in einem großen Herrenhemd, das ihren schwangeren Bauch kaschiert. Sie trinkt Rotwein, und ein weizenblonder junger Mann hält sie im Arm, spielt mit ihrem weichen, lockigen, langen Haar. Er hat einen Verlobungsring dabei. Er steckt in einer mit Samt ausgeschlagenen Schachtel in einer der Taschen seines Sakkos. Ich sehe durch ihn hindurch, spüre, dass er glücklich und nervös ist und die ganze Zeit gegen ein Gefühl der Unwirklichkeit ankämpfen muss: er und Emma.

Sie ist sein. Es spielt keine Rolle, dass die Reihenfolge der Ereignisse nicht ganz stimmt. Sie ist sein. Das ist das einzig Wichtige. Auch seine Eltern wissen das. Sie haben erkannt, wie das Glück in ihm erstrahlt. Sie unterstützen Emma und Leo, damit sie zusammenziehen und weiterstudieren können, wenn das Kind zur Welt gekommen ist. Es wird gut, das spürt er. Es könnte gar nicht besser sein.

Ihre Wange ist so weich, so weiß. Wie ein Blütenblatt. Das Kind in ihr bewegt sich. Emma rückt näher und lehnt sich sanft an ihn, so dass die merkwürdigen kleinen Bewegungen in seinem Körper nachhallen.

Es ist Emmas und seine Verlobungsfeier. Und ihr Auszugsfest aus dem Wohnheim. Der Ring passt nicht an ihren Finger. Durch die Schwangerschaft hat sie ein wenig Wasser eingelagert. Wie sehr sie gelacht haben. Ihm brach der Schweiß aus, und schließlich sagte Emma, wir geben auf, das macht nichts, ich trage ihn bis nach der Geburt an einer Kette um den Hals. Das macht nichts, überhaupt nichts.

Die Musik aus dem Kassettenrekorder ist gerade so laut, wie

sie es sich erlauben können. Man muss schließlich auf die Bewohner der anderen Stockwerke Rücksicht nehmen. Yazoo. *Only you*. Harriet und Mary tanzen allein, zerren ein wenig an den Jungs, aber es ist noch zu früh. Die Jungs brauchen mehr Wein und müssen die Diskussionen über Keats erst einmal satthaben, bevor getanzt werden kann. Die große, schmale Joanna sitzt vornübergebeugt auf dem kleinen Sofa und fingert an ihren vielen Armbändern herum. Sheridan Lawson sitzt auch dort, er fingert an Joanna herum. Man kann das verstehen. Sie ist gekleidet wie die anderen Mädchen. Kleines Spitzenkorsett, abgetragene Jeansjacke, Stretch-Minirock und ein Tüchlein um die wilde Mähne geschlungen. Genau wie diese taffe anglo-italienische Sängerin, die plötzlich überall zu sehen ist. Die mit der Lücke zwischen den Schneidezähnen, die ein wenig verderbt und gleichzeitig so unschuldig aussieht. Sie trägt eine Menge Plastikkruzifixe und Rosenkränze. Madonna? Ja, so heißt sie. Er muss über ihre gewagte Art lachen.

Emma passt jetzt in kein Spitzenkorsett mehr rein, aber sie könnte trotzdem nicht schöner sein. Sie leuchtet. Bevor er ihr begegnet ist, hat er eine Affäre nach der anderen gehabt. Er hat allen gehört. Jetzt gibt es nur noch Emma. Emma ist sein Ein und Alles. Er wünscht sich im Stillen, die anderen würden gehen, sich in ein anderes Zimmer verziehen. Er will einfach nur mit Emma allein sein. Seinen Kopf in ihren Schoß legen, ihr das Hemd aufknöpfen und mit ihren prallen Brüsten spielen, sich für immer in diesen Augenblick versenken.

Sheridan Lawson hat etwas gesagt, und die anderen kreischen begeistert, scharen sich um ihn. Leo Chesterfield reckt den Kopf. In Sheridans Hand funkelt etwas. Er hält den Gegenstand mit Respekt, als handele es sich um eine Kostbarkeit. Nein, als sei er gefährlich. Leo kann ein grünes Band erkennen und einen vergilbten kleinen Zettel, der daran baumelt. Sheridan hält sich den Zettel vor die Augen und liest laut und mit ernster Miene. Jemand hat alle Lampen ausgeschaltet, nur die Kerzen auf dem Couchtisch brennen. Die Flammen werden von den Weingläsern und Bierflaschen reflektiert.

»Hilf mir auf, Liebling«, sagt Emma. Ihre Augen sind etwas benebelt. »Was ist das für ein kleiner silberner Gegenstand, den Sheridan da hat? Wie der glänzt! Glaubst du, das ist ein Verlobungsgeschenk für uns?«

Leo Chesterfield hat plötzlich das Gefühl, als würde ein eisiger Wind durch das Zimmer fahren. Kein Alkohol mehr für sie, entscheidet er. Nicht in ihrem Zustand. Wasser. Emma soll von jetzt an nur noch Wasser und Erdnüsse bekommen.

Ich sehe, was der junge Mann in der Hand hält. Ich weiß, was es ist. Eine kleine silberne Flasche, gerundet, in der Mitte etwas schmaler. »Wird die Flasche geöffnet, kommt die Trauer.« Aber ich kann nicht näher treten, offenbar kann ich das Bett nicht verlassen. Ich sehe, dass der junge Mann die Augen aufreißt, als er von der Hexe in der Flasche erzählt. Ich sehe, dass die anderen so tun, als hätten sie Angst, aber auch wie sich die Mädchen heimlich an den Händen fassen. Und ich sehe, dass sich Emma Isherwood plötzlich ein wenig vornüberbeugt und sich schwer an einen Stuhl und an ihren Verlobten lehnen muss. Ihr Mund lächelt, und sie will kämpfen, das ist ihr Fest, sie will keine Spielverderberin sein. Aber ihre Wangen sind weiß, kreideweiß. Sie erschaudert, das sehe ich, aber nicht, weil sie wegen einer Gespenstergeschichte und beim Anblick einer alten Flasche Angst bekommt. Es ist Schüttelfrost. Ich sehe die anderen Mädchen an. Harriet hat Marys Hand losgelassen, ihre Augen sehen seltsam aus. Sie beginnen unkontrolliert in ihrem Kopf zu rollen. Sie sitzt zusammengesunken auf dem Fußboden und hat jemanden um seinen College-Pullover gebeten, um sich darin einzuwickeln. Joanna schlägt mit einer Grimasse ein weiteres Glas Wein aus. Mary wirkt wie weggetreten, obwohl einer der Jungs versucht, sie zu kitzeln und zu erschrecken.

Die kleine Flasche. Der Korken ist immer noch drin. Sie haben noch nichts getrunken. Der junge Mann, der Sheridan Lawson heißt, hält sie ans Ohr und tut so, als würde er lauschen. Ja, sieh mal einer an, etwas gluckert darin. Sollen wir es riskieren? Den Korken ziehen und kosten? Schließlich sind wir vernünftige Menschen und glauben nicht an Gespenster!

In dem Augenblick, in dem er den Korken aus der kleinen silbernen Flasche zieht, verliert Emma Isherwood das Gleichgewicht und stürzt. Der Schrecken steht Leo Chesterfield im Gesicht. Erleichtertes Lachen, als sie weich fällt, auf einen großen lärmenden Burschen in gestricktem Pullover, den die anderen Tiny nennen. Er fängt sie auf, als wäre sie eine Puppe, hält sie in den Armen, gibt ihr die Flasche. Die werdende Braut zuerst. Man lebt nur einmal.

Emma kann gerade noch die Flasche an die Lippen setzen und sie mit einem einzigen, bitteren und giftig grünen Tropfen befeuchten. Leo Chesterfield schlägt die Hand vor den Mund, er will Nein rufen, Liebling, trink das nicht. Aber er schweigt. Emma hat ihren eigenen Kopf. Den hat sie schon immer gehabt. Er muss sie gewähren lassen.

Joanna, Mary und Harriet wiederholen die Prozedur, dann bekommt Sheridan die Flasche. Er ist mutig und maßlos, weiß möglicherweise auch, was sich Gemeines in der Flasche verbirgt und wo es mehr gibt. Er trinkt einen großen Schluck und fährt sich mit der Hand an den Hals, als würde ihm die Kehle brennen. Wie Dr. Jekyll. Dann blinzelt er Tiny und Leo zu. Sie folgen seinem Beispiel. Es ist nur billiger Absinth.

Viel mehr passiert nicht, doch dann bricht Emma zum zweiten Mal auf dem Fußboden zusammen. Ihr Unterkiefer bewegt sich auf beunruhigende Art. Ihr Blick ist verschleiert, aber die

Angst in ihr ist deutlich zu erkennen. Schwarze, glänzende Augen, die hin und her irren. Sie sieht mich eine Sekunde lang an. Sie befindet sich in einem Grenzland. Ich kann nicht helfen. Was geschieht mit mir?, fragt ihr verzerrtes Gesicht. Alles entzieht sich ihrer Kontrolle. Ihr Mund, ihre Zunge gehorchen ihr nicht mehr. Helft mir! Helft!

Jemand stürzt runter zur Pförtnerloge, um einen Krankenwagen zu rufen. Die Jungen legen Emma aufs Bett. Das Bett, auf dem bereits ich sitze, unsichtbar für alle andern. Mary weint hysterisch. Joanna würde gerne weinen, hat aber nicht die Kraft dazu. Sie ist aschgrau und hängt über einem Stuhl. Harriet schwankt und hält sich am Türrahmen fest. Ihr Haar ist schweißnass und ringelt sich an den Schläfen.

Emma stirbt wenig später im Bett. Laut der offiziellen Version erfolgte der Tod erst im Krankenwagen, aber ich sehe, dass ihre Seele den Körper verlässt und zur Decke aufsteigt. Sie hat keine Form, keine definierbare Farbe, aber ich sehe sie. Erkenne die Unruhe. Das Kind? Das ist Emmas letzter Gedanke.

Etwa eine Stunde später erleidet Harriet dasselbe Schicksal. Dann Joanna. Mary überlebt die Nacht, bricht aber am nächsten Morgen im Frühstückssaal zusammen.

In Emmas Mundwinkeln hängt weißer Schaum. Ich kann ihre bleiche, kalte Stirn nicht berühren. Jetzt ist es vorbei, jetzt müsstest du Frieden gefunden haben, denke ich, aber ich weiß, dass es nicht so ist. Noch hat sie keinen Frieden gefunden.

Emmas tote Hand ruht jetzt auf meiner Stirn. Ich bin wieder in meinem eigenen Bett. Während der ganzen Zeit war das tosende, brausende Geräusch des Wassers zu hören. Es verstummt erst, als ich erwache.

27. Kapitel

Ich muss unbedingt mit Inspektor King sprechen.

In dem Augenblick, in dem dieser Gedanke bis in meinen leichten Schlaf vordringt und mich mit der Betonung auf *muss, muss, muss* umkreist, klopft es vorsichtig an der Tür, und ich erwache gänzlich.

»Telefon. Ein Anruf für Maja«, sagt Errol hinter der geschlossenen Tür. Ich stolpere aus meinem klammen, verschwitzten Bett, bemerke, dass Nikita noch immer tief und fest schlummert, greife im Dunkeln nach meinem Morgenmantel und eile hinter Errol her zur Pförtnerloge, in der sein Frühstück kalt wird. In der Morgendämmerung begegnen wir niemandem.

»Entschuldigen Sie, Errol …«, sage ich heiser.

»Ach was. Früher hatte ja kaum einer der Bewohner ein Handy. Da waren wir ständig wegen irgendwelcher Anrufe und Nachrichten auf Achse. Aber die Zeiten sind lange vorbei. Sie können da drin telefonieren.«

Das enge Büro des Hausmeisters ist mit Holzimitat im Stil der Siebzigerjahre verkleidet, und an manchen Stellen löst sich die Beschichtung. Drei Spinde stehen in der Ecke, und der Fernsehapparat ist so diskret platziert, dass er vom Gang vor der Pförtnerloge aus nicht zu sehen ist. Ein Regal ist mit Dingen des täglichen Bedarfs vollgestopft, die man eventuell gerade dann gebrauchen könnte, wenn alle Läden geschlossen haben. Oder wenn man, nach tagelangem intensiven Büffeln, keine Lust mehr hat, in die Stadt zu gehen: Tampons, Dosensuppen und Kekse. Kleine Tüten mit Käsegebäck. Und natürlich Teebeutel. H-Milch. Alles zum Selbstkostenpreis.

Errol führt mich zu dem aufgeräumten Schreibtisch, deutet auf den neben dem Telefon liegenden Hörer, greift sich seine Teetasse und lässt mich allein. Die Polsterung des Drehstuhls ist aufgeplatzt und notdürftig mit silbernem Klebeband repariert. Der Stuhl ist bequem.

Der Hörer riecht nach Erde, Nähmaschinenöl, älteren Männern, aber nicht unangenehm. Ich muss nach dem richtigen Wort suchen… Er riecht nach Arbeitern. Der Telefonhörer riecht nach Arbeitern.

»Entschuldigen Sie, dass ich so früh anrufe. Aber ich muss Sie umgehend sprechen, Maja. Wo sind Sie heute anzutreffen?«

Es ist Kriminalinspektor King. Fast kann man Brightons Wellen im Hintergrund rauschen hören.

»Ich… ich wollte Sie heute auch anrufen!«

»Ach? Ist etwas passiert?«, fragt King ernst.

Ich kaue auf meiner Unterlippe.

»Ja… nein, nichts Konkretes… ich wollte einfach nur mit Ihnen sprechen«, sage ich und höre, wie kindisch das klingt. Egal!

»Ich bin den ganzen Nachmittag in der Galerie des Mary-Magdalene-Instituts«, fahre ich fort. »Ich muss mithelfen, eine wichtige Ausstellung vorzubereiten. Könnten Sie vielleicht dorthin kommen, können wir vielleicht dort über alles sprechen?«

Eine Fischmöwe kreischt ganz in der Nähe von Inspektor King. Steht er vielleicht mit seinem Handy im Freien? Ich stelle mir vor, wie er über das morgendlich menschenleere Pier schaut.

»Gut«, sagt er. »Gut, dass Sie unter Leuten sein werden.«

Der Hörer wird plötzlich eiskalt in meiner Hand.

»Warum? Können Sie mir nicht noch mehr sagen?« Meine

Stimme wird plötzlich zu einem krächzenden Flüstern. Ich habe das Gefühl, dass mein Mund voller Sand ist, und bekomme die Worte kaum über die Lippen.

»Hm«, murmelt er. Ich sehe sein Gesicht mit den gerunzelten Brauen vor mir. »Also, Sie sagten doch, dass Ihre Mutter in Oxford gewesen sei? Dass Sie nicht wüssten, warum, aber dass dieser Umstand irgendwie von Bedeutung sein müsse? Sie hatten recht. Dann ist da auch noch etwas anderes.«

Ich weiß nicht, was ich erwidern soll. King fährt fort:

»Ich kann um zwei in Oxford sein. Ich komme direkt in diese Galerie. Aber können Sie bis dahin etwas für mich tun, Maja?«

»Natürlich, Insp… Steve.«

Ich höre, dass er tief seufzt.

»Es ist sehr wichtig. Sie müssen dafür sorgen, dass Sie bis zu meinem Eintreffen in Gesellschaft anderer sind. Ich will unter keinen Umständen, dass Sie allein sind. Oder nur in Gesellschaft einer einzigen Person.«

Auf dem Weg aus dem Büro fällt mein Blick auf einen offenen Werkzeugkasten auf dem Fußboden. Ein Schraubenzieher mit gelbem Griff fesselt meine Aufmerksamkeit. Ohne dass ich weiß, wie, liegt er plötzlich in meiner Hand, glänzend und überraschend schwer. Er fühlt sich gut an.

»Danke, Errol. Den hier borge ich mir aus«, sage ich leise und schiebe das Werkzeug in die Tasche meines Morgenmantels, während ich an ihm vorbeieile. Er steht mit dem Rücken zu mir und befestigt etwas am Schwarzen Brett. Ich glaube nicht, dass er mich gehört hat.

Die Morgensonne sickert in den Korridor, und ein milder Schimmer legt sich auf die unzähligen verschlossenen Türen.

Bald wird ganz Mill Creek Manor erwachen. Ich stehe vor unserer Tür und starre auf die angeschraubten, blanken Messingziffern, auf denen ein glitzernder Sonnenstrahl reflektiert. Nummer 45. Es sieht aus, als würden die Zahlen brennen.

Der Gürtel meines Morgenmantels hat sich gelöst, aber das ist mir gleichgültig. Ich trage nur ein großes T-Shirt drunter. Ein kalter Luftzug streicht mir um die nackten Knie. In einem anderen Gang muss ein Fenster offen stehen, denn ich habe den Geruch von Winterluft in der Nase und höre irgendwo in der Ferne kleine Vögel zwitschern. Gut. Die Kälte sorgt für einen klaren Kopf.

Ich wiege den Schraubenzieher in der Hand. Spiele fast mit ihm. Hinter der Tür schläft wahrscheinlich immer noch Nikita. Ich denke darüber nach, wie schwierig, ja unmöglich es ist, Steve Kings Wunsch nachzukommen. Im Augenblick bin ich allein. Wenn ich zu Nikita reingehe, bin ich ebenfalls allein – mit einer anderen Person. Er kann doch wohl nicht meinen, dass …

Wieder höre ich die kleinen Vögel. Jetzt klingt es jedoch eher wie fernes Frauenlachen. Weiche Stimmen, mehr als zwei. Fröhliches Geplauder. Drei Frauen. Nein, vier. Sie kommen näher.

Aber ich schaue mich nicht um. Das ist unnötig. Ich weiß, dass sie nicht da sind. Nicht mehr.

Mama, komm. Bitte. Hilf mir. Ich bin so dicht dran. Ich spüre es. Hilf mir, bitte. Dann werde ich versuchen, auch dir zu helfen. Ich werde tun, was immer du von mir verlangst.

Und sie kommt. Der Maiglöckchenduft durchdringt mich von innen, er steigt in mir auf, quillt hervor und lässt meine Augen tränen.

Sie ist hier. Sie ist bei mir. Sie ist, wie sie war. Ihre Hände heben vorsichtig mein Haar in meinem Nacken. Es sind keine steifen, kalten, rauen und toten Hände mehr. Sie sind weich, warm und voller Zärtlichkeit. Ich beuge den Kopf wie im Gebet, und ich erinnere mich. So konnte sie auch sein. Nicht oft. Aber sie konnte.

Sie beugt sich vor und drückt ihre Nase an meinen Hinterkopf. Ich sehe sie nicht, aber habe das Gefühl, dass sie mein Haar begutachtet, es bewundert, sich daran erfreut. Wir sind jetzt gleich groß. Nein. Wir wären gleich groß. Ich kann nicht aufschauen, will nicht, dass dieser Augenblick vorübergeht. Meine Tränen fließen ungehindert, und ein entlegener, vernünftiger Teil meines Bewusstseins merkt, dass die Vorderseite meines T-Shirts feucht wird.

»Was …?«, bringe ich leise schluchzend über die Lippen. »Was soll ich tun?«

Ein gedämpftes Pst! neben meinem Ohr. Vielleicht ist es aber auch nur das Sausen des Windes.

Dann nimmt sie meinen Hinterkopf mit beiden Händen und rückt ihn gerade. Stützt meinen Kopf. Das ist himmlisch, ich wünschte, sie würde mich immer so halten, denn mein Kopf kommt mir viel zu groß und schwer vor für meinen dünnen Hals. Aber sie lässt los. Als sie ihre Hände fortzieht, hält sich die Erinnerung an ihre Berührung wie ein zarter Hauch auf meiner Haut.

Ich atme tief ein. Meine Nase ist nicht mehr verstopft, und mein Weinen ist verebbt. Der Duft von Maiglöckchen ist ebenfalls verschwunden. Ich rühre mich nicht von der Stelle und blinzele ins Licht. Mein Blick landet wieder auf den Messingziffern an der Tür. Nummer 45. Dann bemerke ich einen schweren Gegenstand in der Tasche des Morgenmantels und erinnere mich an den Schraubenzieher.

Die Vier lasse ich in Ruhe. Stattdessen konzentriere ich mich auf die Fünf. Mit rasender Energie mache ich mich an den kleinen Schrauben zu schaffen. Die Messingzahl fällt zu Boden. Ich lasse sie liegen. Den Schraubenzieher stecke ich wieder in die Tasche. Dann fahre ich mit den Fingern über die Spuren der Metallfünf in der dicken Farbschicht. Fast sofort spüre ich, was ich bereits geahnt habe. Die Konturen einer anderen Zahl. Andere Schraubenlöcher, die zugespachtelt und übermalt worden sind. Wie eine Blinde folge ich dem alten Abdruck mit den Fingerspitzen. Kein Zweifel: Es ist eine Sechs.

»Oh nein. Zimmer 46 gibt es nicht«, murmele ich leise mit einem verbissenen, fast irren Unterton in der Stimme. »Es gibt kein Zimmer 46 im Nordflügel. Nein, nein. Und in welchem Zimmer haben Nikita und ich dann die ganze Zeit gewohnt?«

28. Kapitel

Raymonds Frühschicht hat soeben begonnen, und er will gerade in einen Toast beißen, als eine Furie mit irrem Blick, wirrem Haar und flatterndem Morgenmantel sich auf ihn stürzt. Die Furie bin ich.

»Vielleicht hätten Sie endlich mal die Güte, mir die Sache mit den Zimmernummern zu erklären!«, kreische ich. »Was ist das für ein verdammtes Totenzimmer, in das Sie Nikita und mich gepfercht haben?«

Der tapsig gutmütige Mann legt seinen Toast beiseite und hebt das vom Leben gezeichnete Gesicht.

»Setzen Sie sich. Glauben Sie, wir hatten eine andere Wahl?«, fragt er gedämpft.

»Nach dieser fürchterlichen Tragödie, der ganzen polizeilichen Ermittlung und allem, was in den Zeitungen gestanden hat? Wir haben ein ganzes Jahr lang renoviert und verschönert. Die Renovierung war lange überfällig. Es regnete durchs Dach, die Wände waren nicht isoliert und die Wasserleitungen über hundert Jahre alt. Das hat viel Geld gekostet. Aber dann … ja, es hat nichts genützt. Wir hatten große Probleme. All die Gerüchte. Es war schrecklich. Widerlich. Viele Studenten, die wir für Mill Creek Manor gewinnen wollten, hatten Angst vor Gespenstern. Ihre Eltern glaubten, das hier sei eine Art Sodom und Gomorrha. Man konnte es ihnen schlecht verübeln. Aber das Schlimmste waren all die Sensationshungrigen, diese verdammten Hyänen … Es gab sogar einen jungen Journalisten, der sich nur an der Universität einschrieb und hier einzog, um eine Insidergeschichte über Zimmer 46 schreiben zu können. Er streifte umher, störte die anderen Studenten und steckte seine Nase überall rein … Wir haben dem natürlich ein Ende bereitet. Aber noch heute kommen Touristen, die Fotos machen wollen … Schriftsteller … und Gespensterjäger. Wir konnten dieses Zimmer nicht behalten. Also haben wir im Nordflügel ein paar Zwischenwände herausgerissen und dafür gesorgt, dass alle Zimmer ein eigenes Bad bekamen. Zimmer 45 und 46 wurden ein Doppelzimmer. Wir haben Zimmer 46 ganz einfach beseitigt. Seither ist Ruhe.«

»Ruhe?«, sage ich mit frostiger Stimme. »Das Zimmer ist doch noch da. Ruhig war es wirklich nicht, das kann ich Ihnen versichern.«

»Was soll ich sagen? Es tut mir leid, wenn Sie sich dort nicht gut untergebracht fühlen. Wir versuchen wirklich, uns um Sie zu kümmern, so gut es geht …« Raymond unterbricht sich. Er schaut verzweifelt auf seine großen Hände, die tatenlos im Schoß liegen.

»Renovierung?«, sage ich und spüre, dass mir eine große Hand das Herz abdrückt. »Sie haben gesagt, alle Zimmer im Nordflügel hätten ein eigenes Bad bekommen. Und wie war es vorher?«

Raymond schaut auf und kratzt sich an der Nase.

»In jedem Stockwerk gab es gemeinsame Waschräume«, sagt er. »Einer für Damen und einer für Herren.«

»Ach so. Toiletten, Waschbecken und Duschen, oder?«

»Ja, all das.«

Eine seltsam bittere Ahnung steigt in mir auf, beginnt wie ein giftiger Keim in mir zu wachsen.

»Wohnten noch andere Studentinnen im selben Stockwerk?«, frage ich.

Raymond zählt an den Fingern ab.

»Harriet… Joanna und Mary… ja, und dann natürlich noch Emma. Ich werde sie nie vergessen. Wissen Sie, bösartige Zungen behaupten, dass sie beim Examen gemeinsam geschummelt hätten. Dass es herausgekommen sei und dass sie… etwas genommen hätten… um ihren Eltern den Skandal zu ersparen. Aber ich kannte diese Mädchen. So etwas Dummes hätten sie nie getan.«

Raymond blinzelt, als sei ihm irgendetwas ins Auge geraten, und ich frage mich, was er mir eigentlich sagen wollte. Dass die Mädchen niemals so dumm gewesen wären zu schummeln oder dass sie sich keinesfalls das Leben genommen hätten.

»Gab es noch andere Frauen auf diesem Stockwerk?«, frage ich erneut. Das kann nicht alles so simpel und gleichzeitig so grauenhaft gewesen sein. Oder? Oh doch. Ich weiß es. Ich spüre es wie eine nagende, bohrende Gewissheit in mir. Ich bin der Lösung des Rätsels ganz nahe.

»Nein. Es wohnten keine anderen Mädchen ganz oben im Nordflügel«, sagt Raymond.

»Und die Polizistinnen, haben die während der Ermittlungen denselben Waschraum benutzt?«, frage ich.

»Ja. Daran erinnere ich mich noch deutlich«, sagt Raymond.

Ich schüttele resigniert den Kopf. Jetzt beginne ich zu begreifen, wie es zugegangen sein muss. So sinnlos. Wie leicht sich das alles hätte vermeiden lassen, wenn man es nur bemerkt hätte…

»Und der Damenwaschraum ganz oben im Nordflügel hatte vermutlich seinen eigenen Heißwasserboiler?«, erkundige ich mich, obwohl ich es bereits weiß.

»Ja, so war es«, antwortet Raymond.

»Ein altes, klappriges Ding?«

Er nickt und starrt dumpf vor sich hin.

»Nun denn. Danke… danke, ich glaube, ich hab jetzt verstanden«, sage ich leise, wende mich ab und winke kraftlos mit der Hand.

»So war das also mit der Sussex-Hexe«, murmele ich, während ich zu unserem Zimmer zurückgehe. Keine Hexe. Kein Fluch. Kein Gift. Keine Intrigen oder Verschwörungen, kein Selbstmordpakt und keine Racheaktion, sondern eine tödliche Kontamination, lebensgefährliche Umstände für eine kleine Gruppe von Frauen, die alle gewisse Gewohnheiten hatten. Dessen bin ich mir jetzt vollkommen sicher. Ein furchtbar tragisches und unnötiges Ereignis. Noch ehe das Leben richtig begonnen hatte.

Meine beunruhigende Vorahnung und dazu Inspektor Kings Unheil verheißende Andeutungen, dass ich in Gefahr schweben könnte, versetzen mich in einen seltsamen Gemütszustand, aus dem ich mich erst einigermaßen lösen kann, als ich das Ausstellungslokal erreiche.

Die Galerie für die Winterausstellung und die meisten Ausstellungen, die von der Akademie organisiert werden, war ursprünglich ein wichtiger Treffpunkt im Zentrum Oxfords. Einmal im Jahr wird der stolze Saal wieder seiner ursprünglichen Bestimmung zugeführt: beim nächtlichen Maskenball zur Frühjahrs-Tagundnachtgleiche. Dann stecken die Hausmeister Kerzen in die zwei riesigen Kronleuchter, die an Ketten in vier Metern Höhe über dem hellen, wie Blauschimmelkäse geäderten Steinboden hängen. Sie bauen eine Bühne für das Orchester auf, verkleiden die Säulen mit frischem Laub und stellen in den angrenzenden Räumen Tische für die Erfrischungen auf.

Ich schaue zu den Kronleuchtern empor und meine dort den Widerschein einer solch zauberhaften Nacht zu sehen. Die weiße Decke ist an den Rändern mit vergoldetem Stuck abgesetzt, in dem sich die Kerzen spiegeln. Der ganze Saal schimmert und glänzt. Altmodische Kellner in Livree schöpfen Bowle aus versunkenen Zeiten in kleine silberne Henkeltassen. Ein trübes Gebräu aus Zitronensaft, Kognak, Ingwerlimonade und rubinrotem Wein.

Kleider in Schlüsselblumengelb, Mondscheinweiß und Rosa rascheln vorbei. Die männlichen Teilnehmer des Festes haben sich nicht nach akademischem Rang verkleidet, aber die Unterschiede sind trotzdem deutlich erkennbar. Die Dons von Oxford mit ihren grauen Häuptern tragen ihre staubigen Fracks wie eine zweite Haut, die Fellows zwängen ihre männlich breiten Schultern und ihre beginnenden Bierbäuche in Maßanzüge moderneren Schnitts, und die Doktoranden wirken in ihren unbequemen Lackschuhen, billigen Hemden und geliehenen Hosen von allen am ungezwungensten.

Alle verstecken ihre Gesichter hinter einer Maske. Der nächtliche Maskenball zur Frühjahrs-Tagundnachtgleiche verlangt, wie es der Name schon sagt, Maskierung.

Traditionell trägt man Halbmasken in venezianischem Stil, Karnevalsmasken, die an Rokoko und die Oper denken lassen. Oft beziehen die Masken der Damen ihre Themen aus Flora und Fauna und sind als Huldigungen an die Nacht zu verstehen: Falter, Vögel, Katzen oder Blumen aus Federbüschen, Samtbändern und Schleiern.

Die Männer haben zwei verschiedene Arten von Masken. Entweder einfache Seidenbinden in Schwarz, Gold oder Grün mit zwei Schlitzen für die Augen und eventuell ein oder zwei Schmuckfedern oder – beliebter – zweideutige, wahnsinnig hässliche Masken mit enormen Hakennasen, Hörnern, diabolisch schiefen Augenhöhlen und unnatürlich stark hervortretenden Wangenknochen. Kein Wunder, dass der Maskenball den Ruf hat, potenzsteigernd zu wirken. Mit einer Verkleidung fällt es leichter, jemand anderes zu sein, sich hinzugeben.

Meine Sohlen gleiten lautlos über den polierten Boden. Er glänzt beinahe metallisch. Unter meinen Füßen kann ich, verschwommenen Farbstreifen gleich, das maskierte Lachen der Tänzer vorbeiwirbeln sehen. Generationen von Oxfordbällen spiegeln sich in dem harten Stein. Wenn ich im Frühling noch hier bin, denke ich, werde auch ich diesen Ball besuchen, so viel ist sicher.

Aber jetzt bin ich allein hier. Um mich herum im Saal ein Gewirr aus halbfertigen Installationen, hängenden und noch nicht hängenden Gemälden, Stapeln von Jacken und Plastiktüten und den kleinen Kästen mit Künstlerbedarf, an deren Anblick ich mich an der Akademie gewöhnt habe.

Eine lange gehäkelte Wurst schlängelt sich um das Modell eines kleinen Wäldchens. Richtige kleine Tannen, die in einen Holztrog gepflanzt sind. Erde und ein Kehrblech liegen daneben auf dem Fußboden. Die Luft ist erfüllt von Erwartung und nur mühsam gezügelter Hysterie. Aus einem der angrenzenden Räume dringt das vertraute Geräusch eines Wasserkochers kurz vor dem Siedepunkt zu mir herüber.

Junge gedämpfte Stimmen. Und dann eine unfreundliche, dunkle Stimme, die sich unter die anderen mischt. Jack. Er ist bereits hier. Der Gedanke, ihm wieder gegenübertreten zu müssen, lässt meine Knie weich werden. Aber ich habe jetzt keine Zeit, mich diesem Gefühl hinzugeben. Ich gehe auf das kleine Zimmer am Ende des Ausstellungssaals zu.

»Hallo«, sage ich schüchtern und trete ein. Etwa zehn Studenten der Abschlussklasse, Jack und ein weiterer Freiwilliger, der genau wie wir mithelfen will, unterhalten sich und essen Plätzchen. Jack sieht mir in die Augen und hebt die Hand zum Gruß. Das hatte ich nicht erwartet. Ein kurzes Flattern in meinem Bauch. Von den anderen kenne ich im Prinzip nur Arabella Chesterfield.

Sie sind schon länger da, ich hätte früher erscheinen sollen. Ich komme mir sehr dumm vor.

»Oh«, sagt Jack. »Die berühmte schwedische Arbeitsmoral. Genau das, was wir brauchen.«

Arabella Chesterfield hält mir ein Plätzchen mit Marmeladenfüllung und einem kleinen Herz in der Mitte hin.

»Ich warte noch darauf, dass meine Installation geliefert wird«, sagt sie. »Wir beide könnten doch solange die Wände etwas aufpeppen?«

Ausgerüstet mit Radiergummi, Hammer, Rasierklingen und einem kleinen Eimer weißer Wandfarbe betreten wir den Saal. Arabella erklärt mir, dass von den vielen Ausstellungen im Laufe des Jahres überall noch Nägel, Reißzwecken, doppelseitiges Klebeband und Flecken sich lösender Farbe zurückgeblieben seien. Nach einer Ausstellung sei man oft zu müde, zu aufgedreht oder ganz einfach zu betrunken, um beim Abtransport des eigenen Werkes mehr als bloß die gröbsten Spuren zu beseitigen.

»Schau mal hier«, sagt sie und deutet auf ein paar Flecken blauer und rosa Ölfarbe. »Da war jemand so spät dran, dass die Farbe auf der Leinwand noch gar nicht getrocknet war.«

Ich kratze mit einer Rasierklinge an den Flecken herum und tupfe dann ein wenig weiße Farbe darauf.

»Es ist okay so«, sagt die Tochter des Professors. »Solange es auf Abstand einigermaßen akzeptabel aussieht.«

29. Kapitel

»Aufregende Kunstwerke«, meint Inspektor Steve King nachdenklich. Er lehnt sich an die Säule direkt hinter dem Foyer und betrachtet die Werke der Studenten. Wir haben zwei Stunden schweißtreibender Arbeit hinter uns, um in diesem Sammelsurium kluger Ideen, experimenteller Installationen und Formenspiele eine Art Ordnung zu schaffen, aber jetzt nimmt die Ausstellung langsam Gestalt an.

Der Inspektor sieht nüchtern und ernst aus. Sein Anzug sitzt tadellos, und sein Gesichtsausdruck wirkt gefasst, aber hinter der Fassade schwelen Unruhe und Sorge.

»Sehr professionell«, ergänzt er mit einem Blick auf die trendig-schlichte Graphik des Ausstellungskatalogs. Die kleinen glänzenden Hefte riechen noch nach Druckerfarbe. Ich stelle den Karton mit den Weingläsern, den ich gerade auspacken wollte, in eine geschützte Ecke auf einen der Klapptische und ziehe einige Male an meinem Halsausschnitt, um etwas Luft zwischen den Stoff und meinen erhitzten Körper zu lassen.

»Können wir irgendwo hingehen, wo wir ungestört sind?«, fragt King und legt mir eine Hand auf die Schulter.

»Natürlich, aber dann bin ich ja allein mit einer anderen Person«, versuche ich zu scherzen.

King lächelt nicht. Als wir das Foyer durchqueren, sehe ich Jack Winters fragende Miene durch eine der weit geöffneten Türen. Er kämpft auf dem Hof damit, drei zusammengeschraubte Schaufensterpuppen aus einem Lieferwagen zu wuchten. Die Puppen gehören zu Arabella Chesterfields Installation »Enfant Terrible«, eine Art Skulptur, die vermutlich ziemlich spektakulär ist.

Im Dunkel des Lieferwagens kann ich auch Arabellas blonden Kopf ausmachen. Sie wirkt jetzt wirklich unglaublich gestresst. Das gesamte Ambiente strahlt nervöse Erwartung aus. Ich glaube, den Ausstellern ergeht es genauso wie Musikern vor einem wichtigen Konzert oder Schauspielern vor einer Premiere. Glänzende, weit aufgerissene Augen, rote Wangen, extreme Reizbarkeit. Werden wir wirklich fertig? Welche Galeristen kommen? Was werden sie denken? Und wenn der Abend vorüber ist: Wer wird in den Genuss kommen, die berauschende Wirkung des Triumphs zu verspüren?

Denn schließlich ist es so, als würde man sein Innerstes der allgemeinen Betrachtung preisgeben, denke ich, und dieser Gedanke lässt mich schaudern. Aber es ist eher ein wohliges Schaudern.

Der kleine Anbau ist leer. Inspektor Kings Gesicht hat sich zu einer einzigen finsteren Frage verdüstert, und mir wird bewusst, dass ich über dem schillernden Treiben der Ausstellungsvorbereitungen unser Telefongespräch fast vergessen habe. Mit seinem Taschentuch staubt er zwei Plastikstühle für uns ab.

»Ich habe getan, worum Sie mich gebeten haben«, beeile ich mich zu versichern. »Ich bin immer unter Leuten gewesen.«

»Gut«, sagt er. »Ich habe eben mit jemandem hier in Oxford gesprochen und mich davon überzeugt, dass Sie aus der befürchteten Richtung keinem Risiko ausgesetzt sind. Die verdächtige Person hat ein glaubwürdiges Alibi für den Mordabend. Das ist leider schon alles, was ich Ihnen sagen kann. Obwohl es wirklich ein verdammt seltsamer Zufall ist … Und ich glaube nun mal nicht an Zufälle.«

Er sagt das nachdenklich, als wäre ich gar nicht da.

»Nichts von Bedeutung für die Ermittlungen also?«, frage ich. Meine Worte holen ihn in die Gegenwart zurück.

»Ich weiß nicht«, erwidert er, und in diesem Augenblick sehe ich etwas an ihm, das mich mehr erschreckt als alle Albtraumbilder zusammen. Ein Schatten zieht über das Fenster, und die nackte Glühbirne flackert. Der Inspektor sieht machtlos aus. Machtlos, verwirrt und müde.

Noch etwas anderes muss ich mir eingestehen, etwas, was ich verdrängt hatte: Irgendwo dort draußen lauert ein Mörder. Ein schonungsloser, brutaler Mörder, dessen Gesicht, Namen, Motiv und Pläne wir nicht kennen.

»Sie dürfen mir wahrscheinlich nicht sagen, mit wem Sie gesprochen haben?«, frage ich. Meine Stimme ist schwach und leise. King schüttelt ernst den Kopf, und ich denke, dass er es eigentlich gar nicht zu sagen braucht.

Das kleine Frauenporträt auf einem Stück Treibholz. Ich weiß genau, wen Steve King verhört hat. Diese Person werde ich selbst zur Rechenschaft ziehen, auf meine Weise. Ich werde die Bedingungen diktieren. Jetzt noch nicht, aber bald.

»Was wollten Sie also von mir?«, fragt King.

Ich schließe zwei Sekunden lang die Augen und denke an den Traum. Ich stelle mir die neblige Strandpromenade vor. Den Bettler mit seiner Schirmmütze und seinen Zigarettenstummeln. Jemand beugt sich vor und gibt ihm ein Pfund. Vielleicht bin ich das selbst. Aber es kann auch jemand anders sein, zu einem anderen Zeitpunkt. Vielleicht bleibt dieser Jemand gar nicht stehen, sondern eilt in der Dunkelheit an ihm vorbei, mit gebeugtem Kopf, so dass das Gesicht nicht zu sehen ist. Jemand, der den Bettler nicht sieht. Aber der Bettler sieht. Sieht langes, hängendes Haar, das auf die Schultern fällt, als sie vornübergebeugt vorbeirennt.

»Eine Frau«, sage ich leise. »Haben Sie darüber nachgedacht, dass der Mörder eine Frau sein könnte?«

»In der Tat, das haben wir«, sagt King und setzt sich gerade hin. Es ist ihm einigermaßen erfolgreich gelungen, wieder zu seinem munteren und aufmerksamen Aussehen zurückzufinden. »Und wie kommen *Sie* auf diesen Gedanken, wenn ich fragen darf?«

Ich zucke etwas dümmlich mit den Achseln.

»Anfänglich schlossen wir diese Möglichkeit aufgrund der Art des Verbrechens aus. Im Hinblick auf die enorme Kraft, die nötig war, und die starke sexuelle Konnotation. Aber dann tauchte ein neuer Zeuge mit einigen interessanten Informationen auf«, fährt King fort.

»Pete«, sage ich. »Als Sie und ich im Café in Brighton saßen.«

»Ja. Ich kann das guten Gewissens zugeben, denn Sie haben sich ja bereits einiges zusammengereimt. Als er aus der Entziehungsklinik kam, ist ihm, wie gesagt, einer dieser Zettel mit der Bitte um Hinweise untergekommen, die wir auf Ihren Wunsch hin noch einmal überall in Brighton verteilt hatten. Und, nun ja, er kann sich an den Mordabend erinnern. An eine Person mit langem, flatterndem Haar, die er kurz vor dem Wolkenbruch vom Pier verschwinden sah.«

»Das könnte eine unschuldige Passantin oder auch ein Passant gewesen sein«, wende ich ein.

»Natürlich«, sagt King und verbirgt ein Lächeln hinter der Hand. »Entschuldigen Sie, aber Sie klingen fast schon wie eine Ermittlungsbeamtin. Die Sache ist nur die, dass die Beschreibung auf keine der Personen passt, von denen wir wissen, dass sie sich zum fraglichen Zeitpunkt in der Nähe des Piers aufgehalten haben. Natürlich kann es auch ein Mann mit langen Haaren oder einer Perücke gewesen sein. Jemand, der sich verkleidet hat, um uns in die Irre zu führen. Leider können wir mit dieser Information im Augenblick nicht mehr anfangen, aber sie ist dennoch interessant.«

»Okay. Ich verstehe. Bleiben Sie noch zur Vernissage?«, frage ich.

»Nein danke«, erwidert der Inspektor und lächelt erneut. »Ich hätte große Lust, aber ich muss so schnell wie möglich nach Hause. Der Kleine hat wieder Fieber.«

»Der Ärmste«, sage ich. »Aber, Steve, apropos Fieber. Es gibt noch einen Punkt, über den ich mich gerne mit Ihnen unterhalten würde, und der betrifft das Massaker von Mill Creek Manor.«

»Und?« Die tiefe Falte zwischen seinen Brauen ist wieder da. Er beugt sich aufmerksam vor, als wolle er sich keines meiner Worte entgehen lassen.

»Ich weiß, dass sich nichts beweisen lässt«, beginne ich zögernd, »aber ich habe ein sehr deutliches Gefühl oder wie man das nennen soll. Etwas, das für die Familien der Toten vielleicht von Interesse sein könnte … um die Sache zu einem Abschluss zu bringen.«

»Sagen Sie mir, was Sie denken«, fordert mich Steve auf und nickt aufmunternd.

»Ich glaube nicht, dass etwas Unrechtmäßiges geschehen ist«, sage ich. Der Pullover auf meiner Haut fühlt sich plötzlich ganz eisig an. »Auch nichts Übernatürliches. Ich glaube, das Ganze war ein unbeschreiblich trauriges Unglück.«

»Sprechen Sie weiter«, ermahnt mich King.

»Okay«, sage ich und reibe meine Hände in der Hoffnung, dass sie warm werden. »Es gab damals nur Gemeinschaftswaschräume auf jeder Etage, einen für Damen und einen für Herren. Ich vermute, dass durch ein Leck des Heißwasserboilers Feuchtigkeit in die Lüftung des Damenwaschraums im obersten Stockwerk des Nordflügels eindrang. Die einzigen Studentinnen, die dort oben wohnten, waren Joanna, Mary, Harriet und Emma. In der Feuchtigkeit entstanden gefährliche Bakterien, die durch das Gebläse dann in den Waschraum gelangten. Ein unsichtbarer, tödlicher, ständiger Nebel direkt ins Bad der Damen. Deswegen erkrankten auch die Polizistinnen. Weil sie dasselbe Bad benutzten, wenn sie zur Toilette mussten. Ich glaube, dass Joanna, Mary, Harriet und Emma an einer schweren Form der Legionärskrankheit gestorben sind. Offenbar führt sie in den schlimmsten Fällen innerhalb weniger Stunden zum Tod.«

Inspektor King schweigt und wiegt seinen Kopf hin und her.

»Wie grauenhaft«, sagt er schließlich. »Wir werden es zwar nie erfahren, aber es klingt nicht unwahrscheinlich … mein Gott, wie grauenhaft! So unnötig. So verdammt sinnlos.«

Eine Weile lang fürchte ich, er könnte gleich anfangen zu weinen. Wir bleiben eine oder zwei Minuten sitzen, dann erhebt er sich und reibt sich die Augen. Ich höre, wie seine Knie knacken.

Er streckt die Hand aus, und im ersten Augenblick denke ich, er will mir den Kopf tätscheln wie einem kleinen Mädchen. Aber nach kurzem Zögern fasst Steve King meine Schulter und drückt sie.

»Okay«, sagt er, und seine Stimme klingt etwas mitgenommen. »So viel für heute. Wir bleiben in Kontakt. Sobald ich mehr über Ihre Mutter in Erfahrung gebracht habe, lasse ich von mir hören. Passen Sie auf sich auf, Maja.«

»Danke«, erwidere ich. »Sie auch.«

Meine Gedanken stieben lose auseinander, als ich durch die Dämmerung über den Kiesplatz zur erleuchteten Ausstellungshalle laufe.

Ich habe es eilig. Alle Lampen brennen, alles überflüssige Material ist weggeräumt. Jack Winter hat sich ein sauberes Hemd angezogen und die drei obersten Knöpfe offen gelassen. Die anderen Studenten haben sich ebenfalls umgezogen, ihre Unterhaltungen klingen erwartungsvoll gespannt. Die Mädchen haben Eyeliner aufgetragen, und einer der jungen Männer trägt einen knallgrünen Anzug. Alle haben sich im Foyer versammelt. Jemand klappert nervös mit einem Korkenzieher. Arabella hat damit begonnen, die Gläser zu füllen. In dem kurzen schwarzen Rock mit dem weiten Kaschmirpullover, der ihr von der einen Schulter gerutscht ist, sieht sie ziemlich keck aus. Sie trägt keinen BH. Ich werfe einen Blick in die Ausstellungshalle, in der ihr Werk den besten Platz einnimmt. »Enfant Terrible« ist eine Explosion kitschiger Farben und sinnlicher Formen.

Ich lächele den anderen zu, und sie erwidern mein Lächeln. Ich genieße das Gefühl, gemeinsam etwas geleistet zu haben.

Nur Jack ist ernst.

Ich betrachte meinen ausgebeulten Pullover und meine vom Staub grauen Hände. Ich habe nichts zum Umziehen dabei und muss mich damit begnügen, rasch auf die Toilette zu verschwinden, um mich ein wenig frisch zu machen.

Plötzlich wird die schwere Glastüre aufgerissen, und Nikita stürzt mit einem Schwall kalter Luft herein. Sie hält eine Tüte in der Hand.

»Stopp«, sagt ein Mädchen und tritt zwei Schritte auf sie zu. »Wir haben noch nicht geöffnet.«

»Kein Problem, ich will nur etwas für Maja abgeben«, sagt Nikita und wedelt mit der Tüte. »Übrigens«, fährt sie fort, »kann ich noch mal schnell auf die Toilette? Bitte, nur ganz kurz.« Sie schnappt sich meinen Arm und schleift mich durchs Entree in Richtung Damentoilette.

»Kein einziger Beitrag aus unserem Kurs ist in diesem Foyer ausgestellt«, sagt Nikita entrüstet, als wir uns außer Hörweite der anderen befinden. »Aber zwei aus der Textilklasse, zwei aus dem Grafikkurs und irgend so eine Kinderbuchillustratorin. Ist das nicht ein Skandal? Was für eine Zeitvergeudung. Ich finde das echt diskriminierend. Dieser Chesterfield …«

Plötzlich sieht sie traurig aus. »Mein Bild war gut, Maja. Richtig gut. Ich glaube, er hat Angst, dass man anfängt, über uns zu reden. Aber egal. Heute Abend sollst du glänzen. Komm schon, heb die Arme hoch.«

»Ich weiß, dass dein Bild gut war«, sage ich und sehe sie dankbar an. »Es tut mir wahnsinnig leid für dich, Nikita. Aber danke, dass du trotzdem gekommen bist. Dummerweise habe ich gar nicht daran gedacht …«

Ich zeige unbeholfen an mir hinunter. Nikita schiebt mich mit sanfter Gewalt vor den Spiegel der Damentoilette. Ohne zu zögern, zieht sie mir das Kleidungsstück über, das sie aus ihrer Tüte genommen hat. Ein traumhaftes Kleid aus lavendelfarbenem Chiffon, das sie nie getragen hat.

»Etwas zu sommerlich eigentlich«, sagt sie und streicht über den Stoff. »Aber in der Ausstellungshalle wird es später recht warm. Mir ist es übrigens zu klein. Es ist im Kleiderschrank eingegangen. Seltsam, nicht wahr?«

Sie zieht routiniert das Band unter der Brust glatt, zupft die Schulternähte gerade und löst ganz selbstverständlich meinen Pferdeschwanz. Die vorderen Strähnen fasst sie mit einer Haarspange zusammen, die sie aus ihrem eigenen Haar löst.

Nikita verkleidet mich, denke ich. Sie verkleidet mich … als mich selbst. Sie erschafft mich. Ich schiele in den Spiegel. Die Frisur sieht sehr feminin aus. Ich hätte sie nie so hinbekommen.

»Ta-da«, sagt Nikita zufrieden. »Du siehst zum Anbeißen aus. Eine Sache noch, dann lasse ich dich raus zu den Haien.«

Sie zieht eine Art Schminkstift hervor und verteilt etwas Farbe auf meinen Wangen und Lippen.

»Du und diese Arabella, ihr seid ja offenbar schon lange dicke Kumpel«, murmelt sie dabei. »Oh, Schaufensterpüppchen, warte, ich helfe dir.« Ihre Fingerspitzen fahren über mein Gesicht.

»Wie meinst du das?«, frage ich barsch.

Nikita hält inne und versucht mir in die Augen zu blicken, aber ihr Blick ist unstet, und ihr Lächeln ist zu einer harten Maske erstarrt.

30. Kapitel

»Aber hör mal, Nikita. Warum zum Teufel hast du im Dunkeln in Chesterfields Treppenhaus gestanden und mir hinterherspioniert?«, frage ich.

»Ich war eifersüchtig«, antwortet sie leise und schaut zu Boden.

»Auf … ihn und mich?«, frage ich und muss über diesen absurden Gedanken lachen.

»Ja, das war dumm«, erwidert sie. »Aber ich kannte dich damals nicht so gut, und du weißt schon, die hübschen Schwedinnen und so. Er ist halt, wie er ist. Ich kenne seit letztem Sommer den Türcode und … tja … tut mir leid.«

»Ich weiß echt nicht, was ich davon halten soll«, sage ich. »Hast du, ich meine, habt ihr immer noch eine Beziehung?«

»Ach komm, lassen wir das Thema jetzt«, sagt sie rasch und lacht auf, aber das Lachen dringt nicht bis zu den Augen. »Warst du denn nie eifersüchtig? Hast du nie dumme Sachen gemacht?«

»Nein«, antworte ich. »Man muss mich doch nur ansehen. Ich weiß verdammt noch mal kaum, wie man lebt.«

Als ich die Glastüren öffne, warten bereits ein paar erwartungsvolle Besucher davor. Meine Haltung ist aufrecht und mein Lächeln vollkommen echt. Ich genieße das, denke ich. Die Verantwortung, den Studenten der Abschlussklasse zu einem gelungenen Abend zu verhelfen. Ich könnte mit allen hier Anwesenden über alles sprechen.

Die Vernissage rauscht dahin wie ein schäumender Wasserfall aus Lächeln, klirrenden Gläsern und einem Wirrwarr aus Haaren und gestikulierenden Händen. Ich selbst befinde mich mitten im Strom. Ich surfe gewissermaßen auf der Energie, und als ich endlich Gelegenheit finde, mich von einem redseligen Londoner Redakteur mit etlichen Silberringen im Ohr loszureißen und mein Serviertablett einem andern in die Hand zu drücken, verschwinde ich rasch auf die Damentoilette. Nicht um zu pinkeln, sondern um einen Blick auf mich im Spiegel zu erhaschen.

Es ist, wie ich es mir gedacht habe. Ich bin eine andere. Eine bessere und selbstsichere Person mit Mundwinkeln, die permanent nach oben zeigen. Der Chiffon umhüllt meine Beine wie Nebel, und ich bemerke, dass ich fast eine Schönheit bin. Ich schaue rasch weg und verlasse den Raum mit energischen Schritten. Vielleicht, weil ich befürchte, der Zauber könne verfliegen, wenn ich länger bleibe.

Irgendwann nimmt das Fest anarchischere Formen an, und weitere Studenten werden gebeten, beim Ausschenken der Getränke mitzuhelfen. Ich finde Ashley und Nikita im Gewimmel, jemand dreht die Musik auf. Die prominenten Gäste verschwinden nach und nach, und die ausgelassene Stimmung steigert sich ins Rauschhafte, als weiterer Wein aus dem Keller geholt wird.

»Stopp«, sage ich und packe meine beiden angetrunkenen Freunde fest an ihren Jacken. Sie bleiben in der nachtdunklen Gasse stehen. Wir sind im Begriff, taumelnd eine feuchtglatte Abkürzung zu nehmen, die von einem schmalen Durchgang unter der Seufzerbrücke im Zentrum durch ein paar gewundene Gassen zum Mill Creek Manor führt. Wenn man den Durchgang, der wie ein Mauseloch in der Fassade an der dunkelsten Stelle genau unter der Brücke liegt, nicht kennt, hat man kaum eine Chance, ihn zu finden.

Ich bin recht betrunken, aber eines weiß ich.

»Ich kann mich keine Minute mehr auf den Beinen halten, wenn ich nicht etwas zu essen bekomme«, sage ich mit Nachdruck.

Wir gehen in einen kleinen Laden, der rund um die Uhr geöffnet hat und ein paar Straßen vom Mill Creek Manor entfernt liegt. Der Laden besteht eigentlich nur aus zwei Gängen mit hohen Regalen, arabischer Musik, die aus einem scheppernden Lautsprecher tönt, und einem schläfrigen Inhaber. Ash und Nikita lesen sich gegenseitig die Schlagzeilen der Abendzeitungen vor, ich klaube ein paar Pakete chinesischer Nudeln und ein wenig gammeliges Obst zusammen.

Ich umrunde das Regal mit den Keksen ganz hinten im Laden. Eine Neonröhre ist defekt, und es ist hier fast ganz dunkel. Dennoch kann ich erkennen, wer die beiden sind, die eng umschlungen und mit geschlossenen Augen in der dunkelsten Ecke des Ladens stehen und die Welt um sich herum vergessen haben. Sie ist klein und blond, er ist dunkelhaarig und so groß, dass er sich tief hinunterbücken muss, um an ihren geöffneten roten Mund zu kommen. Der Boden unter meinen Füßen gerät ins Wanken, und ich habe das Gefühl, außerhalb meiner selbst zu stehen. Als wäre mein eigenes Begehren bedeutungslos, stelle ich fest, dass sie ein sehr schönes Paar sind.

Es dauert nicht länger als eine Nanosekunde, und sie bemerken mich nicht, aber meine Augen registrieren alle Details mit grausamer Überdeutlichkeit.

Wie sie sich an ihn drückt, als wolle sie in ihn hineinkriechen, sich unter seinem Mantel verbergen. Wie er erregt atmet. Seine große vorsichtige Hand, mit der er ihren Hinterkopf umfasst, während seine Finger mit ihrem kurzen blonden Haar spielen. Ich stelle meinen Korb ab, drehe mich um und haste aus dem Laden. Meine Knie zittern.

Ash und Nikita folgen mir, schläfrig und verwundert. Hinter der nächsten Ecke muss ich mich an eine Hauswand lehnen. Ich versuche, meine Atmung wieder unter Kontrolle zu bringen.

»Jack Winter und Arabella Chesterfield«, sage ich bitter, als ich wieder sprechen kann. Ich verdrehe die Augen in Richtung Laden und mache die hässlichste Geste, die ich kenne. Ein O mit Daumen und Zeigefinger, in das ich mehrmals hintereinander den Zeigefinger der anderen Hand hineinsteche.

Ashley reißt die Augen auf. Nikita zuckt mit den Achseln und tut so, als würde sie nicht bemerken, wie ich meinen Schmerz hinter einer Maske aus Schroffheit zu verbergen suche. Stattdessen geht sie in den Laden zurück, bezahlt meine Sachen und reicht mir wortlos, aber mit einem mitfühlenden Seufzer die Tüte.

Die Sonne blendet mich durch das dünne Gewebe der Gardine. Ich will nicht aufwachen, will nicht aufstehen, will mich nicht mir selbst stellen. Nikita sitzt in ihren hellblauen Morgenmantel gewickelt vor einem Teller Cornflakes und betrachtet mich. Mit ihrem abgeschminkten, gereinigten Gesicht sieht sie gleichzeitig einfältiger und klüger aus als sonst.

»Maja?«, sagt sie leise.

Ich wimmere ins Kissen.

»Möchtest du eine Kopfschmerztablette?«, fragt Nikita.

»Nein, das ist es nicht«, jammere ich und drehe mich mit angezogenen Knien auf die Seite.

»Ich wusste nichts davon. Also, ich habe natürlich … etwas bemerkt. Zwischen dir und Jack. Aber ich wusste nicht, dass du so viel für ihn empfindest.«

Ich wälze mich auf den Rücken und boxe die warme Decke beiseite.

»Verdammte Typen«, sage ich und lache verbittert. »Ich kann so was nicht gut. Ich weiß nicht, wie man es anstellt. Es tut so verdammt weh. Muss das so sein?«

»Hm«, sagt Nikita nachdenklich. »Das kann schon mal vorkommen. Aber es ist eigentlich recht selten.«

Ohne zu zielen, wirft sie eine Rolle Küchenkrepp quer durchs Zimmer. Ich hebe einen Arm und fange sie auf, schnäuze mich laut und ausgiebig und lasse die zusammengeknüllten Papierfetzen liegen, wo sie gerade hinfallen.

»Ich will Süßigkeiten, Eis und ein paar Illustrierte«, sage ich schniefend. »Und ich will den ganzen Tag im Bett bleiben.«

»Meine Güte, was für ein Klischee«, sagt Nikita und schlürft den letzten Schluck Milch aus dem Teller, als wäre er eine Tasse. »Aber okay. Was sein muss, muss sein.«

Wir verbringen fast eine ganze Stunde, ohne über das Vorgefallene zu sprechen. Nikita hat sich aus Solidarität nachlässig gekleidet und liegt, von Bonbonpapierchen umgeben, auf der grünen Chaiselongue.

»Ich habe mir irgendwie eingebildet, dass er sich für mich interessiert, ich Idiotin«, sage ich tonlos. »Das war es ja, was mein Interesse an ihm geweckt hat.«

Ich schiebe mir ein Stück Cadbury's Vollmilchschokolade in den Mund. Sie schmeckt nach nichts. Ich esse noch ein Stück.

»Er ist ein bisschen komisch, das habe ich ja schon immer gesagt«, meint Nikita und gähnt so sehr, dass ich ihre Backenzähne sehen kann.

»Schon, aber vielleicht ist es gerade das, was ich an ihm so mag …«, seufze ich und werde im nächsten Augenblick von einem scharrenden Geräusch an der Tür unterbrochen.

Ashley steht draußen. Er ist bleich, seine Augen sind klein, aber im Großen und Ganzen ist er in recht guter Verfassung. Im Unterschied zu uns hat er sich zumindest die Haare gewaschen.

»Wartet«, sagt er. »Ich habe Chips und Cola auf dem Zimmer. Ich bin gleich zurück.«

»Ich glaube, du solltest mit Jack reden«, sagt Ash und rülpst rücksichtsvoll hinter vorgehaltener Hand. Er sitzt mit seinem Colaglas unter meiner Decke und sieht aus wie ein Elfjähriger, denn er hat vergessen, sich irgendein Stylingprodukt in sein frisch gewaschenes Haar zu schmieren. Es steht in alle Richtungen ab.

»Hör schon auf«, fauche ich ihn an. »Von wegen reden, da gibt's nichts zu bereden, es ist ja wohl sonnenklar, worauf es ihm ankommt.«

»Aber … er mag dich wirklich«, beharrt Ash. »Ich weiß das. Für so was habe ich ein Gespür.«

»Amen«, sagt Nikita und kippt sich den letzten Rest aus der Chipstüte in die hohle Hand.

»Ach, du bist jetzt plötzlich einer Meinung mit Ash?«, frage ich.

Sie nickt, während sie mit einem der Bänder ihrer Kapuzenjacke spielt.

»Was wollt ihr damit eigentlich sagen?«, bohre ich weiter.

Ashley schaut erst zu Nikita, dann zur Decke, als wolle er fragen, du oder ich? Nikita zieht die Brauen hoch. Ash nimmt Anlauf.

»Ich weiß nicht, ob du was gemerkt hast, Maja. Aber auf der Party gestern nach der Vernissage gab es nicht nur Alkohol.«

Ich sitze vollkommen ratlos da. Ash trinkt übertrieben langsam und schaut hin und her.

»Drogen«, sagt Nikita kraftlos.

Ekel steigt in mir auf.

»Drogen?«, frage ich dümmlich. »Habt ihr …«

»Nein«, sagt Ash. »Wir nicht, jedenfalls nicht gestern.«

»Eher selten«, wirft Nikita ein.

»Okay«, sage ich. Kenne ich diese beiden Menschen überhaupt?

»Erzählt schon. Erzählt es mir, da ich so fürchterlich naiv bin.«

Aber Nikita und Ashley haben nicht viel zu erzählen. Nur dass auf der Party verschiedene Amphetamine und Amphetaminderivate in Umlauf gewesen seien. Ich finde, dass sie etwas verlegen wirken, als sie mir erklären, wie die unterschiedlichen Drogen wirken. Ich sitze einfach da und fühle mich wie ein viel zu wohlbehütet aufgewachsenes Kind. Obwohl ich weiß, dass es Drogen gibt. Selbst in der kleinsten Stadt. Dass das normal ist.

»Begreifst du?«, fragt Nikita. »Es ist nicht gesagt, dass es Jacks … Fehler war.«

»Moment mal«, sagt Ash, »natürlich war es sein Fehler. So weggetreten kann man gar nicht sein, dass man jegliche Selbstbeherrschung verliert.«

»Nein«, meint Nikita, »aber es kann auf die Stimmung drücken. Und das hat dann seine Folgen. Er wirkte ehrlich gesagt auf der Party recht traurig, bis ihn Arabella unter ihre Fittiche nahm. Das hast du doch auch gesehen, Ash, oder?«

»Ich habe davon nichts bemerkt«, sage ich düster.

»Nein, natürlich nicht«, meint Nikita, »du hattest alle Hände voll damit zu tun, mit der ersten Garde der Londoner Kunstwelt zu flirten, erinnerst du dich?«

31. Kapitel

Gegen Nachmittag gibt es die Sonne endlich auf, und unser Zimmer wirkt plötzlich eng und beklemmend. Nikita greift zu ihrem großen Skizzenblock. Ich trete hinaus, laufe auf schwachen Beinen durch den Bogengang des Mill Creek Manor. Ich bin allein, und meine Füße sind so müde, als hätte ich sie seit Jahren nicht mehr benutzt. Plötzlich fällt mir all das Gerenne und Herumstehen vom Vortag wieder ein.

Ich fühle mich unglaublich verletzlich. Zerbrechlich wie eine Genesende. Ist das immer so, wenn man sein Herz öffnet und sich eine Blöße gibt? Mich streift der Gedanke, dass ich eigentlich überhaupt nichts über die Leute in meiner Umgebung weiß.

Ich spüre vage, dass es mich ins Freie zieht, dass ich einfach herumlaufen, mich von meinen Füßen tragen lassen und versuchen muss, alle Gedanken zu verdrängen. Etwa eine halbe Stunde lang funktioniert das auch einigermaßen. Dann lässt sich der harte Trauerklumpen in meinem Bauch nicht mehr bändigen. Er zerstiebt zu kleinen Trauerkörnern, die wie Krankheitserreger durch meinen Körper jagen.

Soll ich mich betrinken? Allein in einer finsteren Bar sitzen, die tragische junge Frau geben und in ein Glas starren? Könnte mir das helfen, die Lähmung in der Brust zu lockern, so dass sie weniger schmerzt? Nein. Ich glaube kaum. Eine Bar würde nur kurzes Vergessen bringen. Außerdem zieht sich mein Magen allein beim Gedanken an Alkohol angeekelt zusammen. Letzte Nacht habe ich ziemlich viel getrunken. Zu viel.

Ist es wahr, was Ash und Nikita angedeutet haben? Dass ich hemmungslos geflirtet habe, dass ich mir diese Situation durch mein Verhalten selbst zuzuschreiben habe? Nein. Auch wenn es für die anderen vielleicht so ausgesehen hat, habe ich selbst es überhaupt nicht so erlebt. Ich habe nur versucht, extrovertiert und sympathisch zu wirken. Ich habe keine Ahnung, wie man flirtet und zu welchem Zweck. Außerdem würde es mir nie einfallen, mit irgendjemand anderem als … mit Jack zu flirten.

Ich bin Maja Grå, ich bin nur noch eine Hülle. Ausgehöhlt und unbrauchbar. Mein Inneres ist nur noch Asche. Ich habe ein Schattendasein geführt, seit ich zwölf Jahre alt war.

Und dann kommen wieder die Tränen. Ich laufe ziellos weiter und weine, über Mama und am allermeisten über mich selbst, denn ich bin mir unbegreiflich.

Es ist inzwischen recht dunkel, und ich halte mich auf einsamen Nebenstraßen. Ich weine leise vor mich hin. Aber es ist ein erstauntes, erlösendes, schönes Weinen. Denn sosehr sie auch schmerzt, die Geschichte mit Jack, sosehr ich bedauere, wie alles gelaufen ist, weiß ich jetzt doch eins: Etwas in mir hat sich verändert, etwas, wofür ich dankbar bin. Ich habe die Gabe zurückerhalten zu lieben.

Dann stehe ich plötzlich vor einem kleinen schiefen Haus in Jericho. Ich klopfe an die Tür, ohne eigentlich zu wissen, wie ich hergekommen bin oder was ich hier zu suchen habe. Im Obergeschoss, in dem zur Straße gelegenen Schlafzimmer, brennt Licht.

Rupert Davenport-Smythe öffnet die Tür. In Yogahosen und offenem Hemd steht er vor mir, als wäre sein Geschlecht der Schwerpunkt seines Körpers, um den alles kreist. Ich muss lachen, als mir bewusst wird, wie absurd das wirkt. Tja, jetzt ist es also so weit, denke ich nüchtern. Jetzt bin ich wirklich verrückt.

Er ist barfuß, und seine Zehen sind unnatürlich braun. Auf jedem Zeh wächst ein blondes Haarbüschel. Das sieht hässlich aus, finde ich und bemerke mit objektiver Faszination, wie deutlich ich die Dinge im Augenblick wahrnehme. Vielleicht liegt das an meinem Kater, aber ich habe den Eindruck, alles genau zu sehen.

Rupert wirkt beinahe erschrocken, und mir wird klar, dass ich im Augenblick nicht gerade die Attraktivste bin. Ich schaue in die Diele hinter ihm. All die Weinflaschen in den Tüten, die schmutzigen Stiefel.

Die schmutzigen Stiefel.

Die schmutzigen Stiefel, die Rupert gehören und die dieselben dicken Sohlen, dasselbe Muster haben wie die Spuren in unserem Zimmer, die schmutzigen Spuren in unseren Betten, Rupert. Verdammter Rupert.

»Du bist wirklich ein komischer Bursche«, sage ich mit schneidender Stimme und trete einen Schritt auf ihn zu. Es bereitet mir Genugtuung, ihn schwankend in die Diele zurückweichen zu sehen. Ich werfe erneut einen Blick auf seine Stiefel. Es ist nur eine Eingebung, aber was soll's.

»Wirklich ausgesprochen nett«, fahre ich fort, »die wohlerzogenen Kumpels mitzunehmen, damit sie den Portier ablenken, während du das Zimmer deiner Freundin aufbrichst, um es zu verwüsten. Findet man das in deinen Kreisen lustig oder war es Rache?«

Rupert schweigt, aber ich sehe, dass er unter seiner Sonnenbräune bleich geworden ist. Seine Augen sind geweitet und verängstigt. Ich habe ins Schwarze getroffen.

»Also Rache. Okay«, sage ich. »Weil sie menschlich ist und sich für andere Typen interessiert? Die ein bisschen mehr Grips haben … und vielleicht auch mehr zwischen den Beinen?«

Rupert weicht zurück, und ich merke, wie er sich am liebsten beide Hände zum Schutz vor den Schritt halten würde, aus Angst, ich könnte ihn dort packen.

»Ich … entschuldige. Sie war meiner plötzlich überdrüssig. Ich habe es einfach nicht ertragen. Ich war geradezu krank und vollkommen verrückt nach ihr, verstehst du? Noch nie hat mich jemand in dieser Form abgewiesen. Noch nie!«

»Das ist noch lange kein Grund, so mit ihr umzuspringen, verdammt noch mal. Was bildest du dir eigentlich ein?«, fauche ich.

»Ich weiß, es war irrsinnig blöd von mir. Es tut mir echt leid um das versaute Zimmer, aber ich kann euch entschädigen«, stammelt er.

»Du meinst wohl, deine Eltern können uns entschädigen. Vielleicht, was den Sachschaden betrifft. Aber ihre Bilder kannst du ihr nie ersetzen, du Schwein«, sage ich und deute eine Geste an, als wollte ich eine lästige Fliege verscheuchen. Ehe Rupert noch etwas erwidern kann, bin ich an ihm vorbei und eile die enge, dunkle Treppe hinauf.

Als ich vor der Tür stehe, von der ich annehme, dass sie in Jacks Schlafzimmer führt, spüre ich plötzlich einen metallischen Geschmack auf der Zunge. Ich habe mir wieder die Innenseiten meiner Wangen zerbissen.

»Jack, ich muss mit dir sprechen«, sage ich und reiße die Tür auf, ohne eine Antwort abzuwarten.

Erst als ich in seinem Zimmer stehe, wird mir klar, dass das vermutlich keine gute Idee war. Jack liegt in seinem Bett, die Decke bis zu den Achseln hochgezogen. Er macht Anstalten, sich zu erheben, und ich sehe einen Anflug von Entsetzen in seinen markanten Gesichtszügen. Auch Wut. Und Erstaunen.

Als er mich erkennt, scheint sich seine Wut noch zu steigern. Aber ich sehe auch etwas anderes. Scham? Seine langen, dunklen Wimpern sind verklebt, und ich bilde mir ein, Flecken auf dem Kissenbezug zu erkennen. Er hat doch wohl nicht geweint? Jacks Lippen sind voll und etwas rissig, und plötzlich fällt es mir schwer, an etwas anderes zu denken als an Arabella Chesterfields üppigen roten Mund, der sich wie ein Neunauge an seinem festsaugt.

»Darf ich reinkommen?«, frage ich dumpf.

»Du bist schon drin.«

»Kann ich vielleicht einen Augenblick bleiben?«

Jack nickt mürrisch. Ich trete ans Bett und setze mich auf die Kante. Die Decke gleitet zur Seite. Sein Oberkörper ist nackt. Das scheint ihn nicht weiter zu kümmern, und er hat offenbar nicht die Absicht, sich etwas anzuziehen.

Wag es jetzt einfach.

Wag es jetzt einfach.

Ich beuge mich vor und umarme ihn.

»Gegen den Schock«, murmele ich. Er ist breit und steif und erwidert meine Umarmung nicht, aber er lässt es zu, dass ich ihn festhalte. Nach einer Weile entspannt er sich etwas in meinen Armen. Jack riecht nach Bettwäsche, Mann und Seife.

»Dieser Slip«, sagt er. »In den mein Palettenmesser eingewickelt war. Ich habe darüber nachgedacht. Ich muss ihn hier im Haus neben Ruperts Wäschekorb gefunden haben oder unter der Wäscheleine oder im allgemeinen Durcheinander … Ich habe ihn für einen Lumpen gehalten. Ich bin so zerstreut, wenn ich male. Du siehst ja, wie es hier aussieht …« Er deutet auf das Durcheinander im Zimmer, um seiner Bemerkung Nachdruck zu verleihen.

»Verzeih mir«, sage ich leise.

Er schaut zu Boden.

»Du«, sage ich und beiße mir auf die Unterlippe. »Ich habe keine Erfahrung mit solchen Dingen, ich sage jetzt einfach, was ich loswerden möchte«, murmele ich so rasch, dass ich fast über meine eigenen Worte stolpere. Ich sitze auf dem äußersten Rand der Bettkante und schaue auf meine Hände, damit Jack nicht sieht, wie nahe ich den Tränen bin.

»Ich mag dich. Gestern habe ich dich mit einer anderen gesehen. Das tut mir weh. Das war es auch schon«, sage ich.

Er schweigt eine Weile, aber ich höre an seinen Atemzügen, dass er wütend ist.

»Und ich habe dich auch mit einem anderen gesehen«, erwidert er schließlich. »Viel früher. Mit diesem Typen im Anzug, mit dem du verschwunden bist. Ist das dein älterer Liebhaber oder was?«

»Nein«, sage ich müde, als mir die Wahrheit dämmert. »Ich mag ihn, aber nicht auf diese Art. Wirklich nicht. Er ist Polizist. Ich kenne ihn, weil er mit den Ermittlungen zu meiner Mutter betraut ist. Sie ist letzten Herbst gestorben.«

»Deine Mutter ist gestorben? Hier in England? Das tut mir sehr leid«, sagt Jack und scheint seine Entrüstung vergessen zu haben.

»Das ist eine lange Geschichte. Aber ich gehe jetzt«, sage ich leise. Ich bin vollkommen ausgelaugt und habe Zweifel, ob es mir überhaupt gelingt, auf die Beine zu kommen.

Am liebsten würde ich hier auf Jacks Bettkante sitzen bleiben und ihn anschauen. Jedes Mal, wenn ich sein Gesicht betrachte, entdecke ich etwas Neues, wie zum Beispiel, dass seine Augen je nach Stimmungslage die Farbe verändern. Aber das ist alles Unsinn, schließlich hat er eine andere.

Jack räuspert sich und murmelt etwas, was ich nicht verstehe.

»Wie bitte?«, sage ich.

»Du hast mich schon verstanden«, sagt er, und sein gekränkter Ton ist wieder da.

»Nein, sag es noch mal.«

»Ich mag dich auch«, sagt er. Seine schottischen Vokale klingen noch weicher als sonst.

»Und … sie? Hattet ihr Ecstasy genommen?«, frage ich, als sei das ein mildernder Umstand.

»Ja, das hatten wir vermutlich. Ich zumindest. Und dann hat sie sich dort in dem Laden einfach auf mich gestürzt, ich kam mir vollkommen überrumpelt vor und habe überhaupt nichts kapiert. Es war, als hätte sie mit jemandem gewettet. Dabei will ich doch nur mit dir zusammen sein.«

»Aber du hast ihren Kuss erwidert. Ich habe es gesehen.«

Jack sieht aus wie ein großer betrübter Hund.

»Ja«, sagt er. »Das habe ich. Es ist zwar keine Entschuldigung, aber ich bereue es. Und zwar ungemein.«

»Ich auch«, sage ich leise, obwohl ich nicht weiß, was ich bereue.

Jack richtet sich plötzlich abrupt im Bett auf und legt seinen Kopf mit dem zerzausten Haar auf meine Schulter.

»Ich will dich wiedersehen«, sagt er heiser. »Bitte, sag, dass ich dich wiedersehen darf.«

»Ja. Klar doch. Spätestens im Unterricht. Denn du hast doch wohl nicht vor, den Kurs hinzuschmeißen, nur um mir aus dem Weg zu gehen?«, sage ich.

Er flüstert etwas Verneinendes in mein Haar und streicht mir vorsichtig über den Arm.

32. Kapitel

Die lange Stake, die so schwer ist, dass ich sie kaum anheben kann, liegt ruhig und glatt in Nikitas Händen. Vorsichtig stößt sie uns von Mill Creek Manors kleinem Pontonsteg ab, und wir gleiten lautlos auf den dunklen Fluss. Am Ufer bleibt Raymond zurück und verflucht Nikitas Sturheit und sich selbst, weil er den Stechkahn, der dem Wohnheim gehört, noch nicht für den Winter an Land gehoben hat. Es ist zwar kein schöner Herbsttag, aber zumindest regnet es nicht.

»Ich wollte schon lange mal mit dem Stechkahn fahren, aber die Jungs waren immer vor mir da«, sagt Nikita. Sie spricht leiser als sonst. Ihre Stimme hat hier draußen auf dem Fluss ein beinahe betörendes Timbre.

»Wir haben Glück«, fährt sie fort. »Im Frühjahr und Sommer ist es nahezu unmöglich, an das Boot von Mill Creek Manor heranzukommen. Du solltest mal sehen, wie schön es ist, wenn die Studentenheime ihren Gemeinschaftsball veranstalten und alle Festteilnehmer mit dem Boot eintreffen. Die Stege sind mit Papierlampions dekoriert, alle Jungen tragen Smoking, es gibt Champagner, die Boote dienen zum Schmusen, und im Hintergrund plätschert das Wasser. Einfach perfekt.«

Ich sitze vorne auf der niedrigen Bank auf einem flachen Kissen. Es steht nur wenig Wasser im Boot, und ich brauche es nicht auszuschöpfen. Darüber bin ich sehr froh, denn ich möchte mich mit beiden Händen festhalten können. Nikita steht aufrecht wie ein Gondoliere auf der kleinen Plattform im

Heck des Bootes und stakt, als hätte sie nie etwas anderes getan. Es geht schneller, als ich erwartet habe.

Der von Bäumen gesäumte Fluss ist hier breit, fast ein Strom, und ich sehe mich nervös nach trainierenden Rudersportlern um. Die sausen oft hier unten vorbei. Man kann sie von Mill Creek Manors verwildertem Garten aus sehen. Sie rudern ihre stromlinienförmigen Fiberglasboote mit fürchterlicher Kraft, acht Männer oder Frauen im selben Boot. Synchronisierte Galeerensklaven spalten die Wasserfläche mit unbegreiflicher Kraft, angefeuert von ihrem Steuermann, Cox genannt, der zusammengekauert im Heck sitzt und die Mannschaft, die rückwärts sitzt und nichts sehen kann, mit seinen Rufen lenkt. Aber im Augenblick scheinen wir vor ihnen sicher zu sein. Dafür ist das Wasser hier, in der Mitte des Stroms, sicherlich einige Meter tief. Weder Nikita noch ich tragen Schwimmwesten, und bis ans Ufer sind es mindestens zehn Meter. Ich kann schwimmen, aber wie ist es mit ihr?

Die Themse mit ihren vielen Nebenarmen zieht sich wie ein Adernetz durch Oxford. Ich entspanne mich erst, als uns Nikita in einen kleinen Seitenarm stakt, der für Ruderer zu schmal ist. Hier ist das Wasser so seicht, dass man waten könnte. Der Grund wird schlammig. Ein paar Enten weichen uns gemächlich aus. Sie sind die Karawanen von Stechkähnen aus den Sommermonaten gewöhnt. Die Wellen, die wir erzeugen, sind so schwach, dass die schaukelnden Vogelkörper sie kaum registrieren. Nur wenige kahle, schwarze Bäume und ein paar immergrüne Büsche verdecken die Sicht auf den Himmel. Wir befinden uns in einem Tunnel aus Laub und Gestrüpp. Das Flussufer steigt fast senkrecht an und ist teilweise durch Mauern befestigt. Knotige Wurzeln klammern sich an das feste Erdreich der Uferböschung.

»Kopf einziehen«, ruft Nikita und geht mit der Stake unter

dem Arm in die Hocke. Das Boot hat keine Dollen, und ich fürchte, dass sie die massive Stake verlieren könnte. Ich lege mich auf den Rücken und schaue in die von Feuchtigkeit tropfende graue Dunkelheit, als wir unter einer hübschen kleinen Fußgängerbrücke hindurchgleiten.

»Wo, glaubst du, sind wir?«, flüstert Nikita.

Als wir die andere Seite erreichen, sitzt ein strenger Vogel mit langem Schnabel auf einem Mauerabsatz unter dem Brückenbogen und hält nach Fischen Ausschau. Vielleicht ein Reiher. Aber hätte der nicht schon längst in den Süden ziehen müssen, überlege ich.

»Ich glaube, wir sind in der Nähe der Akademie«, beantwortet sich Nikita ihre Frage selbst. »Stehen dort oberhalb der Böschung nicht ein paar Hirsche hinter dem Zaun und dem Gebüsch? Kannst du was erkennen?«

Ihre Stimme hallt ein wenig, das Echo prallt von den engen, hohen Ufermauern, die uns nun umgeben. Ich tauche die Finger ins Wasser, ziehe sie aber sofort wieder heraus. Es ist eiskalt.

»Weiß nicht. Aber sag … was hältst du von dieser Geschichte mit Jack und mir?«, frage ich und komme mir dumm vor.

»Brauchst du dafür etwa meine Erlaubnis?«, lacht Nikita und weicht mit dem Boot einem Grasbüschel aus, das auf einer Sandbank mitten im Flusslauf wächst.

»Nein, aber du hast doch gesagt, dass du ihn seltsam findest«, meine ich.

»Schon, aber das bist du ja auch. Eigentlich passt ihr gut zusammen. Ihr seid euch wirklich ziemlich ähnlich«, sagt sie.

»Noch etwas anderes würde ich gerne wissen«, sage ich und wechsele das Thema. »Warum bist du eigentlich nicht mit Ashley auf ein Zimmer gezogen? Ihr kennt euch doch schon von früher. Trotzdem wolltest du das Zimmer lieber mit einer Fremden teilen?«

»Weiß auch nicht«, antwortet Nikita hastig, holt ein paarmal weit mit der Stake aus und sieht nachdenklich aus.

»Ash ist okay«, fährt sie fort, »aber … verdammt, das habe ich noch nie in Worte gefasst. Ich habe es mir nicht einmal selbst eingestanden. Ich glaube, ich wollte eine neue Freundin finden. Die meisten Mädchen mögen mich nicht, weißt du. Auch manche Typen. Sie fühlen sich bedroht, glaube ich. Ich habe ja einen … etwas besonderen Appetit.«

»Ich mag dich«, sage ich.

»Aber du bist ja auch etwas seltsam«, erwidert sie und lacht.

Ich sitze auf unserer grünen Chaiselongue und öffne eine Flasche Wein, als ich eine große DIN-A3-Ledermappe entdecke, die neu aussieht.

»Was ist das?«, frage ich.

Nikita stellt die beiden Gläser ab.

»Ein vorzeitiges Weihnachtsgeschenk von mir selbst«, antwortet sie. »Mein Studiendarlehen für das Frühjahrssemester ist eingetroffen, und da dachte ich, das ist die Gelegenheit. Es ist eine Entwurfsmappe, die man Kunden vorlegen kann. Willst du sie sehen?«

Sie öffnet den Reißverschluss der Mappe. Darin sind wie in einem Ringbuch zehn Klarsichthüllen aus dickem Plastik mit sehr schönen Arbeitsproben. Sie hat sehr fleißig und viel intensiver daran gearbeitet, ihr zerstörtes Portfolio wiederherzustellen, als mir klar war.

»Man nimmt diese Mappe mit, wenn man sich irgendwo vorstellt«, sagt sie. »Einige Verlage und Zeitschriften in London haben spezielle Portfolio-Tage, da gibt man sie am Empfang ab und holt sie nachmittags wieder ab. Manche Illustratoren legen nur lose Blätter hinein, um sicherzugehen, dass die Redakteure sie auch wirklich durchblättern. Aber dieses

System ist inzwischen recht veraltet. Heutzutage braucht man auch eine eigene Homepage. Mein Cousin will mir über die Weihnachtsferien helfen, eine einzurichten.«

»Wow, echt gut«, sage ich und deute auf eine der Arbeiten: eine Frau, die auf einem Wolkenkratzer gymnastische Übungen macht. Keine reine Zeichnung, sondern die vollständig gestaltete Seite einer Zeitschrift.

»Danke«, erwidert Nikita bescheiden. »Das war in der Tat mein Durchbruch, oder wie man das nennen will. Wurde im *O Magazine*, der Zeitschrift von Oprah, veröffentlicht, kennst du es?«

Ich nicke.

»Die Amerikaner schätzen offenbar derart plastische Illustrationen. Ich habe also letzten Sommer ein paar Proben eingesandt. Der Art Director hat sich nach zwei Wochen bei mir gemeldet und diese Illustration für einen Artikel über Frauen, die ihre Mittagspause für Fitnesstraining nutzen, in Auftrag gegeben! Das Honorar betrug zweihundert Dollar.«

Ich huste leicht.

»Zweihundert Dollar! Das ist viel!«, sage ich erstaunt.

»Ja, schon. Aber man braucht eine ganze Menge solcher Aufträge pro Monat, damit am Ende des Jahres ein halbwegs vernünftiger Lohn herauskommt«, lächelt Nikita. Ich sehe ihr dennoch an, wie stolz sie ist. Zu ihren Arbeitsproben gehören außerdem ein aufwändiger, ziemlich detaillierter Stadtplan von Rom und einige hübsche Illustrationen für eine Horoskopseite. Fisch, Zwilling, Löwe und Widder, alle in Gestalt stilisierter Frauen in hinreißenden Farben.

»Ein Stadtplan und ein Horoskop gehören immer dazu«, sagt sie. »Alles in der Mappe muss absolute Spitze sein. Das allerbeste Bild kommt zuerst. Das zweitbeste ganz hinten. Keine Erklärungen. Die Bilder müssen für sich selbst sprechen.«

Ich trinke einen großen Schluck Wein.

»Woher weißt du das alles?«, will ich wissen.

»Ich habe Leute gefragt, die sich auskennen«, sagt sie und stößt mit mir an. »Und selber nachgedacht. Außerdem habe ich sehr viel in Zeitschriften und Büchern geblättert. Der Kurs im letzten Sommer hat mich inspiriert, und dann habe ich einfach losgelegt.«

»Du brauchst diesen Kurs eigentlich gar nicht mehr«, sage ich, »du kannst ja schon alles.«

»Oh nein«, erwidert Nikita mit Nachdruck. »Ich muss noch sehr viel lernen, und darüber hinaus ist es ja auch etwas Besonderes, Leo Chesterfield so nahe zu sein.«

Ich beuge mich über den Tisch und ergreife ihre beiden Hände.

»Ihr trefft euch wieder? Außerhalb des Unterrichts?«

Sie lächelt wie eine Katze.

»Du vergeudest keine Zeit, Nikita«, sage ich und schenke ihr nach. »Auf keinem Gebiet. Warum lebst du so schnell?«

»Ich habe irgendwo gelesen, dass das Leben eines Menschen im Durchschnitt tausend Monate dauert«, sagt sie. »Das klingt doch nach wenig, nicht wahr? Und ich habe bereits über zweihundertfünfzig davon verbraucht.«

33. Kapitel

Das »Freud« liegt in einer ehemaligen Kirche, einem neugotischen Gebäude im Stadtteil Jericho. Aber sowohl der Kirchenraum als auch das Gelände drum herum haben sich in den letzten sechzig Jahren gewandelt. Früher beteten müde Druckereiarbeiter hier zu Gott, heute ist das Freud eine exzentrische Bar, umgeben von namhaften Verlagen, schicken Boutiquen, Feinkostläden und nunmehr unerschwinglichen Arbeiterhäusern.

Jack hält mir die Tür auf, und mich schwindelt, als ich eintrete und in die hohe Kuppel schaue.

»Komm«, sagt Jack, »wir setzen uns vor die Bühne, oder vielleicht sollte man besser sagen: in den Chor. Ich glaube, dort ist es etwas wärmer.«

Erstaunlicherweise sind wir die einzigen Gäste. Es duftet nach frisch gemahlenem Kaffee und nach den riesigen, schon fast verblühten Lilien auf dem Tresen aus Kupferblech. Im Freud hängen meist Werke von Oxforder Künstlern an den Wänden, und Jack hatte hier am Abend zuvor eine Vernissage. Mehrere seiner Gemälde sind mit einem runden roten Aufkleber versehen. Er hat viel verkauft, und das erstaunt mich nicht. Allerdings verstehe ich nicht, warum er Chesterfield und den anderen aus der Klasse nichts von der Ausstellung erzählt hat. Als wolle er diese Seite seiner selbst vor uns geheim halten. Der Barkeeper nickt Jack lässig und mit vertraulicher Miene zu, macht sich an der Espressomaschine zu schaffen, legt eine CD mit Cool Jazz ein und verschwindet dann.

Jack stellt zwei winzige, dampfende Espressotassen auf den Tisch, den er so hingestellt hat, dass ich nicht in der Zugluft von der Tür sitzen muss. Ich fühle mich berauscht. Der Stuhl ist kalt wie Stein, und ich habe meinen Schal in ein Kissen umfunktioniert.

»In den Fünfzigerjahren war Jericho eine Art Rotlichtviertel«, sagt Jack und schaut zu einer seiner gerahmten Zeichnungen hoch.

Es ist ihm zweifellos gelungen, diesen gefühlvollen Pastellstudien ebensolche Tiefe und Ausdruckskraft zu verleihen wie seinen schonungslosen reliefartigen Gemälden. Er fingert an seiner Kaffeetasse herum, sieht mich scheu an und blickt dann wieder auf die Tischplatte. Ich merke, dass er nervös auf mein Urteil wartet.

Die Wahrheit ist, dass Jack eine Doppelnatur zu sein scheint. Diese Bilder sind vollkommen anders – und einzigartig. Seine anderen Werke, die Ölgemälde, die wir im Zeichensaal sehen, sind provozierend, ja verstörend und unvergesslich. Aber hier hat sich Jack einer leichteren Hand bedient und eine Serie von Porträts geschaffen, die zwar ungeschminkt und realistisch sind, aber doch auch Weichheit und Empathie ausstrahlen. Seine Modelle sind teils kleine Kinder, teils sehr alte Menschen. Sie wirken oft träge oder nachdenklich und nicht immer fröhlich. Das Ganze hätte leicht zu theatralisch oder gar kitschig geraten können, aber in diese Falle ist er nicht getappt. Man spürt deutlich, dass die Porträts in einer Umgebung entstanden sind, in der sich die Modelle geborgen fühlen, und dass sie dem Künstler vollkommen vertrauen.

»Jack, mir fehlen die Worte«, sage ich und lege meine Hand auf seine.

Sein eines Augenlid zuckt.

»Du meinst … du findest, sie sind okay?«

»Ja. Oh ja.«

Ich erhebe mich, um mir die Zeichnungen anzuschauen, die ich von meinem Platz aus nicht so gut sehen kann. Jack folgt mir stumm mit einigen Schritten Abstand. Langsam und nachdenklich drehen wir eine Runde. Bei jedem Bild merke ich, wie er meine Reaktion beobachtet und sich weiter entspannt.

»Du«, sage ich, ohne ihn anzusehen.

»Da ist etwas, das du mir erklären musst. Deine grausigen Bilder, was bezweckst du damit? Sie sind sehr kunstvoll in der Ausführung, aber sie sind vollkommen anders als diese hier.«

Ich mache eine ausholende Geste.

»Willst du die andern schockieren oder eine Diskussion provozieren? Die Leute finden das Groteske ja faszinierend, aber ...«

Jack vergräbt seine Hände in den Hosentaschen und wirft die Haare zurück, dann antwortet er.

»Das war ... wohl so eine fixe Idee von mir. Und vielleicht auch ... du weißt schon ... ein Marketingtrick.«

Jack streckt die Arme aus und zieht mich an seine knochige Hüfte.

»Es ist wichtig, dass man heute in der Kunstbranche auffällt«, erklärt er. »Dass man wahrgenommen wird. Düstere Motive können einen über Nacht zum Brit-Art-Star machen. Mark Quinns Kopf, der aus seinem eigenen Blut besteht, die Arbeiten der Chapman-Brüder ... tja, du weißt schon. Aber ich glaube, ich habe inzwischen ...«

Jacks Worte verlieren sich, und ich versuche, ihm weiterzuhelfen.

»Gut«, sage ich. »Ich glaube, das, was gerade passiert, ist gut. Das hier bist viel mehr *du*.«

»Weißt du, Maja, ich bin mir nicht ganz sicher, ob ich im

nächsten Semester nach Oxford zurückkehre«, sagt er plötzlich.

»Du willst dein Studium hinschmeißen?«, frage ich und gebe mir keinerlei Mühe, die Enttäuschung in meiner Stimme zu verbergen.

»Ich weiß bei diesem Kurs nicht, ob er … mir entspricht«, murmelt Jack und lässt den Kopf hängen. »Oxford passt irgendwie nicht zu mir. Meine Eltern wären natürlich sehr enttäuscht. Sie arbeiten bis zum Umfallen, damit ich hier sein kann. Das Darlehen reicht ja nicht mal, um die Hälfte der Studiengebühren zu begleichen. Sie haben eine Hypothek auf ihr kleines Haus aufgenommen und alles in meine Ausbildung investiert, was sie eigentlich für die Rente sparen müssten … ja, zum Teufel. Da ist keine Erbschaft im Hintergrund. Meine Mutter ist Krankenschwester. Aber wenn ich mehr verkaufen würde, einen Namen hätte … dann könnte ich ihnen das Geld zurückzahlen. Verstehst du?«

Ich fluche insgeheim. Sein Zorn, seine innere Glut. Seine Abneigung, sich mit anderen abzugeben. Jetzt weiß ich den Grund. Geliebter, geliebter … Meine Hand will ihn berühren, sich unter den Wollpullover schieben und seine Haut spüren, aber ich unterdrücke den Impuls.

Stattdessen tätschelt Jack mir die Wange. In der Bewegung liegt etwas Abwesendes, aber das scheint beabsichtigt. Auch ich bin nicht ganz anwesend. Er nimmt meine Handschuhe vom Tisch, steckt sie zerstreut in seine Tasche und ergreift meine Hand. Er drückt sie fest und lässt nicht los. Seine große, trockene Pranke umschließt meine Hand, so dass sie fast verschwindet.

Wir lassen unsere Kaffeetassen auf dem Tisch stehen und wandern in Jerichos tiefhängenden eisigen Nebel hinaus. Langsam, ganz allmählich kehren wir wieder in die Gegenwart dieses trüben, kalten Dezembernachmittags und zueinander zurück. Mich überkommt eine Art Ruhe, in der ich, wie ich spüre, länger verweilen möchte. Langsam gehen wir die abschüssige Straße entlang, die zum Kanal und zu Jacks zugigem möbliertem Zimmer in dem schiefen, grauweißen Haus führt.

Es ist sonst niemand zu Hause, und ich bin erleichtert, Rupert nicht begegnen zu müssen. Jacks Mitbewohner sind bereits weggefahren, um die Weihnachtsferien zu Hause zu verbringen. Aber obwohl wir das unordentliche Wohnzimmer und die recht gemütliche Küche für uns hätten, ziehen wir uns in stillem Einvernehmen oder einer gemeinsamen unausgesprochenen Sehnsucht sofort in Jacks Schlafzimmer zurück.

Jack zieht die Gardinen zu und zündet zwei Kerzen an. Als er fragend auf den CD-Player deutet, schüttele ich den Kopf, umschlinge mit den Armen seine Taille und lehne meinen Kopf an sein Herz. So stehen wir eine Weile da, es ist wie ein Tanz, ein langsamer Walzer, und ich denke, dass es seltsam ist, dass es so viel Luft, so viel Raum zwischen zwei Menschen geben kann, obwohl sie so dicht beisammen sind.

In intensiver Stille pellen wir uns Schicht um Schicht gegenseitig aus unseren Kleidern. Das Zimmer ist kühl, und unsere Nasenspitzen sind wie Glas, wenn sie sich berühren. Dann legen wir uns nebeneinander ins Bett, ziehen die Decke bis ans Kinn und eng um uns herum. Wir sorgen dafür, dass Beine und Füße vollständig bedeckt sind, und versuchen, alle Öffnungen aus dem Inneren unserer Betthöhle heraus zu schließen. Die eisige Bettwäsche wird durch die Berührung unserer Körper langsam warm. Ein schneidender Wind pfeift über Jerichos schadhafte Dachfirste hinweg.

Ich bin in sexuellen Dingen fast gänzlich unerfahren, aber selbst ich begreife nach einer Weile, dass unser Unterfangen, trotz der eifrigen Münder und raschen Hände, die all das

Schöne und Neue streicheln, fühlen und erkunden wollen, nicht sonderlich gut gelingt.

Aber das macht mir nichts aus. Vielleicht weil es verrät, dass Jack auch nicht sonderlich avanciert ist. Das gibt mir ein Gefühl der Sicherheit, und mich überkommt eine Welle der Zärtlichkeit für ihn. Wir sind gewissermaßen auf demselben Niveau. Auch Jack begreift langsam, dass wir so nicht weiterkommen.

Er zieht sich mit einem Seufzer zurück und lässt sich neben mich auf die Matratze fallen. Er schämt sich doch wohl nicht? Draußen ist der Nachmittag in den Abend übergegangen, und der Wind hat noch weiter aufgefrischt. Die Decke, ein altmodisches Federbett, liegt schwer und unnachgiebig auf uns. Ich spüre, dass Jacks Oberarme vor Anspannung zittern. Dann wende ich mich zu ihm um und schiebe meinen Arm unter seinen Nacken. Im ersten Augenblick wird er ganz starr, versteht nicht recht, was ich will, und wagt es nicht, sich zu entspannen. Er ist jetzt warm und verschwitzt, vielleicht will er nicht, dass ich das merke? Aber ich will ihm zeigen, dass alles an ihm okay ist, dass ich ihn umarmen und, so wie er ist, an mir spüren will. Nur reden mag ich nicht. Die Stille um uns herum erscheint mir wie ein heiliger Zufluchtsort.

Ich streiche ihm mit der Hand durch sein wirres Haar, über sein raues Kinn und den Hals. Er schluckt und wagt es endlich, sich in meinen Arm und gegen meine Brust sinken zu lassen. Ich spiele mit dem dunklen Haar auf seinem Körper, das sich verglichen mit dem Haar auf seinem Kopf so weich anfühlt. Es fasziniert mich, dass er so behaart ist, und ich finde es unerhört aufregend, meine Finger über seinen Leib wandern zu lassen. Er riecht so gut.

Die Fenster unseres kleinen Nestes klappern, und es pfeift durch den Schornstein. Ich folge einem Muster in seinem Pelz, wandere nach unten, umkreise den Nabel und kitzele ihn vorsichtig. Er lacht, und in der Dunkelheit sehe ich ein Glitzern in seinen Augen. Er drückt seine Nase an meinen Hals und knabbert dann vorsichtig mit den Lippen an meiner Brust. Immer wieder und wieder, bis die ganze Brustwarze in seinem Mund verschwindet. Er beißt ganz leicht zu, aber ausreichend fest, dass es zwischen meinen Beinen pulsiert. Ich zucke und lache ebenfalls. Es ist ein glückliches und erstauntes Lachen, denn jetzt wächst er an meiner Seite, glatt und lang und leicht federnd. Dass man so daliegen und zusammen lachen kann. Dass zwei Menschen einfach so daliegen können. Das finde ich unerhört. Dann rollt er sich wieder über mich, dieses Mal weich und geschmeidig. Er ist jetzt mutig. Er weiß, dass ich ihn will. Ich stöhne, als er in mich eindringt, und er stöhnt ebenfalls, denn ich umschließe ihn ganz fest, jetzt wo er so groß ist.

Draußen hat der tosende Sturm mehrere Dachpfannen losgerissen. Die Bäume biegen sich im Wind, und die Kähne auf den Kanälen schaukeln mit unheilvollem Knarren gegeneinander. Bald wird sich alles entladen. Die wenigen Seelen, die immer noch draußen auf den Straßen unterwegs sind, eilen in Pubs und Lebensmittelläden, um vor dem ungemütlichen Eisregen Schutz zu suchen, der schon seit Stunden in der Luft gehangen hat und jeden Augenblick über den Gassen niedergehen, sie zum Schäumen bringen wird.

Aber davon wissen wir nichts, und es kümmert uns auch nicht. Wir befinden uns hier eng umschlungen in Sicherheit. Jack bewegt sich weich und langsam. Trotz der Dunkelheit sehe ich, während er sich über mir auftürmt, dass ihm sein langes Haar in die Augen hängt. Er schiebt es nicht beiseite. Er sieht wild aus. Wild und froh und frei. Es ist, als wolle er sich jetzt Zeit lassen und erkunden, wie es sich für mich und ihn aus verschiedenen Perspektiven anfühlt. Er will herausfinden, ob er nicht neue Stellen in mir finden und neue keuchende Bestätigungen dafür erhalten kann, dass es schön ist. Er erhält sie.

Ich nähere mich dem Ende früher als Jack, aber als er merkt, dass ich auf dem Weg bin, wächst seine Lust und er öffnet einen Riegel. Mit einer großartigen, gegenseitigen Kraftanstrengung werden wir in einen gemeinsamen Höhepunkt geschleudert, ein dunkelrotes, rhythmisches Chaos aus jammernden Lauten und zwei feucht glänzenden, miteinander verschmelzenden Körpern, die anschließend bleischwer unter verknoteten Laken ineinander ruhen, während der Sturm weiterzieht.

34. Kapitel

»Sie kannten meine Mutter.«

Chesterfield antwortet nicht. Wir sind allein in seinem Büro. Ich mag mich nicht setzen. Ich beginne noch einmal. Ich will nicht, dass das Ganze in ein Streitgespräch ausartet.

»Ich selbst habe sie nicht gekannt«, sage ich zögernd.

Chesterfield fährt sich mit der Hand über Mund und Kinn. Er hat sich heute noch nicht rasiert.

»Wir sind uns so ähnlich«, fahre ich fort und deute auf das kleine Gemälde. »Ich war sehr schockiert, als ich das Bild dort sah. Sie müssen das verstehen. Sie haben es gemalt, nicht wahr? Sie haben sie gemocht?«

Sein Blick wirkt verschwommen, unfokussiert.

»Ich …«, beginnt er, aber seine Stimme trägt nicht.

Stattdessen beugt er sich über sein Schreibzeug und seine Ordner und nimmt ihr Bild von der Pinnwand. Er betrachtet es mit unergründlicher Miene und reicht es mir dann. Das Bild ist auf ein Stück Holz gemalt und findet in meiner Handfläche Platz.

»Gemocht ist nicht unbedingt das Wort, das ich wählen würde. Ich … ich … diese Sache erfüllt mich mit Verzweiflung«, murmelt er. »Sie müssen mir glauben. Ich verstehe nicht … Maja, bitte entschuldigen Sie mich jetzt, aber das ist nichts, worüber ich mich weiter äußern kann.«

Wie um das Gesagte zu unterstreichen, fährt er sich mit der Hand an den Mund. Ich habe fast den Eindruck, als zwänge ihn etwas, die Worte zurückzuhalten.

»Sie können nicht? Oder Sie wollen nicht?«, frage ich unversöhnlich. Aber innerlich bin ich nicht unversöhnlich. Ich befinde mich in Auflösung. Die äußerliche Härte ist das Einzige, was mich noch wie ein schützendes Korsett zusammenhält.

»Ich bitte Sie inständig, mich jetzt allein zu lassen«, sagt er, und seine Stimme ist kaum mehr als ein raues Flüstern.

»Verdammt noch mal«, schreie ich und trete gegen den Besucherstuhl, so dass er umfällt. Das Porträt meiner Mutter schleudere ich wie einen Wurfstern gegen die Tür. In dem billigen Holz bleibt eine deutliche Kerbe zurück. Der Ausbruch scheint mich mehr zu erstaunen als ihn.

»Ich habe etwas anderes verdient als das hier«, presse ich mit heiserer Stimme hervor und versuche meine rasche Atmung in den Griff zu bekommen. Jetzt bin ich den Tränen nahe. Meine Arme hängen herab. »Ich bin so weit gekommen … Jetzt bitte ich *Sie* inständig …«

Er bringt es nicht über sich, mir in die Augen zu schauen, als er antwortet:

»Ich kann nicht.«

Während ich die geschwungene Treppe hinabsteige, die in ein Fischrestaurant in einem Kellergewölbe tief unter der Stadt führt, kommt mir eine Erkenntnis. Es handelt sich zwar nur um ein kleines Detail, aber es drängt sich mir rein und klar ins Bewusstsein. Chesterfield hat kein Foto von Arabella über dem Schreibtisch hängen. Kein Bild seiner Tochter.

Als ich den vereinbarten Treffpunkt erreiche, ist Jack bereits dort. Ich sehe ihn schon von Weitem, und mein Herz beginnt zu rasen. Jack hat dieses Lokal ausgesucht und den Tisch bestellt, und ich habe das Gefühl, dass er etwas Wichtiges zu sagen hat. Das liegt in der Luft.

Er sitzt an einem der hinteren kleinen Tische, vornübergebeugt und voller Energie. Sein eigentlich zu langes Haar ist frisch gewaschen und fällt ihm in dunklen Locken vor die Augen. Er trägt ein neues Hemd. Die Ärmel hat er hochgekrempelt und am Hals einen Knopf zu viel geöffnet. Mir wird ganz schwindelig, wenn ich ihn nur anschaue. Mein Innerstes gerät in Aufruhr. Der Weg zu ihm führt mich durch einen gemauerten Gewölbegang, der so niedrig ist, dass ich den Kopf einziehen muss. Ich beiße mir auf die Unterlippe und fahre mir hilflos mit den Fingern durchs Haar. Ich wünschte, ich wäre sorgfältiger gekleidet.

Ein Kellner nimmt mit dem Rücken zu mir die Bestellung entgegen. Ich sehe, wie Jack den Mann anlächelt und ihm dankt. Seine Katzenaugen werden ganz schmal und funkeln.

Der Gewölbegang mündet im eigentlichen Restaurant. Dort sind die Decken etwas höher, aber nicht sehr viel. Ich habe das Gefühl, dass wir uns tief unter der Erde in einer Geheimkammer befinden. Sonst fällt mir an der Einrichtung nichts weiter auf – ein besseres Lokal: schwarzer Marmor und fünfarmige Leuchter mit Kerzen. Schwankende Schatten an den Mauerwänden. Funkelnde Krebse und Flaschen, die aus aufgehäuftem Eis herausragen.

Alles wirkt sehr edel, aber eigentlich nehme ich kaum Details wahr, nur ein vielfältiges Glitzern rings um mich herum. Einzig Jack tritt deutlich hervor.

Kaum hat er mich erblickt, erhebt er sich und wartet gespannt. Als wir an dem kleinen Tisch einander gegenüber Platz nehmen, ergreift er meine Hand und hält sie an seine Wange, beugt sich vor, schließt die Augen und schnuppert an der Innenseite meines Handgelenks.

»Maiglöckchen?«, flüstert er.

»Vielleicht, ich weiß nicht«, sage ich, und das ist die Wahrheit. Ich habe das Gefühl, seine Lippen glühen. Wäre nicht der

Kellner, würde ich meinen Pullover ausziehen und Jacks Kopf an mich ziehen, mich von ihm küssen lassen, bis ich vollkommen verkohlt bin.

»Ich habe noch mehr verkauft«, sagt er, und Glück und Stolz strahlen aus seinen Augen. »Viel mehr. Ich habe gerade zweitausend Pfund auf das Konto meiner Mutter überwiesen.«

Es ist so wunderbar, dass ich aufstehen muss, um ihn zu umarmen. Ich rufe verzückt Hurra und drücke ihm ein Küsschen nach dem andern auf die Wange.

»Ein Journalist aus London will einen Artikel über mich schreiben. Und dann ist da noch etwas. Es wird die Chance meines Lebens, Maja, die Chance meines Lebens.«

Das Lächeln scheint ihm für immer ins Gesicht geschrieben zu sein, es wirkt beinahe euphorisch. Ich will mein Glas an die Lippen heben und halte auf halbem Wege inne. Etwas Schwarzes, Spitzes dreht sich in meiner Magengrube. Ich glaube nicht, dass Jack bemerkt, wie sich die Temperatur zwischen uns innerhalb von nur einer Sekunde verändert. Wie sie umschlägt. Es ist plötzlich sehr kalt geworden.

»Ein bekannter Londoner Galerist will mir nach Weihnachten seine Wohnung in New York zur Verfügung stellen«, fährt er fort. »Mit dem Geld, das mir die verkauften Gemälde eingebracht haben, kann ich dort ein ganzes Jahr wohnen und malen und alle wichtigen …«

Den Rest höre ich nicht mehr. Jack hat Austern bestellt. Er muss mir vier Mal zeigen, wie man sie isst. Meine Hände gehorchen mir nicht. Ich kleckere Wein auf meinen Pullover, merke es aber kaum. Mein Mund lacht und spricht, aber in meinem Inneren herrscht Finsternis. Schwarze, schweigende Finsternis. Ich kann mich für dieses Essen nicht begeistern. Ich will nicht hier sein. Ich will nur schreien und um mich treten.

Ich will nicht wieder verlassen werden.

Wir brechen viel früher auf, als Jack gehofft hatte, und es tut mir weh, seine Enttäuschung zu sehen, seine Ratlosigkeit. Ich bedanke mich und verabschiede mich förmlich, als wären wir zwei Fremde und nicht zwei Menschen, die einander gefunden haben, die verschmolzen, eins geworden sind, und das immer wieder tun wollen, zwei Sonderlinge, die vor Sehnsucht danach glühen, zusammen zu sein. Ich bleibe hart, gehe aufrecht und mit abgewandtem Gesicht in meine Richtung. Abgewandt, damit er nicht sieht, wie die Tränen aus mir hervorbrechen. Aber ich spüre seinen fragenden Blick im Rücken. Ich weiß, dass Jack so dort stehenbleiben und mir lange traurig und verwirrt nachschauen wird.

Egal, mahnt eine harte Stimme in mir. Du tust das Richtige. Vollziehe den Schnitt, zieh die Qual nicht in die Länge. Lass dich nicht verlassen. Sei du diejenige, die verlässt.

Ich erwache in meinem Bett im Mill Creek Manor. Ein schabendes Geräusch dringt an mein Ohr. Etwas in mir sträubt sich dagegen, den Weg in den Wachzustand vollständig zurückzulegen. Es ist so verdammt bequem im Bett. Außerdem hallt die Erinnerung an einen wunderbaren Traum in meinem Körper wider. Ein aufregender Traum voller Frühlingswärme und Blumenduft, an mehr kann ich mich nicht erinnern … und Jack. Jack, der mich küsst, Jack, der mir erzählt, dass er nach Weihnachten in Oxford bleiben und den Kurs beenden wird. Danach will er, dass wir gemeinsam … Nein. Obwohl ich mich noch im Halbschlaf befinde, ist mir vollkommen bewusst, dass es sich nicht um ein gutes Omen, sondern lediglich um einen Wunschtraum handelt. Um eine banale, leere Fantasie, einen Ballon, der platzt, sobald ich ganz erwache und die Wirklichkeit mit voller Kraft wieder über mich hereinbricht.

Und wenn ich jetzt die Augen nicht öffne, wenn ich einfach

die Ohren verschließe, um das kratzende Geräusch nicht zu hören, und die Decke über den Kopf ziehe, dann kann ich vielleicht in den Traum zurücksinken … Der Bettbezug kommt mir ungewöhnlich weich vor, obwohl er noch recht neu ist. Er erinnert mich an die zerschlissenen Laken, die wir hatten, als ich ein Kind war. In dem alten Haus. Die Laken, die Mama unzählige Male gewaschen und in die Sonne und den Wind gehängt hatte. Dazu dieser märchenhafte Blumenduft, der mich wie eine Umarmung umschließt, wie zwei parfümierte Arme. Mir ist warm, ich bin schläfrig, ich werde geliebt.

Das Schaben wird lauter. Das Geräusch ritzt und reißt Löcher in meinen wohlig wirren Traumzustand, bis ich hellwach daliege und mich frage, was zum Teufel Nikita da anstellt. Sitzt sie im Mondschein und kratzt mit einem Eisstiel die Kalkablagerungen aus dem Wasserkocher oder was? Dann fällt es mir wieder ein. Sie ist gar nicht zu Hause.

Nikita hatte am Vorabend ein Date mit irgendeinem Typen und wollte bei ihm übernachten. Ich bin allein im Zimmer. Diese Einsicht legt sich wie ein Panzer auf meine Brust. Allein. Meine Haut beginnt zu jucken, und ich merke, dass meine Stirn feucht wird. Plötzlich hört das kratzende Geräusch auf. Die Welt wird betäubend still.

Eine unmerkliche Wendung des Kopfes und ein winziger Spalt jenes Auges, das nicht ins Kissen vergraben ist, genügen, um festzustellen, dass Nikitas Bett tatsächlich leer und vollkommen unberührt ist. In dem silbrig schimmernden Mondlicht sehen die Möbel und alle anderen Gegenstände wie verzaubert aus. Überdeutlich, aber gleichzeitig auch jeglicher Farbe beraubt. Ich irre mit dem Auge im Zimmer herum, suche nach vertrauten Dingen, Referenzpunkten, die mich beruhigen könnten. Wo kam dieses Geräusch eigentlich her? Eine Maus? Wir werden hier drin doch wohl keine Mäuse haben? Aber denkbar wäre es schon: Mill Creek Manor ist ein altes Gebäude. Mein Blick wandert weiter. Dort hängt mein Mantel, dort stehen unsere gespülten Tassen in dem kleinen Abtropfständer, dort liegt ein Stapel Bücher.

Doch dann dringt durch den kleinen Spalt meines Augenlids der Schimmer von etwas anderem herein. Etwas, das sich am Rand meines Gesichtsfeldes bewegt, dort, wo sich eigentlich nichts bewegen dürfte.

Das muss eine optische Täuschung sein, ein Phantom. Was ich sehe, lässt mich vor Schreck erstarren, und ich bin mit einem Schlag hellwach. Mein Atem stockt. Ich darf nicht atmen, denn dann könnte ich mich verraten, und dann könnte mich dieser zusammengekauerte … Klumpen in der Ecke sehen.

Die dunkle Gestalt scheint auf allen vieren zu hocken, geduckt und zur Hälfte von der Chaiselongue verborgen. Sie bewegt sich fast unmerklich, aber dennoch irgendwie ruckartig. Sie ist offenbar mit etwas hinten an der Wand beschäftigt. Daher dieses kratzende Geräusch. Ich liege reglos mit einem offenen Auge da. Es brennt und ist trocken. Aber ich darf nicht blinzeln. Denn wenn das Wesen die geringste Bewegung aus meiner Richtung wahrnimmt und merkt, dass ich wach bin, wird es auf mein Bett zukriechen und … ich weiß, dass sich dieses Wesen sehr schnell bewegen kann, wenn es will, schnell und unberechenbar und fast ohne Bodenhaftung wie eine, wie eine … der Schwerkraft trotzende große Spinne.

Dann ist die Gestalt mit einem Mal verschwunden. Ich hebe die Wange ganz leicht vom Kissen und merke, dass die Falten des Kissenbezugs einen Abdruck auf meinem Gesicht hinterlassen haben. Ich darf kein Geräusch verursachen, muss vollkommen lautlos sein. Wohin ist das Schattenwesen verschwunden? Meine Arme sind angewinkelt, die Hände vor der Brust gefaltet, als würde ich beten. Das Herz pocht wild gegen meinen Brustkorb wie ein panisch flatternder Vogel in seinem Käfig. Das Wesen muss es hören. Es muss. Lautlos beuge ich mich vor, um besser sehen zu können. Ich bewege mich unendlich langsam, kaum wahrnehmbar, Millimeter um Millimeter näher an die Bettkante heran und damit weiter ins Zimmer.

Plötzlich schießt der große, dunkle Kopf genau unter der Bettkante empor, nur wenige Zentimeter von meinem aufgerissenen Mund entfernt. Das geduckte Wesen bäumt sich über mir auf, und ich denke, jetzt ist alles vorbei. Jetzt zerbreche ich.

Eine eigentümliche Kälte durchdringt meine versteinerten Füße, als hätte sich ein Winterwind irgendwie unter die Bettdecke verirrt. Ich bin gelähmt, kann mich nicht bewegen, liege einfach nur auf der Seite und starre direkt in die gesichtslose dunkle Form, die inzwischen sacht vor meinen Augen hin und her schwankt.

Es beobachtet mich, denke ich.

Es. Oder sie. Ich kann nicht beurteilen, wie lange wir uns so fixieren, einige Minuten oder eine Stunde, aber schließlich blinzele ich, und als ich die Augen wieder öffne, ist es weg. Sie.

»Was willst du?«, flüstere ich verzweifelt ins Zimmer. Aber es ist zu spät.

Ich lasse mich in die Kissen sinken, schwach und kraftlos wie eine Schiffbrüchige, die von einer gewaltigen Welle halb bewusstlos an Land gespült worden ist. Aber von meinem bedenklichen Ruheplatz aus kann ich die Wand hinter der Chaiselongue sehen. Der Mond scheint jetzt hell wie ein Scheinwerfer herein. Die Wand ist nicht mehr so glatt und sauber wie beim Zubettgehen. Etwas steht dort geschrieben, genau über der Fußleiste. Nein, nicht geschrieben, das sehe ich, als ich endlich auf die Beine komme und dorthin wanke. Die Buchstaben sind in die Wand geritzt. Ich falle auf die Knie und sehe

Fragmente eines schmutzig rosafarbenen Nagels in der abgekratzten Wandfarbe und der Spanplatte der Wand.

DER FEIND IST MITTEN UNTER UNS

Mir wird schwindelig und übel. Schwer lasse ich mich auf Nikitas Bett fallen. Die Dämmerung ist auf dem Weg, und ein schwaches, rauchfarbenes Licht verdünnt allmählich das kompakte Blauschwarz der Nacht.

»Der Feind ist mitten unter uns«, wiederhole ich tonlos. Immer wieder, bis ich mich in Nikitas Kissen und die Geborgenheit ihres Geruchs fallen lasse.

Ich liege auf dem schmalen Bett, in dieser einsamsten aller Stunden des Tages, in diesem alten Haus, inmitten von Fremden und Gespenstern, und erkenne mein eigenes Gesicht nicht wieder. Meine Hand gleitet flach über den Hals und untersucht die Spalte hinter dem Ohrläppchen. Die Fingerspitzen fahren kreisend über die Flaumhärchen der Schläfen, folgen dem geschwungenen Lauf der Brauen und finden dazwischen die feuchte Stirn, kalt, als würde sie nicht dazugehören, als hätte sie nichts mit mir zu tun. Ich lege die Hand auf mein Gesicht, so dass sich die Nasenspitze in die Handfläche bohren müsste, aber das tut sie nicht. Es ist nicht mein Gesicht. Dieses Gesicht gibt es nicht.

Kraftlose Regentropfen prallen an die Fensterscheibe. Ich wage endlich wieder die Augen zu schließen. Der Morgen ist so nah, und ich bin so müde. Hinter geschlossenen Lidern sehe ich Rinnsale aufsteigenden Regens. Rinnsale, die emporschießen wie schnellwüchsige Keime, die einer unsichtbaren Unebenheit im Glas ausweichen und aufgrund einer Laune der Oberflächenspannung einen Umweg einschlagen. Aber von unten nach oben und nicht so, wie es sein soll.

Ich kneife die Augen zusammen und sehe in eine Landschaft hinter dem Regen. Nein, in ein Gemälde. Wieder dieses suggestive Kahlo-Gemälde. Ich befinde mich mitten darin, verborgen hinter den kulissenartigen Baumstämmen. Kraftlose Farben und ein Spritzer Terpentin. Ich kann den kleinen Hirsch auf der Erde sehen, von Pfeilen durchbohrt, aber ich sehe ihn von hinten, als würden wir beide, sowohl das verletzte Tier mit seinem menschlichen Kopf und dem langen Frauenhaar als auch ich, aus der Landschaft herausschauen. Das Gesicht ist vor mir verborgen, aber ich spüre, dass der Hirschkuhkörper noch atmet, obwohl ich mit der absurden Selbstverständlichkeit des Traums weiß, dass er tödlich verletzt ist. Irgendwie verstehe ich auch, dass es sich, trotz des langen dunklen Haares, nicht um den Kopf der mexikanischen Künstlerin handelt, sondern um eine andere, mir sehr bekannte Person. Meine Zimmergenossin.

Aber diese Frauengestalt ist ein Blendwerk. Eine Betrügerin. Nicht die, die sie mich glauben machen will.

Das Haar. Das Haar ist der Schlüssel. Es ist falsch. Eine falsche Spur, damit ich das Falsche sehe. Der Kopf auf dem Hals der Hirschkuh dreht sich langsam zur Seite. Das Auge sucht nach mir. Ich kann ihr hässliches Halbprofil sehen. Das ist nicht Nikita. Nicht die Nikita, die ich kenne.

Ich erwache mit trockenem Mund und klopfendem Herzen. Ein inneres Warnsignal schrillt gegen die Trommelfelle, und die Botschaft ist deutlich.

Mama war wieder bei mir, denn die kleine Lampe im Fenster brennt mit mildem gelbem Schimmer.

»Danke«, flüstere ich in das stille Zimmer, ehe ich den Mantel vom Haken reiße und nach draußen stürze.

35. Kapitel

Während ich durch die stillen Korridore von Mill Creek Manor eile, spüre ich, wie das Dröhnen aus meinem Kopf nach außen dringt und die Wände um mich herum vibrieren lässt. Die Wandfarbe um mich herum beginnt abzublättern, bis ein großes Graffito zum Vorschein kommt: eine Flammenschrift, meterhohe Buchstaben, die sich an den Wänden des gesamten Gebäudes entlangziehen.

DER FEIND IST MITTEN UNTER UNS
DER FEIND IST MITTEN UNTER UNS
DER FEIND IST MITTEN UNTER UNS

Ich weiß nicht, wie ich die Treppen überwinde, es kommt mir vor, als würde ich sie wie ein Panther mit einem Satz herabspringen. Der Nachtportier sitzt dösend in der Pförtnerloge und nimmt keine Notiz von mir, als ich vorbeirenne. Vielleicht nimmt er mich auch nur als gewaltige Zugluft wahr.

Oxfords Straßen sind menschenleer und sogar für die Morgendämmerung eines bewölkten Dezembertags ungewöhnlich dunkel. Ich sehe keine einzige brennende Straßenlaterne. Offenbar ist großflächig der Strom ausgefallen. Das Gefühl der Bedrohung hat sich mir wie ein Eisenring um die Brust gelegt, und ich habe Mühe zu atmen. Ich muss meine aufkeimende Panik in den Griff bekommen.

Ein Fahrrad. Ich schaffe das nicht ohne Fahrrad. Ich bleibe einen Augenblick stehen, lehne mich an den Zaun, der Mill

Creek Manor umgibt, und starre wild die Straße entlang. Eine Menge Räder stehen auf dem Bürgersteig.

Nun werde ich ja sehen, wie es um meine hellseherischen Fähigkeiten bestellt ist, denke ich mit knapp unterdrückter Hysterie.

Das vierte Fahrrad, das ich vom Zaun zerre, ist tatsächlich nicht abgeschlossen. Als ich in die Dunkelheit radele, kommt es mir vor, als würde sich ein Spalt in einem schwarzen Samtvorhang öffnen. Ich schiebe mich hindurch, und die schwarze Nacht hinter mir schließt sich wieder.

Ich lasse das Fahrrad vor der Mauer der Akademie fallen, reiße mit aller Kraft die schwere Tür auf und renne den Gang entlang.

Die Türen zum Professorenflügel sind natürlich verschlossen. Ohne nachzudenken, gebe ich denselben Türcode ein, der für den Zeichensaal gilt, ändere jedoch die letzte Ziffer und reiße an der Türklinke. Ich bin nicht einmal erstaunt, als das Schloss klickt und die Tür sich öffnen lässt. Ich renne die blankpolierten Stufen zu Chesterfields Wohnung hinauf.

Meine Finger suchen fieberhaft nach Nikitas Haarspange, die seit dem Vernissageabend in meiner Manteltasche liegt. Als ich sie gefunden habe, knacke ich mit ihrer Hilfe das Schloss, das beim ersten Versuch mit einem schnappenden Geräusch aufspringt. Keuchend stehe ich in Professor Chesterfields Salon.

Einige Sekunden halte ich inne, dann gleitet die Tür des roten Schlafzimmers auf. Langsam und lautlos. Der bleiche Mond hat die Wolkendecke durchbrochen und taucht die weißen Wände in ein überirdisches eisblaues Licht.

Etwas bewegt sich dort drinnen. Ich kann nicht sehen, wer oder was, aber der Spalt der Schlafzimmertüre wird allmählich breiter. Ich habe mich nie bedrohter gefühlt. Es gibt etwas hier drinnen, eine Existenz, die ein größeres Grauen in mir auslöst als alles, was ich je erlebt habe.

Dort drinnen lauert etwas, ich sehe es aufblitzen, zwei Augen vielleicht, mehr nicht, denn schwarze Wolkenschleier wehen vorbei, verdecken den Mond, verdunkeln alles.

Dies hier sind nicht bloß beängstigende Visionen, Spukgestalten oder düstere Ahnungen. Das hier ist wahrhaftes Grauen. Ich will zurückweichen, will fliehen, aber es ist zu spät. Alles ist zu spät. Die Tür steht jetzt weit offen. Dort drinnen ist etwas, das töten will. Was getötet hat. Und ich habe mich ihm ausgeliefert.

Es ist Arabella. Sie kommt auf allen vieren auf mich zu. Sie schleppt sich über die Schwelle wie ein verletztes Insekt und hinterlässt eine breite Blutspur. Ich zittere vor Entsetzen, kann mich aber des Eindrucks nicht erwehren, dass sie das irgendwie spielt, dass sie nicht so tödlich verletzt ist, wie es auf den ersten Blick scheint. Als sie sieht, dass ich im Zimmer stehe, blinzelt sie benommen und beginnt mühsam zu sprechen.

»Nimm dich … in Acht …«

Ein keuchender Laut dringt aus ihrer Brust. Dann fährt sie fort: »Nimm dich … in Acht … vor ihm … vor ihr … nicht ganz bei Trost.«

Ich verspüre den Impuls, ihr zu helfen. Ich trete einen Schritt auf sie zu und strecke die Hände aus. Aber sie weicht vor meiner Berührung zurück und rollt sich wie ein verletztes Tier zusammen. Ich sehe, dass sie kämpft, sehe, welche Anstrengung es sie kostet, gleichzeitig zu sprechen und zu atmen. Die Worte kommen flüsternd, stoßweise.

»Dort … dort drinnen … nimm dich in Acht.«

Sie verdreht die Augen, und ich denke, dass ich mich geirrt habe, dass es ihr wirklich schlecht geht, dass sie vielleicht wirklich nicht überleben wird.

Was ich im Schlafzimmer sehe, raubt mir beinahe die Sinne. Meine Verzweiflung ist plötzlich so groß, dass sie einen Augenblick lang mein Entsetzen verdrängt. Nikita sitzt in der Fensternische. Ihr Haar ist wild, und ihr Gesicht besteht nur aus Augen. Enorme Augen mit einer matten Eisschicht darüber. Glanzlos und unbeschreiblich traurig. Ich stolpere und schaue zu Boden. Ich glaube zu träumen.

Das Zimmer ist ein Schlachthaus. Das Bett ist zerwühlt, und unter einer blutgetränkten Decke liegt ein Bündel. Im Salon wimmert Arabella leise vor sich hin. Ich sehe, dass Nikita keinen einzigen Fleck auf ihrem weißen Nachthemd hat.

»Nikita! Was hast du getan?«

Meine Stimme zittert und klingt hohl.

»Bitte, sag mir, was passiert ist.«

Nikitas schweigende Gestalt im Fenster ist ein verblichener Albtraum. Namenlose Trauer sickert aus allen Poren ihres Körpers, der abgrundtiefe Blick ist unstet. Die Augen, die erst auf mir geruht haben, irren jetzt zur Tür.

Nikita schüttelt energisch den Kopf, so dass ihr schweres Haar in alle Richtungen fliegt. Ihre Gestalt hat etwas derart Verzweifeltes, dass es mir nicht in den Sinn kommt zurückzuweichen. Aber dann drehe ich den Kopf zur Tür, um zu sehen, was Nikita sieht. Es ist ein grauenvoller Anblick.

Mit einem Gebrüll, das vermutlich nur in meinen Ohren zu hören ist, kehrt der Schrecken zurück. Er wirft sich auf mich und nagelt mich dort, wo ich stehe, fest.

Das hier ist kein Zimmer, sondern ein offenes Grab. Ich werde hier drinnen sterben. Die Panik raubt mir die Luft. Es ist, als hätte mein Körper bereits kapituliert.

Ich bin zwischen zwei Frauengestalten gefangen. Sie stehen da und warten ab, zwei lauernde Raubtiere unmittelbar vor dem Angriff. Ich bin zwischen ihnen festgenagelt.

Sie sind vollkommen gegensätzlich. Nikita ist dunkelhaarig, weiß gekleidet und ausdruckslos. Auf der Schwelle steht ihr Gegenpart. Ein rasender, blutverschmierter Todesengel mit gebleckten Zähnen.

Arabella Chesterfield hat sich wieder erholt. Jetzt blockiert sie die Türöffnung, und ihr zarter Körper strotzt plötzlich vor Kraft. Ihre Kleider sind blutverschmiert, aber ich kann keine Verletzungen erkennen. Und das Gesicht… dieses Gesicht. Es ist widerwärtig. Alle Spuren der Demut, ihrer charmanten Ausstrahlung, alles ist ausradiert und reiner Boshaftigkeit gewichen. Arabellas Gesicht ist nur Blendwerk. Eine Maske, die sie jetzt verloren oder heruntergerissen hat, so dass der wahre Mensch darunter zum Vorschein kommt. Eine Verrückte.

Als Arabella Anstalten macht, sich mir zu nähern, setzt Nikita ebenfalls zum Sprung an. Ihre Bewegung ist behände, geradezu übermenschlich. Dann ist sie bei mir. Nikita legt ihre langen Arme um mich, und zusammen stürzen wir zu Boden. In diesem Augenblick sehe ich den Mond, der sich in einer aufblitzenden Messerklinge spiegelt.

36. Kapitel

Der Schrecken bohrt sich in meine Brust. Arabella stürzt sich auf uns und sticht willkürlich mit der kalten Stahlklinge auf das Durcheinander von Körperteilen ein. Nikita wirft sich schützend wie ein Panzer über mich und drückt mich auf den Boden. Das Geräusch der Klinge, die in den Rücken und die Arme meiner Freundin dringt, klingt seltsam hohl, als würde Arabella mit dem Messer in einen Wattesack stechen. Nikita ist immer noch stumm und lässt keinerlei Anzeichen von Schmerz erkennen.

Während Arabella unaufhaltsam und mit rhythmischen Bewegungen immer wieder zusticht, beginnt sie hektisch einzelne Worte auszustoßen.

»Du … sollst … sterben«, keucht sie.

»Sterben … alle … verdammten … Schlampen … Wir … hatten … es … gut … Nur … Papa … und … ich!«

Jetzt ritzt die Klinge meine Schulter. Erst höre ich nur das raschelnde Geräusch, als der Mantelstoff zerschnitten wird, aber dann spüre ich ein brennendes Feuer, das rasch in einen pulsierenden Schmerz übergeht. Der Schmerz reißt mich aus dem tranceähnlichen Zustand, in dem ich mich seit dem Angriff befinde.

Ich befreie mich mit einer Kraft, von der ich nicht weiß, wo ich sie hernehme, aus Nikitas allmählich schwächer werdender Umklammerung und richte mich mit einem Schrei auf.

Arabella ist von glänzendem, kaltem Schweiß bedeckt. Sie streckt das Messer in meine Richtung, allerdings nicht sonderlich überzeugend. Ihre kleine Hand zittert, und als ich das sehe, trete ich einen Schritt auf sie zu und lasse meinen schweren Mantel in das Durcheinander auf dem Boden fallen.

Streifen dünnen Blutes sind auf ihren Wangen getrocknet und blättern ab. Ihr kurzes Haar klebt an ihrem Schädel. Sie ringt nach Luft und schwankt rückwärts. Ich zwinge sie zum Rückzug.

»Wann hast du dir die Haare abgeschnitten?«, frage ich mit unheimlich ruhiger, herrischer Stimme.

»Am ... am Tag danach.«

»Meine Mutter. Hat sie gelitten?«

Arabella hat keine Kontrolle mehr über ihre Lippen, und sie lallt, als sie antwortet.

»Sie ... es war ... als wüsste sie es bereits.«

»Kanntest du sie?«, frage ich.

»Nein ... aber Papa ... er mochte sie.« Ich höre kaum, was sie sagt.

»Und das war dir nicht recht?«, sage ich beherrscht. »Du wolltest, dass es nur ihn und dich gibt und keine anderen Frauen? So wie es immer war?«

Arabella nickt stumm, und ich sehe das kleine mutterlose Mädchen, das seinem vergötterten Vater ausgeliefert ist. Erfüllt von der Sehnsucht nach ihm und nach ihrer Zweisamkeit, die nie so exklusiv werden konnte, wie es sich das eifersüchtige Mädchen wünschte. Das kranke Mädchen, das ihren Bund schützen wollte.

»Jetzt ist es vorbei. Begreifst du das?«, sage ich mit derselben unwirklich gebieterischen Stimme.

Sie wirkt wie hypnotisiert. Was dann geschieht, begreife ich selbst nicht ganz, aber der Anblick wird mich sicher bis an mein Lebensende verfolgen.

Wortlos und mit einem kaum wahrnehmbaren Kopfnicken

packt Arabella das Messer mit beiden Händen, wendet es gegen sich selbst und rammt es sich unter dem linken Ohr in den Hals. Ein hellroter Schwall spritzt an die Wand, und ein paar Spritzer treffen das Porträt von Nikita. Die mechanische Entschlossenheit von Händen, die schneiden. Ich schalte ab. Ich muss.

Arabella zuckt einige Male, dann gibt sie den Kampf auf. Kopfüber und mit einem dumpfen Knall stürzt sie zu Boden. Eine letzte Zuckung des mageren Rückens, und sie ist tot. Dann falle ich ebenfalls, neben den bleichen Stoffpuppenkörper Nikitas, der, so unglaublich es scheinen mag, noch immer keinen einzigen Blutfleck aufweist. Ich habe das Gefühl, mich buchstäblich aufzulösen wie eine Sandburg, wenn die Flut kommt. Ich lasse mich in die Bewusstlosigkeit davonspülen.

Als ich erwache, ist das Zimmer von roten Nebelschwaden erfüllt. Meine Hände beginnen gleichsam automatisch auf dem Boden herumzutasten, noch ehe ich wieder ganz bei mir bin. Der Teppichrand, einige Fransen, ein Spalt im klebrigen Fußboden. Nikita liegt nicht mehr neben mir. Ich spüre ihre Gegenwart nicht mehr.

Ich richte mich auf den Knien auf. Mit übermenschlicher Kraftanstrengung beginne ich über den Fußboden zu kriechen. Meine Augen brennen, sie wollen mir nicht gehorchen. Ich möchte sie nur wieder schließen und in der barmherzigen Dunkelheit hinter meinen Lidern ausruhen. Ich muss mich zwingen, sie offen zu halten und der Trägheit mit reinem Adrenalin entgegenzutreten. Ich muss sie dazu bringen, zu begreifen, was sie im Zimmer sehen. Es ist entsetzlich. Einfach nur entsetzlich.

Arabellas Leiche liegt mit dem Gesicht nach unten vor der Tür. Ich muss über sie hinwegklettern, um … Nein. Jetzt nicht daran denken. Aufstehen. Auf die Füße. Ich erreiche die Bettkante, packe die Bettdecke, die langsam wegrutscht, und bleibe unbeholfen schwankend stehen.

Unter der schweren, blutgetränkten Decke ruhen zwei Körper. Meine Kieferknochen knacken, als ich den Mund zu einem lautlosen Schrei aufreiße. Ich brauche einige Sekunden, um zu begreifen, dass der reglose Mann dort im Bett, dessen Kopf halb von einem Kissen bedeckt wird, Professor Chesterfield ist. Ein Schmerz, als würde ich von innen heraus gespalten, durchfährt mich, als ich auch den anderen Körper identifiziere.

Leopold Chesterfield liegt auf der Seite. Er ist von Schnittwunden übersät und hält die kraftlosen sterblichen Überreste Nikitas in den Armen. Ihr Rumpf ist aufgeschlitzt. Der Blick ist gebrochen, und der Hals so gewaltsam verdreht, dass der Kopf fast vom Körper getrennt ist.

In diesem Augenblick sehe ich, dass er schwach atmet.

37. Kapitel

Inspektor King legt eine weitere Decke um mich. Wir sitzen auf der Rückbank seines Autos. Der in Frühnebel getauchte Parkplatz der Akademie ist von Blaulichtern übersät. Es wimmelt von Polizisten.

»Ihre Freundin war schon fast zwei Stunden tot, als Sie kamen«, sagt er leise.

Ich kann ein Schluchzen nicht unterdrücken.

»Und Sie sagen also, Sie hätten einfach gewusst, dass Sie sich dorthin begeben müssen?«, fragt er weiter.

»Ja. Verlangen Sie jetzt bitte keine Erklärung von mir, denn ich verstehe es selbst nicht«, sage ich und reibe mir den Arm, wo man mir eine Tetanusspritze gegeben hat. Mein T-Shirt ist in Streifen geschnitten und hat braune Flecken. Die Schnittwunde am Arm ist von den Sanitätern geklebt worden. Sie brennt kaum noch, sondern juckt eher, und mir ist klar, dass der Heilungsprozess bereits begonnen hat.

»Ich wünschte, ich wäre früher gekommen. Dann hätte ich irgendwie eingreifen können«, füge ich mit kläglicher Stimme hinzu und schniefe.

»Es war ziemlich dumm von Ihnen, sich ganz alleine dorthin zu begeben«, sagt King.

»Was hätte ich denn sonst tun sollen?«, frage ich ein wenig trotzig. »Hätte ich Sie anrufen sollen? Oder die Polizei hier im Ort? Um zu sagen: Hallo, ich hatte einen bösen Traum, ich glaube, ich weiß, wo Sie einen Mörder finden?«

King murmelt etwas Vages. Meine nackten Beine unter

der Decke sind rau von getrocknetem Blut. Ich beginne hemmungslos zu weinen wie ein kleines Mädchen.

»Sagen Sie mir, was hätte ich tun sollen?«, schluchze ich.

Meine Nase läuft, aber das kümmert mich nicht.

»Ich konnte nicht verhindern, was sie Nikita angetan hat, und ich konnte nicht verhindern, was sie sich selbst antat!«

Letzteres entspricht nicht ganz der Wahrheit, aber der Grenzstrich zwischen Wahrheit und Lüge beginnt sich aufzulösen und verschwimmt an diesem feuchtkalten Tag im Spätherbst wie wässrige Farbe auf nassem Papier.

King sitzt ratlos einige Sekunden lang da und zieht dann ein strahlend weißes Taschentuch hervor. Ich schnäuze mich kräftig.

»Ohne Ihr Eingreifen hätte sie vielleicht auch noch ihren Vater umgebracht.«

Er tätschelt mir den Rücken, und wir schweigen eine Weile, während mein Schniefen allmählich nachlässt.

»Chesterfield wird durchkommen. Aber er wird sich vermutlich nie wieder ganz erholen.«

»Nicht?«, flüstere ich und trinke einen Schluck Tee.

»Nein«, erwidert King. »Er liegt auf der Intensivstation. Ich war eben dort. Er ist ziemlich mitgenommen natürlich … ich sollte Ihnen eigentlich nicht davon erzählen. Verdammt.«

King murmelt die letzten Worte, reibt sich die Augen mit den Zeigefingern und beginnt dann erneut:

»Ich hatte ja schon einmal mit ihm gesprochen. Ich habe ihn an dem Tag vernommen, an dem ich Sie in der Galerie traf. Wir hatten die Information, dass er Ihre Mutter vor einigen Jahren bei einem Fetish-Weekend in Surrey kennenlernte und anschließend einer ihrer regelmäßigen Freier wurde. Das bestätigte er auch. Aber er hatte ein Alibi für den Mordabend. Vierhundert Zeugen auf einer Konferenz in Boston.«

Während ich tief durchatme, wird mein Körper von einem heftigen Zittern ergriffen.

»Er will nicht über Arabella sprechen«, fährt King fort. »Das ist wohl der Schock. Wir können ihm kein inzestuöses Verhältnis nachweisen. Ihre Besitzansprüche können durchaus ihren eigenen Hirngespinsten entsprungen sein. Offenbar hat sie sich seinen Partnerinnen gegenüber immer aggressiv verhalten. Angeblich wurde sie mehrmals kinder- und jugendpsychiatrisch behandelt. Arabella hatte das Gefühl, dass sie irgendwie die Rolle der toten Mutter an der Seite des Vaters übernehmen müsse.«

Ein Brausen hinter meinen Schläfen.

»Und meine Mutter? Sie war doch wohl nicht Chesterfields Partnerin? Sie waren doch nicht etwa zusammen? Ein Paar?«

»Doch. So könnte man es vermutlich nennen. Da ist Chesterfield ganz offen. Er sagt, dass er sie auf seine Art geliebt habe. Es habe sich um eine unkonventionelle Liebe gehandelt, sagt er. Sie fehlte ihm, als sie verschwand, aber er glaubte, sie sei verreist. Das kam offenbar manchmal vor. Sie scheinen die traditionelle Geschäftsvereinbarung zwischen Freier und Prostituierter überschritten zu haben. Sie blieben stets in Verbindung und unterhielten eine langjährige Beziehung. Ja, rein sexuell gesehen war es eine lose Zweierbeziehung, aber es scheint ein offenes Geheimnis zu sein, dass dieser Mann promiskuitiv veranlagt ist.

Ihrer Mutter gegenüber war er allerdings wohl recht großzügig und hat sich wirklich um sie gekümmert. Er unterstützte sie beispielsweise finanziell. Und auch sonst. Vor allen Dingen faszinierten ihn ihre … paranormalen Gaben, wie er es nennt. Und dieses recht spezielle Verhältnis hat Arabella offenbar nicht dulden wollen.«

»Sie wollte die einzige Frau in seinem Leben sein«, flüstere ich.

»So etwas in der Art. Wir warten auf Informationen, die bestätigen, dass Arabella über ein halbes Jahr lang an den Wochenenden in der Hercules Bar arbeitete, um Ihre Mutter und ihre Gewohnheiten zu beobachten.«

Der Adrenalinspiegel ist gesunken, und ich werde langsam schläfrig.

»Paranormale … Fähigkeiten, sagten Sie?«, frage ich dann trotz meiner Müdigkeit. »Meine Mutter?«

»Ja. Zumindest behauptet Chesterfield das. Tut mir leid, aber er war in diesem Punkt recht einsilbig.«

»Und Nikita?«

»Gegenseitige Anziehung einfach, vermute ich. Zwei erwachsene Menschen, die einander einvernehmlich zu genießen wussten. Er hatte schließlich den Ruf eines Schürzenjägers, um es harmlos auszudrücken, und Ihre Freundin … Nun ja, sie fühlte sich vermutlich ganz einfach von ihm angezogen. Von seinem Ruhm und so weiter. Und wieder einmal war das mehr, als Arabella ertragen konnte.«

»Arme Nikita. Und arme Mama. Ich weiß, es klingt verrückt, aber ich glaube, dass sie versucht hat, mich zu warnen und mir zu helfen.«

Steve King verschränkt seine Finger und betrachtet sie.

»Hm. Eines hat sie nachweislich für Sie getan.«

Er schaut auf. Die Decke rutscht von meinen Schultern.

»Chesterfield wusste, dass Birgitta eine Tochter in Schweden hatte«, erklärt er. »Denn das hat sie ihm erzählt. Außerdem wusste Birgitta, dass Sie sich für den Studiengang des Professors beworben hatten, wie auch immer sie das in Erfahrung gebracht hatte. Sie war es, die Chesterfield dazu überredete, Sie anzunehmen.«

»Aber wie … wie konnte sie das wissen? Dass ich mich beworben hatte?«

Inspektor King schüttelt den Kopf.

»Keine Ahnung. Aber ich bin wie gesagt recht skeptisch, was unerklärliche Zusammenhänge betrifft. Gleichzeitig hat mich jedoch meine langjährige Erfahrung als Polizist gelehrt, dass es so etwas wie einen Instinkt gibt, einen siebten Sinn, oder wie man es nennen will. Und obwohl ich das Ganze eher kritisch sehe, kommt es in seltenen Fällen sogar vor, dass wir uns der Hilfe von …«

Ein Polizist in Uniform unterbricht uns.

»Jemand möchte zu Maja Grå.«

»Durchlassen«, sagt King kurz.

Ashley Morris taucht unter dem gestreiften Absperrband der Polizei durch. Seine Augen sind gerötet und geschwollen, und er umarmt mich fest, als ich aus dem Auto gekrochen komme.

»Kann ich sie jetzt mit nach Hause nehmen?«, fragt er Inspektor King.

»Natürlich. Passen Sie gut auf sie auf. Sie ist eine ganz besondere Frau.«

38. Kapitel

Eine einsame Schneeflocke sinkt auf die schwarze Erde. Der Gärtner hat die abgestorbenen Pflanzen beseitigt und Kompost auf den Beeten verteilt, damit es im kommenden Frühling wieder blühen kann.

Ashley und ich sitzen im Café des Botanical Garden, trinken Tee und schauen hinaus in den kühlen Vormittag. Vor dem viktorianischen Gewächshaus haben die Oxforder Biologiestudenten einen riesigen Weihnachtsbaum aufgestellt, der wie immer mit Früchten und Pflanzenteilen aus eigenem Anbau, aus der Orangerie und aus dem Tropenhaus geschmückt ist: mit den Beeren der Steineiche, mit der gekräuselten Rinde des Zimtbaums und mit getrockneten Zitrusscheiben, die wie Bernstein funkeln.

Während ich so dasitze, vor mich hin starre und die Temperatur draußen immer weiter unter den Nullpunkt sinkt, geht mir etwas auf. Etwas Neues, das ich bislang nie durchdacht oder näher ins Blickfeld gerückt habe. Aber jetzt wird es klarer. Als hätte mir jemand geholfen, einen Scheinwerfer auf ein seltsames Rätsel zu richten.

Ich erhielt meine Fähigkeiten nicht damals, als ich als kleines Kind ein Thermometer zerbiss und vielleicht eine mikroskopische Menge Quecksilber in mich aufnahm. Nein. So war es nicht. Das Ganze hat nichts mit irgendeinem äußeren Einfluss zu tun. Das habe ich mir anschließend nur so zurechtgelegt, es war der Versuch eines Kindes, das Unbegreifliche zu erklären. Meine Zerbrechlichkeit oder Empfindsamkeit oder wie immer man es nennen will. Es ist eine ererbte Fähigkeit. Mama wusste das. Ich habe dasselbe Erbgut wie sie.

Aber warum konnte ich dann Nikita nicht retten? Warum musste sie geopfert werden? War ihre Zeit gekommen, Chesterfields dagegen noch nicht? Es fällt mir schwer, diese Ungerechtigkeit zu akzeptieren. Ich habe meinen Tränen in den letzten Tagen so freien Lauf gelassen, dass ich kaum bemerke, wenn sie wieder zu fließen beginnen. Warme Rinnsale auf den Wangen. Ich wische sie nicht weg. Es ist unmöglich zu begreifen, ich sehe nicht den Sinn, den größeren Zusammenhang. Vielleicht wird mir das auch nie gelingen.

Mama. Ich denke an deinen einsamen Pfad. Hast du ihn beschritten, weil du glaubtest, mir auf diese Weise den rechten Platz im Dasein zuweisen zu können? Hast du mich deswegen im Stich gelassen? Das sind unbegreifliche Gedankengänge. Sie zerreißen mir das Herz. Alles verschwimmt. Ich sehe ein, dass solche Gedanken absurd sind. Ich werde den Dingen nicht weiter auf den Grund gehen.

Vor dem Fenster schlendern immer noch einzelne Studenten über die Magdalen Bridge, aber die meisten sind über Weihnachten nach Hause gefahren, und die Einheimischen können ungestört ihre letzten Weihnachtseinkäufe erledigen. Ash hat einen mit Puderzucker bestäubten Fruit Pie bestellt. Ein kleines Mädchen geht an unserem Tisch vorbei und schielt sehnsüchtig auf seinen Teller.

Ich kehre in Gedanken zu dem Kind zurück, das gelernt hat, seine Umgebung als »schön« und »hässlich«, »wirklich« und »unwirklich« zu beurteilen und zwar mit Hilfe jener Bezugspersonen, die seine Eltern waren. Aber wenn diese Bezugspersonen dem Kind in einem prägenden Alter wie der Vorpubertät entzogen werden? Was geschieht dann mit einem Kind, wie ich es damals war? Wenn man es einfach sich selbst überlässt?

Was geschah mit mir? In mir? Jetzt erkenne ich es. Ich habe mir meine eigenen Urteile gebildet damals. Aus meinen eigenen Fähigkeiten heraus. Auf mich selbst angewiesen, in diesem einsamen Vakuum, in dem es nur einen elementaren Werkzeugsatz gab, mit dem ich mein Ich und mein Dasein gestalten konnte. Auf diese Weise erhielt ich vielleicht den Spielraum, um meine Eigenart zu kultivieren. Aber kaum habe ich diesen Satz in Gedanken formuliert, muss ich sofort über meine abschwächende Wortwahl lächeln. Ich erhielt den Spielraum? Nein. Ich war dazu gezwungen.

Ich schaue mich erstaunt im Café um. Es wirkt plötzlich irgendwie weitläufiger. Luftiger, mit behaglicherer Beleuchtung und größeren Abständen zwischen den Gegenständen. Die Welt um mich herum scheint sich mit einem Mal auszudehnen. Die Wände rücken auseinander, der Raum wird breiter und höher. Erstaunt sehe ich zu, wie sich die Fenster in die Länge ziehen. Jetzt sind sie bald so hoch wie Kirchenfenster. Wie viel Licht sie hereinlassen! Ich betrachte Ashley, der mir gegenübersitzt. Er scheint nichts zu bemerken, aber ich habe den Eindruck, als würde er auf der anderen Seite eines Fußballplatzes sitzen.

»Nikita hat mich gerettet«, sage ich.

Ash nickt traurig, und der Abstand zwischen uns verringert sich im Nu wieder.

»Obwohl sie bereits … du weißt schon. Ich kann es mir nicht erklären, aber so war es«, sage ich leise.

Ash streicht über meine Hand. Sie liegt auf dem Tisch neben meiner Teetasse. Wir sitzen eine Weile so da und schweigen, unsere Gedanken schweifen ab.

Eine profane Unruhe ergreift allmählich von mir Besitz. Etwas so Banales wie die Frage, wo ich eigentlich die nächsten Tage bleiben soll, treibt mich um. Peinlicherweise bin ich nie auf den Gedanken gekommen, dass Mill Creek Manor über die Weihnachtsferien schließen könnte. Aber so ist es nun einmal. Mit einem zunehmenden Gefühl der Hilflosigkeit versuche ich, meine Finanzen im Kopf zu überschlagen. Was kostet es, in einer Jugendherberge unterzukommen? Um wie viele Nächte handelt es sich überhaupt? Aber ich habe die Hellhörigkeit und Großzügigkeit meines Freundes unterschätzt.

»Du, was die Weihnachtsferien betrifft«, beginnt Ash, und ein leichtes Lächeln erhellt sein Gesicht. Ich drehe meine Hand um, und unsere Handflächen berühren sich.

»Ja?«

»Ich frage mich schon die ganze Zeit, wo du eigentlich unterkommst. Weißt du das überhaupt schon?«

Ich schüttele den Kopf.

»Willst du mich nicht einfach begleiten? Vorausgesetzt, du bist der Meinung, dass du es im Shakespeare-County aushalten wirst. Es gibt dort mindestens fünf Tea-Rooms pro Pub, und es wimmelt von amerikanischen Touristen und Sehenswürdigkeiten wie beispielsweise dem Bett, in dem William Shakespeare *nicht* geschlafen hat.«

Tränen der Rührung steigen mir in die Augen.

»Und dann ist da natürlich noch meine Mama, eine herrlich exzentrische Person mit Porzellanpanthern auf dem Klo. Du würdest mir wirklich einen großen Gefallen tun, wenn du mich bei dem großen Pralinengelage unterstützen könntest.«

»Aber mache ich ihr nicht … ich meine, mache ich ihr nicht eine Menge Umstände?«

»Hör schon auf«, meint Ash. »Darin besteht ja gerade dein Charme, dass du so wahnsinnig viele Umstände machst. Menschen, die nicht anstrengend sind, sind das Langweiligste, was es gibt.«

»In diesem Fall: Vielen Dank. Gerne.«

39. Kapitel

Ich ziehe meine Baskenmütze über die Ohren und schultere meinen Rucksack. Die Wunde an der Schulter schmerzt kaum noch. Das Taxi, das Ashley und mich zum Bahnhof bringen soll, steht bereits vor der Pförtnerloge und stößt große Abgaswolken in die eisige Luft. Wahrscheinlich presst Raymond schon missbilligend die Lippen zusammen und wartet nur darauf, uns endlich Frohe Weihnachten wünschen und hinterherwinken zu können.

Bevor ich Zimmer 45 verlasse, bleibe ich vor Nikitas schmalem, leerem Bett stehen. Ich will die Decke nicht mit meinen Tränen beflecken. So beuge ich mich rasch vor, küsse das Kissen und flüstere:

»Ciao, Nikita. Schlaf gut.«

Dann bereite ich mich darauf vor, das Zimmer für immer zu verlassen. Aus einer Eingebung heraus werfe ich einen letzten Blick in unser kleines Bad. Vielleicht habe ich ja etwas vergessen, oder ein Wasserhahn ist nicht richtig zugedreht. Ich schaue in die Badewanne, auf das Bord über dem Waschbecken und schließlich in den Spiegel. Das Mädchen im Spiegel begegnet meinem Blick. Sie ist etwas älter und müder, aber aufrechter als das letzte Mal, als ich einen bewussten Blick auf sie geworfen habe. Sie ist unterwegs, das sehe ich. Erst einmal nach Stratford, aber dann auch noch weiter. Weiter weg. Und tiefer hinein.

Ich sehe, dass ihre graublaue Regenbogenhaut an die ihrer Mutter erinnert, und ich schaue nicht weg oder schlage beunruhigt die Augen nieder, als ich es bemerke. Stattdessen hebe ich die Hand zu einem gemessenen Gruß. Reserviert, aber nicht feindselig. Der Spiegel bebt leicht. Die Person im Spiegel winkt zurück. Jetzt. Jetzt ist es Zeit zu gehen.

In diesem Augenblick bemerke ich, dass einer der Hausmeister zwei Umschläge unter dem Türspalt durchgeschoben hat. Der eine ist in gedrängter Handschrift adressiert und mit einer Briefmarke versehen. Der andere muss persönlich abgegeben worden sein, da nur mein Name darauf steht. Ich stecke beide Briefe in die Manteltasche zu Inspektor Kings Visitenkarte und begebe mich im Dauerlauf hinunter zum Taxi und zu Ashley.

Ich sitze bereits im Wagen, als Raymond angekeucht kommt.

»Da war noch ein Brief«, sagt er atemlos. »Der hat mehrere Monate lang hier gelegen … Ich könnte fast schwören, dass er schon kam, bevor Sie eingezogen sind, aber das ist ja vollkommen unmöglich.«

Ein billiger Umschlag ohne Futter, graues Papier. Auf dem Poststempel steht Brighton. Der Anblick der Kugelschreiberschrift jagt mir einen elektrischen Schlag durch das Nervensystem. Mein Name in ihrer Handschrift. Die Neigung der Buchstaben ist dieselbe, aber die Symmetrie hat sich verändert. Die Schrift ist gleichmäßiger und harmonischer. Fast elegant.

Erst als ich im Zug sitze und Ash Tee kaufen gegangen ist, öffne ich den ersten Brief.

Ich habe den mit der gedrängten Schrift gewählt. Das Papier ist dünn wie das eines Gesangbuchs und mit Buchstaben in derselben engen Schrift wie auf dem Umschlag bedeckt.

»Liebe Maja,

ich schreibe Ihnen als ein gebrochener Mann. Ich will versuchen, Ihnen eine Art Antwort auf die vielen Fragen zu geben, die sich Ihnen vermutlich stellen. Ich selbst stelle mir die quälende Frage nach meiner Verantwortung und danach, was ich hätte tun können, um diesen grauenvollen Lauf der Dinge zu verhindern. Wenn Birgitta noch bei uns wäre, weiß ich, was sie gesagt hätte: Dass sich diese Taten außerhalb meiner Kontrolle befanden, dass sie unvermeidlich waren und eingeschrieben in die Zeit.

Hätte ich gewusst, dass das Zusammensein mit Birgitta in den letzten Jahren den endgültigen Zusammenbruch meiner Tochter herbeiführen würde, ihre Wahnsinnstaten, ihren Tod, den Tod meiner jungen Geliebten und nicht zuletzt Birgittas Tod, dann wäre ich nie eine Verbindung mit ihr eingegangen.

Aber Ihre Mutter hatte eine seltsame Gabe. Sie gab mir das Gefühl, ein ganzes Leben lang unsichtbar neben mir hergewandert zu sein. Sie sagte manchmal, dass sie in einer anderen Zeit auf dem Scheiterhaufen gelandet wäre. Oft hatte ich den Eindruck, dass sie alles sehen konnte, das Innerste der Menschen, die Vergangenheit und die Zukunft. Sie besaß die Fähigkeit, mir meine geheimsten Wünsche zu erfüllen, ohne dass ich sie je ausgesprochen hätte. Das schweißte uns zusammen. Ich habe keine andere Erklärung.

Birgitta war der traurigste und faszinierendste Mensch, den ich je gekannt habe, aber auch der energischste. Im

Nachhinein betrachtet, könnte ich auch das Wort ›rücksichtslos‹ verwenden, aber ich glaube, dass ihr das nicht ganz gerecht wird. Besonders energisch war sie, wenn es um Sie und Ihr Wohlergehen ging. Sie wissen inzwischen vermutlich, dass Ihre Mutter mich auf die Arbeiten aufmerksam machte, die Sie eingereicht hatten. Sie übte während des Auswahlprozesses vor Semesterbeginn im Herbst einen gewissen Druck auf mich aus. Sie müssen wissen, dass ich Sie sonst nicht aufgenommen hätte, aber Sie sollen auch erfahren, dass mein Urteil jetzt ganz anders ausfällt. Sie besitzen eine seltsame Gabe, und ich spüre, dass Sie in Ihrem künstlerischen Genre die Möglichkeit haben, einmal zu den Besten zu gehören.

Ich wünsche Ihnen alles Gute und hoffe inständig, dass Sie Arabellas Tat, die zerstörten Menschenleben und Ihre fürchterlichen Erlebnisse nicht allzu sehr belasten.

Ich hoffe, dass Sie Ihr Leben voll und ganz ausschöpfen können – um Ihrer selbst willen und im Andenken an uns, die wir auf dem Weg gestrauchelt sind.

Mit traurigen Grüßen,
Leopold Chesterfield«

Ich lasse die Hand mit dem Brief in den Schoß sinken und lehne den Kopf zurück. Meine Gedanken wirbeln durcheinander.

Ein fast körperlicher Schmerz befällt mich, und ich kneife die Augen fest zu. Dann öffne ich sie, blinzele heftig und öffne Mamas Brief.

»Meine liebe, kleine Maja. All meine Dummheiten habe ich Deinetwegen begangen. Von Deinem jetzigen Standpunkt mag es Dir vielleicht nicht so vorkommen, aber ich versichere Dir: Du besitzt dieselbe Gabe, wie ich sie besaß, und ich werde bei Dir sein und versuchen Dir zu helfen, wann immer ich kann. Es gab Opfer und wird immer Opfer geben, aber das einzig mir Wichtige ist, dass Dein Leben so wird, wie es werden soll.«

Sonst nichts. Keine Unterschrift. Aber unten im Umschlag entdecke ich ein gepresstes Maiglöckchen. Der Stängel ist dünn wie ein Haar, und ich wage nicht, es herauszunehmen, weil ich befürchte, es könnte in meinen Fingern zu Staub zerfallen. Trotzdem spüre ich den Duft. Er strömt wie eine liebliche Parfümwolke aus dem Umschlag, durchdringt mich und erfüllt das gesamte Zugabteil.

Ich schlucke ein paarmal. Das fällt mir schwer, denn mein Hals ist wie zugeschnürt. Ich lehne meine Stirn eine Weile an das Fenster. Ich bin zu nichts anderem fähig.

Draußen recken sich nackte, schwarze Äste in einen leeren Himmel. Ich sehe verschwommen ein Paar vor einem Bahnhof, an dem der Zug nicht hält. Sie umarmen sich und warten auf den nächsten Zug. Er ist blond, und einen Augenblick lang finde ich, dass die beiden an Mama und Papa erinnern.

Einsame, stillgelegte Gleise sausen vorbei, bedeckt von welkem, gelbem Gras, in dem der Raureif glitzert. Leere Chipstüten wirbeln über menschenleere Bahnsteige. Aber alles erscheint mir schön, so lebendig und von Farbe erfüllt, als könnte ich erst jetzt richtig sehen. Ich schließe ein paar Sekunden lang die Augen, falte dann die beiden Briefe zusammen und stecke sie in eines der Seitenfächer meiner Reisetasche. Nun öffne ich den letzten Umschlag, auf dem nur mein Name steht.

Die gemalte Weihnachtskarte ist ein Kunstwerk auf einem schlichten Stück Pappe. Ein einziges großes rotes Herz in mir vertrauter, meisterhafter Pinselführung. Ich fahre mit der Fingerspitze über die erstarrten Rillen der Farbe. Auf der Rückseite steht:

»Geliebte Maja,

ich denke die ganze Zeit an Dich.
Pass auf Dich auf. Wir sehen uns nächstes Jahr.
(Habe beschlossen, mit dem Kurs weiterzumachen – NY kann warten.)

In Liebe, Jack«